JN039299

理想の聖女? 残念、

偽聖女でした!

~クソオブザイヤーと呼ばれた悪役に転生したんだが~

「では、聖女エルリーゼ様より新入生の皆さまへの挨拶をどうぞ」
ベルネル
エテルナ
サプリ

レイラ

俺の言った事は要するに、
『喜んで死にに行く真似せんでも、
どうせお前等その他大勢のモブだから
死んでも生きてても大勢変わらんぞ』って事だ。

そんなに見たくば好きなだけ見るがいい。
俺様の美貌に酔いな。
ただし変態クソ眼鏡、
テメーは駄目だ。
お前の視線だけなんか
スライムみたいに
ネバネバしててキモイんだよボケ。

理想の聖女？
残念、偽聖女でした！

～クソオブザイヤーと呼ばれた悪役に転生したんだが～

KUSO-OF-THE-YEAR FAKE SAINT
:ELRISE IN FIORE CADUTO ETERNA

KABEDONDAIKOU
壁首領大公
ILL. ゆのひと

口絵・本文イラスト
ゆのひと

装丁
coil

CONTENTS

プロローグ　転生先は偽聖女

静かな森の中で、一つの悲劇が終わろうとしていた。

いや、あるいはこれこそが最大の悲劇だったのか。

涙を流す青年の腕の中で、一人の少女が儚い命を散らそうとしている。

そして青年は何も出来ない。ただ、腕の中で冷たくなっていく少女を抱きしめる事しか出来ない。

『ねえ……ベル。私……あんたと一緒にいられて……幸せだった……よ……』

『駄目だ、逝くな！　嫌だ！　嫌だ……！』

一体どこで二人の運命はすれ違ったのだろう。

どうしてこんな結末になってしまったのだろう。

それは今更考えても仕方のない事で、どうしようもなくて……。

ただ、青年は過去を悔いる事しか出来なかった。

『ベル……大好き……だよ……』

◇

俺は今、パソコンでゲームをプレイしながら猛烈な悲しみに襲われていた。

今ならば哀(かな)しみを背負って暗殺拳の奥義だって使えるかもしれない。

無より転じて生を何とかかんとか。

うおおおおん、泣けるわ……。俺の涙でパソコンの画面が見えねえ。

あ、何かぶっさいくな泣き顔の野郎がドアップで出たわ。誰(だれ)やこいつ。あ、ディスプレイに映り込んだ俺や。

俺の名は不動新人(ふどうにいと)。不動のニートとは俺の事だ。

いやまあ、ニートじゃないけど。ｗｅｂライターだけど。

現在俺がプレイしているのは『永遠の散花～Fiore caduto eterna～』というギャルゲーで、読み方は『くおんのさんか』という。

本当は散花じゃなくて散華の方が正しくて読み方も『さんげ』のはずなのだが、まあ造語だわな。

永遠も本当は『くおん』とは読まないが、そこはまあ気分なんだろう。

久遠は仏教語らしぃから、仏を供養する為(ため)の花を散らす『散華』とかけているのかもしれない。

更に男性名詞と女性形の単語が混ざってしまっているが、多分タイトルを考えた人もそこらへんがよく分かってなかったのだろう。色々突っ込み所の多いタイトルだ。

このゲームは異世界フィオーリにある魔法学園を舞台とし、何かイマイチパッとしない主人公のベルネル君を操作して、総勢二十人のヒロインとイチャコラするゲームなのだが、これの凄(すご)いところはほとんどのルートで選んだヒロインが死ぬ事にある。

ああ……タイトルの散花ってそういう……。

で、今画面で死んでた子はメインヒロインにしてラスボスのエテルナちゃんで、俺の一押しだ。

店頭でこのゲームを見かけて、パッケージのセンターを飾る彼女のデザインに惹かれてこのゲームを購入したと言っても過言ではない。

そんな俺の推しヒロインである彼女は……何と、メインヒロインなのに、バッドエンド以外の全てのエンディングで死ぬ。

名前がエテルナなのにめっちゃ儚く死ぬ。

何故そんな事になってしまうのか、簡潔ながら説明する時間を頂きたい。

このエテルナという少女は聖女と呼ばれる存在で、この世界で何か色々悪さをしている魔女と呼ばれる奴と対を成す存在で、世界を救う使命を帯びている。

ちなみにこの魔女も実はヒロインの一人で攻略可能な。

こいつも可哀想な過去とかがあるのだが、どうでもいいので割愛しておく。

可哀想な過去があれば何してもいいと思うなヴォケ。

ともかく、魔女を倒す使命を持っていた聖女エテルナなのだが赤子の頃に取り違えられて貧乏な村で主人公と共に成長してしまった。

で、エテルナと取り違えられた偽聖女はエルリーゼというんだが、こいつがどうしようもないカス女で、聖女の名を盾にやりたい放題するクソオブクソだった。聳え立つクソだった。クソオブザイヤーだった。

ちなみに勿論こいつはヒロインじゃない。攻略も不可能だ。

結局このクソはお約束の断罪&断罪イベントでざまあされて死ぬのだが、こいつの残した負の遺産が酷すぎた。

エテルナと偽聖女は別人なのだが、その事実が世に広まる前に一部の暴徒が偽聖女とエテルナをごっちゃにして『聖女マジ許せねえ』とエテルナの故郷を襲撃して彼女の親や仲の良かった友達などを皆殺しにしてしまい、これにエテルナが大激怒して人類に絶望して闇落ちしてしまう。

で、その結果ほとんどのルートにおいてエテルナはラスボスとして君臨して最後は倒されてしまうのだ。何この不遇な子。

唯一彼女と和解出来るのがエテルナをヒロインにしたエテルナルートなのだが……何とこのルートでも彼女は死ぬ。

聖女の使命を全うして魔女と刺し違えてしまうのだ。

そして主人公の腕の中で儚く命を終える……というのが、今まさに俺が見ている画面の中で起こっている事であった。

あ、あんまりだ……報われなすぎる……。

どれもこれも全部、クソ偽聖女が悪い。奴さえいなければエテルナは不幸にならなかった。

ああチクショウ、何かないのか？　エテルナ救済ルート実装、はよ！　はよ！

何なら二次創作でもいい。文章力のある誰かが書いてくれ。

ちなみに俺は無理。台本形式しか書けねえ。

あー、もう。転生チートオリ主でも何でもいいから、誰かこの結末を変えてやってくれ。

で、クソ偽聖女をサクッと退場させてくれ。

正直な話、不遇すぎて逆に好きになった面もあるんだが、一つくらいは幸せに終わる生存ルートがあってもいいと思うんだ。

何かね、恵まれ過ぎてるキャラってあんま好きになれんのよ。現実そんな甘くねえよっていうかさ。

だから不幸なキャラとかの方が応援したくなるんだが……エテルナはその中でも頭一つ抜けている。

そんな事を考えながら、俺はパソコンの電源を落として布団に潜り込んだ。

時刻はもう午前三時だ。

寝る間も惜しむとはこの事だろう。もうめっちゃ眠い。というわけで寝る。お休み。

こうなったらせめて、エテルナが幸せになる夢を見てやるぞ畜生め。

あー、夜更かししたせいで身体中がだるくて痛い。

朝起きたら、見知らぬお城の中でした。

この状況を百文字以内で簡潔に説明せよ。はい無理、おしまい。

いやマジで意味分からんわ。

何？　誘拐？　それにしては随分豪華な誘拐だな。

そもそも何処よここ。日本にこんな西洋風な城なんてあったっけ？

あ、夢の国ランドなら、確かお城みたいなホテルもあったな。

まあ誘拐にしてもこんな誘拐なら割と大歓迎よ？　狭いアパートの一室から広いお城って普通に

状況よくなってるだけだし。

そんな事を考えながらフカフカのベッドから降りると、やけに視点が低い事に気が付いた。

あれ？　この部屋いくら何でもでかすぎじゃね？　家具とか全部サイズおかしいんだけど？

あの鏡とかどんだけでかいんだよ。

「……お？　お？　おおおおお⁉」

鏡に近付くと、おかしな声が出た。

高く、透き通るような美声だ。絶対俺の声じゃない。

だがそれは紛れもなく俺の口から発されたもので、そして鏡に映るのもまた俺ではなかった。

腰まで届く、輝く蜂蜜(はちみつ)色の髪。パッチリした宝石のような緑色の瞳(ひとみ)。

顔立ちはまるで人形のように整っていて、ＣＧか何かで作ったかのようだ。

ほらアレ、有名ＲＰＧのリメイクでヒロインが毛穴や産毛まで作られてて話題になったやつ。あんな感じ。

うわ、めっちゃ肌綺麗(きれい)。染みも皺(しわ)もないし、毛穴や産毛すらドアップで見ても全く見えない。

頰(ほお)に触れてみれば、恐ろしいほどに手触りがよくモチモチしている。

いや、ていうかこれ……やっぱ俺だよな。俺の動きと鏡の中の少女の動きが連動してるし間違いないと思う。

というか少女ですか、そうですか。ＴＳですね分かります。

でも中身が俺とか誰得だろ。どうするんだよこれ。

折角の超美少女なのに中身がこんなんじゃ百年の恋も冷めるだろ。

美少女ってのは見た目もそうだけど中身も大事なんだよ。

漫画でもそうだが、中身が伴わない美少女なんてパンチラしても読者から『嬉しくないパンチラ』とか言われるのがオチだ。

それにしてもこの城……よく見れば見覚えがあるような、ないような……。

何となくだが『永遠の散花』に登場する聖女の城に似ているような気がしないでもない。というかまんま、それだ。

オーケーオーケー、読めて来たぞ。

これはつまりあれじゃな？　俺は今、『永遠の散花』の夢を見ているって事なんじゃろ？

そして……この幼いながら輝く美貌。見た目だけで迸る圧倒的なカリスマ性と聖女オーラ。間違いない。これは寝る前にプレイしていた『永遠の散花』のぐうかわヒロイン、エテルナの幼い頃の姿だろう。

二次元が三次元になってるので正直分かりにくいが、これほどの美少女などメインヒロイン以外考えられない。

髪と目の色が違うが、そんなのは誤差だ。

ゲームのキャラなんて設定と髪色が違う事など別にそう珍しい事ではない。

例えば設定では黒髪なのに絵ではどう見ても青髪にされてる奴もいるし、絵ではピンクだったり緑だったりしても、設定上は実はそんな色じゃなくてプレイヤーが視覚的に見分けやすいようにそんな色にしてるだけって事もある。

顔立ちも何か違う気がするが、まあ二次元が三次元になればそりゃ違うだろ。

なるほどなるほど。なるほど？　これはつまり俺の願いが届いたってわけか？

エテルナが幸せになる夢を見てやるとか思ってたけど、これで幸せにしろと。

エテルナを幸せにする方法……それは俺自身がエテルナになる事だ……。

ほーん？　ふむふむ、ええやん。よし、折角だしやったるわ。

美少女の気持ちっていうのも興味あったし、この際だから美少女ライフも満喫してやろう。

ずっとこのままは流石に困るし最終的には俺はやはり野郎でいたいけど、少しくらいならこういうのも悪くないとは思う。

あ、でも野郎に抱かれるとかキスとかは絶対ノーサンキューな。

俺の見た目がいくら変わろうと俺の主観は変わらないんだから、そんなモン見たくないわ。

男の顔が視界一杯に広がってキスしてくるとか考えるだけで……うん、無理。難易度高すぎるわ。

ま、いいだろ。やってやろう。

あ、キスの方じゃないよ。ＴＳ美少女ライフの方だ。

俺がエテルナになって、エテルナを幸せなハッピーエンドに導いてみせる！

そして終わったら身体を返してやる！

そう決意していると執事らしき人が入って来て、俺の名を呼んだ。

「あ、お目覚めになられましたか、エルリーゼ様」

――チクショォォォォォォォォ！　偽物の方だったァァァ‼

自分が偽物の方に転生していた事に気付いて数分……ようやく落ち着きを取り戻した俺はベッドに突っ伏していた。

いやー……マジでガン萎えですよこいつは。

俺は自分がエテルナではなく、偽聖女のエルリーゼの方になっていた事を知って、割と本気でやる気がなくなっていた。

いやもう、うん。もう終わっていいよこの夢。

はいお終い、終了。解散。シャットダウン。諦めたのでここで試合終了です。

なんでよりにもよってクソ偽聖女なんだよ。そりゃま中身が俺ってのはある意味外と中が釣り合ってると言えるかもしれないけどさ。

少なくとも本物のエテルナを乗っ取るよりは罪悪感はない。

てゆーかこいつなら身体返さなくていいわ。

エルリーゼが元に戻ったらクソの限りを尽くすわけだし、これならむしろ返さず自殺したるわ。

しかし……これ本当に夢なのかね。

何かさっきから全然覚める気配ないんだけど。朝食普通にそこそこ美味しかったし、むしろ時間が経つほどお目目パッチリで現実感が増していくんだけど。

「エルリーゼ様、本日のお勉強の時間です」

「あ、はい。よろしくお願いします」

とりあえず勉強を教えに来たというおばさんに敬語で対応しておく。

口調は普段の男口調じゃ流石に何事かと思われそうなので、バイトの時と同じく敬語だ。

ちなみに女言葉とか絶対無理ね。自分でやってて吐き気するから。

というか当たり前のようにこの世界の言葉を話せる自分にビックリだ。

言語体系はかなり日本語に似ているようで、敬語という概念もしっかりあるらしい。

「………」

何故かおばさんがあんぐりと口を開け、信じられないものを見たように俺を見ている。

何？　そんなおかしな事した？

彼女は震え、そして嬉しそうに言う。

「おお……エルリーゼ様がよろしくお願いしますと……そんなお言葉、今まで一度も……」

あ、そういう事。そういえばエルリーゼって子供の頃から傍若無人で好き放題してたんだっけか。

自分が唯一魔女に対抗出来る聖女なのをいい事に（実際は偽物だけどな！）、言いたい放題のやりたい放題。

気に入らない奴は仕事をクビにするなんて当たり前で、成長してからは権力で潰して自殺に追い込むなんて事も当たり前のようにやっていたらしい。

気に入らない女を暴漢に襲わせて〇〇〇させるなんてクソ外道行為もやっていたはずだ。

ほんまクソやな、こいつ。こいつと比べればそこらの悪役令嬢なんてぐう聖よぐう聖。

ただ、俺の今の外見からしてまだ五歳かそこらだと思うので今の時期ならばまだ、そこまで悪事は働いていないはずだ。ただの我儘娘って感じだろう。

それから勉強を苦も無く終わらせ、俺は考えた。

あ、ちなみに勉強は楽勝だった。ていうか小学校一年レベルの算数なんて出来ない方がおかしいわ。

俺はこれからどうするべきか。

最初はめっちゃ萎えたものだが、よく考えればこれはこれでエテルナが死なないハッピーエンドへの道が開けたと言える。

何せエルリーゼこそがエテルナの悲劇の元凶だ。こいつさえいなければエテルナはもっと幸せになれたと断言出来る害悪である。

そして今は俺がエルリーゼなのだから、つまり俺が悪事を働かなければいいわけだ。

今の俺がどういう状態なのかは分からない。

ただの夢なのか、ラノベでよくある憑依(ひょうい)なのか……それとも、実は転生でふとした拍子に俺の記憶が蘇(よみがえ)ったパターンなのか。

あるいは実は、今ここにいる俺は『俺』の記憶だけを継承してしまったエルリーゼ本人パターンもあり得る。

だがどれだろうと同じだ。俺はハッピーエンドが大好きでバッドエンドは大嫌いだ。

ならば俺がストーリーを変えてやる。エテルナとベルネルを救う。悲劇を塗り替えてやる。

いや、その二人だけではない。他のヒロイン達だってバッドエンドなんて迎えさせるものか。

幸いにして、エルリーゼはクソだが超天才だ。

聖女でこそないが、聖女と間違えられるだけの人知を超えた多大な魔力を持ち、近接戦闘の素質にも優れている。

エテルナと取り違えられてしまった理由もまさにそれで、赤子ながらに秘めていた膨大な魔力のせいで聖女と間違えられてしまったのである。

実際、こいつをざまあするルートではこいつと戦うのだが、普通にクソ強いのだ。

しかも何の努力もせずにその強さという、敵だから許される設定の持ち主である。

公式設定でも『何かの間違いで生まれてしまった才能の化け物』とまで言われている。

まあそんなんだから驕(おご)りまくって最後はざまあされるんだけどな！

ともかく、そのエルリーゼが幼い頃から努力して全力で鍛えたならば……魔女にだって勝てるはずだ。

魔女に対抗出来るのは聖女だけと言われているが、実はそうではない事を俺は知っている。

ルートによって聖女の力抜きでも魔女は倒せるのだ。

よし、やるぞ。俺はやる。この世界をハッピーエンドにしてみせる。

たとえその結果、このエルリーゼボディが粉微塵(こなみじん)に砕けようとも！

とりあえず……まずは勉強と魔法の練習に力を入れようか。それから戦闘訓練もな。

勿論(もちろん)召使いの人達にも優しくしなきゃならん。

というか召使いの人達みんな美人だし、優しくするのは男の使命だろう。

第一話　偽聖女は完璧に演じる

光陰矢の如し。

時間っていうのは驚くほど速く過ぎていく。

気付けば俺がエルリーゼになって九年が経過し、流石にこれは夢ではないとアホな俺でも気付かされた。

ゲームだとエルリーゼはこの頃には暴飲暴食がたたって、折角の生来の美貌が台無しになってるけど俺はしっかり自己管理しているので美少女のままである。

とりあえずこの身体、スペックだけは本物だ。

一度聞いた事は自分でも気持ち悪いほどに何でも覚えられるし、魔法とかもスイスイ習得出来る。

あ、今更だけどこの世界には魔法がある。ファンタジーだな。

まあよくある剣と魔法の世界で、世界観的にあまり捻りはない。

まあ変に捻って自分色出そうとして酷い世界観になるくらいならテンプレでいいって一番言われてる事だからそれ。

一応、蒸気機関車くらいはあるので実はそんなに科学が発展していないわけでもないが、ともかくベースはよくある中世ファンタジーだ。

で、この世界の魔法は全部で八属性あって、火、水、土、風、雷、氷、光、闇とあるわけだが、俺はそのうち闇以外の全部が使える。特に光が一番得意だ。

　偽聖女のくせに属性だけ聖女っぽいの最高に草。

　ちなみに闇属性は聖女と魔女しか使えない……というより正確には聖女と魔女は全属性使えるのだ。

　で、この身体マジで才能モンスター。やろうと思えば大体出来るし、前世（?）の創作物で見た凄（すご）い技とか魔法とかも簡単に再現出来る。

　天から光のレーザー降らせたろ！　出来た！　空を自由に飛びたいな！　出来た！

　この世界の回復魔法は欠損までは治せない？　知るか、治れ！　出来た！

　丸太はないのかチクショウ！　あったよ！　でかした！

　マジでこんな感じ。チート。

　最初は俺に努力なんて続くのかって心配もあったのだが、要らない心配だった。

　この世界、マジで娯楽ねえの。

　唯一楽しいと思えるのが訓練と魔法練習だから、むしろそれしかやる事ねえの。

　そんなわけで俺は毎日のように鍛えたし、訓練時間以外も魔法を練習したりした。

　教師とかに『何でそんなに頑張るんですか。自愛していいんですよ』とか言われたが、正直に答えるのも何なので適当に『まあ昔ワイ酷かったし。その分の償いも含めて皆の期待に応（こた）える為（ため）やで。自愛はもう十分したから、今度はお前等（ら）を愛したるわ（キリッ）』とでも言っておいた。

　何か感動して泣いてた。草生える。

　それと、最近はよく外に出て魔物狩りをしている。

ヒャッハー、魔物狩りたーのしー！

パンピーな俺に戦いなんて出来るのかと不安だったのだが、どうやら俺って奴は割とエルリーゼの事を笑えないくらいクズだったらしい。

何というかね……フフ。鍛えた力で思うように弱者を蹂躙（じゅうりん）するのが凄い楽しいというか、快感なんですわ。

どこかの大魔王様が自分の力に酔うのは最高の美酒みたいなこと言ってたけど、まさにその通りだと全面同意するしかない。

最低だとは自覚してるけど、ハンティングマジ楽しい。

圧倒的な力を持つ事の優越感と、全能感。これは一度知れば病みつきってやつだ。

多分人っていうのが元来、自分より弱い奴を一方的に殴る事に楽しさを感じる生き物なんだと俺は思う。

で、俺は多分その駄目な部分が人一倍強いのだ。

すまんな魔物達、謝るから許してや。はい謝った、魔法発射ー！

覚えた魔法をばーっと撃って、ばーっと魔物を蹴散（けち）らす……ああ、気持ちいい……。

これは最高の娯楽ですよ旦那（だんな）。

まあそんな事をしていたら当然、『何でこんな事ばっかすんの?』と言われるので適当に『ホンマはワイも悲しいんやけど、皆を守る為やで（キリッ）』と言っておいた。

何か感動して泣いてた。草生える。

それと、いつかエテルナに聖女の座を返す時の為に聖女の名を上げておこうと色々やってみた。

俺は所詮（しょせん）偽物だ。偽聖女であるエルリーゼに余計な物が入って、ダブルで偽物だ。もう本物要素がどこにもない。

そんな俺は最後には本物の聖女であるエテルナに聖女の座を返して、ざまあされて追放される運命にある。

それはいいし、残念でもないし当然なのだがゲームだとそれまでにエルリーゼが積み上げた悪名のせいでエテルナが苦労して闇落ちしてしまう。

なので俺は、いつかエテルナに聖女の座を返す日の為に聖女の名を高める活動をしようと決めたのだ。

まあ慈善活動やね。

異世界転生ものの転生者さん達のように現代知識無双出来ればよかったのだが、アホな俺にはそんな事は出来ないのでとりあえず魔法の練習ついでに街や村をウロウロして怪我（けが）人や病人に片っ端から辻（つじ）回復魔法かましておいた。

お前は俺の木偶（でく）になるのだ！　その怪我を治す魔法はこれだ！　ん？　間違ったかな……？

おっ、あの娘（こ）めっちゃ可愛（かわい）い。好みだ。でも顔に傷があるな。足も怪我している。勿体（もったい）ない。

てことで、はい回復魔法！　ベイビー、俺に惚（ほ）れてもええんやで？

まあそんな事をしていたら当然、『何でこんな事してんの？』と言われるので適当に『せめて手が届く範囲は救いたいんや。あ、代金は君のスマイルでオナシャス（キリッ）』と言っておいた。

まあつまり、手が届かない範囲は見捨てるって事だけどね。

俺はインド人じゃないんだ。ヨガーとか言いながら手なんか伸びんよ。

何か感動して泣いてた。草生える。

それと主人公のベルネル君にも会った。

本編が始まるのはベルネル君が十七歳の時で、エテルナも十七歳の時だ。

エテルナとエルリーゼは同年齢で俺が今十四歳なので、本編開始まで後三年という事になる。

で、この時のベルネル君なのだが、実はちょっとしたイベントがあるのだ。

ゲームではオープニングでの回想イベントという形でしか見れないのだが、実はベルネルは魔女の魂の一部を何かの間違いで持っていて、闇のパワー（笑）を内に秘めている。

そしてその闇のパワー（笑）はベルネルが十四歳の時に覚醒するのだが、当初彼はそれを使いこなせずに暴走させ、周囲から恐れられてしまうのだ。

くっ……皆俺から離れろ！　俺の右腕に封じられし『闇』が暴発する！

で、その結果地方の領主の息子だったベルネルは親兄弟から散々ボロカスに言われた挙句に追い出されて、自分には価値がないと考える卑屈な性格になってしまう。

その後彼は放浪の末に小さな村に辿り着き、そこでエテルナと出会うのだが……実の家族に捨てられ、皆に恐れられたトラウマから自分の力をとにかく抑え込むようになってしまった。

その性格が災いして、さっさと彼が闇のパワーを使っていれば解決しただろう事件も無駄に長引いたりヒロインの死亡フラグが立ってしまったりで、克服までには長い時間をかけてプレイヤーをイライラさせながら、ようやく使いこなせるようになる。

ちなみに聖女抜きで魔女を倒す方法っていうのが、このベルネル君の秘められし闇（笑）だ。

まあ要するに同じ力だからこそ魔女に通じる的な感じだ。

なので俺は、家を追い出されたベルネル君の行く手に先回りして、自分に価値がないとか何とか色々喚く彼を慰めて、適当に励ましてやった。

するとベルネル君が『俺はハッピーエンドとか無理じゃね？』みたいな、まるでゲームの結末を予言しているような事を言い出したので、ゲームのあのエンディングを思い出して思わず泣けた。

うおおおん。

んで、『なら俺が絶対ハッピーエンドにしたるわ』と約束して、ついでにあんまり男に抱き着きたくないんだけど、仕方ないので（ガワだけ）美少女ハグもしておいた。

海外の挨拶的なものと思えば、精神的な負担はそこまででもない。

ほら、美少女の抱擁だ、喜べ。まあ中身は聳え立つクソなんだけどな！

何かベルネル君は感動して泣いてた。草生える。

ついでに制御出来てない闇のパワーを、ベルネル君が制御出来るくらいまで吸い取っておいた。

魔法マジ万能。これで俺は魔女とも戦える。

というかやりたくない抱擁なんてしたのは、これを盗む為だ。

まあ聖女でも魔女でもない俺がそんな事したら寿命縮むかもしれないけど、クソの寿命が縮んでハッピーエンドに出来るなら安いお買い物やろ。よゆーよゆー。

ちなみにベルネル君が何で平気なのかというと、元々そういう体質なんだと。主人公補正ってすげー。

何か実は何代か前の魔女の血筋で、ベルネル君は先祖返りだとかそんな設定を見た覚えがある。

あ、それとお守り代わりに自作のペンダントを首にかけておいた。

まあ造ったのはお城の職人さんで、俺は魔法込めただけだけど。

効果は、彼が持つ力を軽く封印して制御しやすくするというものだ。

ベルネル君は、内側からそれとなく醸し出す闇の雰囲気で魔女に場所が割れて、それが原因で魔女の使い魔が村にやって来たりして色々と辛い思いをするのでそれも回避させておこう。

ついでに願掛けというか俺の怨念と願望と押し付けがましい執念も込めておいた。

お前絶対エテルナルートいけよ！　エテルナを幸せにしろよ！　いいな、絶対だぞ！

俺はハッピーエンドが見たいんだよぉ！

◇

——完璧に何かを演じきった者がいるならば、それは果たして偽物なのだろうか。

本物と何も変わらず、本物以上に演じたそれは本物と一体何の違いがあるのだろう。

たとえその中身が外道畜生の類であったとしても……救われた者にとって、それは本物と変わりない。

聖女エルリーゼは、我儘という言葉をそのまま体現したような少女であった。

我儘が何でも許される環境にあったが故に、幼い増長は止まる事を知らなかった。

言えば何でも叶えられたし、どんな振舞いをしても許された。

何故なら彼女は、人類が魔女の恐怖から逃れる為の唯一の希望だから。

聖女がいなければ人類は魔女と、魔女が使役する魔物に蹂躙されてしまう。

だから何があっても聖女は誰よりも大事にされる。その命は何よりも優先される。

そんな環境で育ったエルリーゼは他人を全く大事に考えていなかったし、誰にも感謝などしなかった。

美味しい食事、整った生活環境、身の回りの世話をする召使い……それはあって当然のものでしかなく、むしろ水準が少しでも下がれば不機嫌になった。

そんな彼女が変わったのは五歳の時の事だ。

まるで人が変わったように礼儀正しくなり、感謝の言葉を口にするようになった。

今までぞんざいに扱っていた召使い達にも優しく接するようになり、今まで面倒くさがっていた勉強や魔法の練習、戦闘訓練に意欲的になった。

すると、元々優れた才能を持っていたエルリーゼはめきめきとその実力を伸ばし、十になる頃には並ぶ者のいない使い手へと成長を遂げていた。

皆はそれを、聖女の才能だと言う。

確かに才能はあるのだろう。それは間違いない。

だが彼女に剣や魔法の手ほどきをしている教師は、その裏に並々ならぬ努力がある事を知っていた。

まるで何かに取り憑かれたようにエルリーゼは時間を惜しんで、自らを鍛えていた。

休む事など知らないかのように剣と魔法を極め、魔法の技量は闇属性以外の全てを習得するまでに至り、剣の技量はまるで細胞と細胞の間を通すかのような正確さを見せた。

彼女はまさに聖女そのものであった。

十四歳にして完成された美貌。金を溶かし込んだような髪。神の造形美と呼べる顔立ち。

純白のドレスを着こなし、そして誰に対しても分け隔てなく微笑みで接した。

ある時、彼女の教育係にして護衛も務める一人が聞いた。

「エルリーゼ様。何故そこまで……自分を追いつめるように頑張るのですか？　私は貴女が心配です。既に貴女は並ぶ者のいない使い手……どうかご自愛を」

するとエルリーゼは静かに微笑み、言う。

「私はかつて横暴な、最低の女でした。聖女である事を笠に着て、皆の期待を踏みにじっていました。その過ちに気付いたからこそ、今はせめて皆の期待に応えたいのです。自愛などと言うならば、それはもう十分にしました。だから今度は、自分ではなく自分以外を愛しましょう。……そう。私はこの世界の全てを愛しています。だから頑張るのですよ」

彼女は世界の全てを愛していると言い、そして笑顔を浮かべた。

その眩しさに教師は涙を流す。この方こそ紛れもなく聖女だ。あの日我儘だった少女はここまで成長してくれた。

ならば自分は全霊を尽くして彼女に仕えよう。そう、教師達は一同心に決意した。

とある新兵は語る。あれはまさに奇跡だった……と。

彼はその日、絶望の中にいた。そこはまさに地獄の最前線だった。

背後には守るべき街。前には魔女のしもべたる魔物の軍勢。

その数はおよそ千。対し、こちらは僅か三百しかいない。

「援軍はまだか⁉」

「駄目です！　国は完全にこの街を見捨てました！」

聞こえて来るのは絶望的な言葉ばかりだ。

国は街を見捨て、援軍は来ない。

位置的に戦略的な価値がないからだろうか。

それともこの街が囮になっている間に王都の守りを固めるのだろうか。

新兵である彼には分からない。何の情報も来ない。

ただ、ここがどうしようもない地獄である事だけはハッキリと分かってしまった。

「に、に、逃げましょうよ！　早く！」

「馬鹿野郎！　俺達が逃げたら民はどうするんだ！

それに逃げ場なんか何処にもねえよ！　完全に包囲されている！」

ガチガチと新兵の歯が鳴る。

嫌だ、死にたくない。こんな所で無意味に無価値に消えたくない。

それでも現実は無慈悲で、魔物がいよいよ押し寄せてきた。

仲間達の悲鳴が響き、血飛沫があがる。

新兵の青年は前に出る事も出来ずに足を震えさせ、股間部分には水が染みていた。

そしていよいよ魔物が彼の前まで到達し——。

——光が、全てを薙ぎ払った。

それはまるで天からの裁き。

雲の切れ目から光の柱が降り注ぎ、魔物達を絨毯(じゅうたん)爆撃していく。

そうして空から舞い降りたのは、白いドレスの少女だ。

光のカーテンに照らされ、幻想的に輝くその姿に誰もが見惚(みと)れた。

「……ごめんなさい」

桜色の唇が一言、ポツリと謝罪の言葉を述べた。

その意味を新兵が解するよりも早く、少女の掌(てのひら)から光の玉が発射された。

それは片手で掴(つか)める程度のサイズで、しかし魔物達の軍勢に炸裂(さくれつ)すると同時に一気に広がり、彼等を抹消した。

それを二発、三発……次々と魔物の軍勢に撃ち込み、消し去っていく。

その力はまさに圧倒的であった。

「こ、これが……聖女……！　これほどに凄(すさ)まじいものなのか……！」

誰かが言ったその言葉を耳にして、新兵は彼女が聖女である事を知った。

魔女に唯一対抗出来ると言われる人類の希望。光の象徴。

なるほど、と思うしかない。確かにこれは圧倒的だ。次元が違いすぎる。

やがて魔物は完全にいなくなり、聖女は静かに降り立った。

「お、おお……聖女よ！　なんとお礼を言うべきか……。どうか街へいらして下さい。街を挙げて歓迎いたしますぞ」

「いいえ。お気持ちは嬉(うれ)しいのですが、魔物に襲われているのはここだけではありません。私はすぐにでも行かなければならないのです」

町長の申し出を断り、そして聖女は次の戦いへと意識を向けるように空を見た。

そんな彼女に、新兵はつい声をかけてしまう。

無礼だという事は分かっていた。

それでも聞きたかった。何故（なぜ）魔物に謝りなどしたのか。何故そんなに戦うのか。

「せ、聖女よ！　貴女は何故……何故、魔物を倒す前に、魔物などに詫（わ）びていたのですか？　そして何故……それほどに戦いに向かわれるのですか？　お、恐ろしくはないのですか!?」

無礼として不愉快な顔をされてもおかしくない問いだ。

だが聖女は優しく微笑み、新兵と目を合わせて話す。

「彼等も生きています。それを私は、無慈悲に蹂躙（じゅうりん）しました。狩人（かりうど）が遊び半分に動物を狩るように……。それはとても悲しく、罪深い事です。それでも私がやらねばなりません…………皆を、守りたいから」

そう寂しそうに言う少女に、新兵は己の愚かさを悟った。

彼女は、魔物を殺（あや）める事すら罪深いとして心を痛めている。

魔物を殺して心を痛める者などどこにもいない。魔物を生き物と思う者すらいない。

何故なら魔物は恐ろしくて忌まわしい人類の敵だから。

そんな魔物の死すら悲しむほどに聖女は優しすぎて……それでも、自分達を守る為（ため）に罪を重ねている。

そう分かったからこそ、軽率な質問をした自分を心より恥じた。

この日、新兵は一人の兵士となった。

今はまだ弱く、彼女に並び立つなど烏滸がましい存在だ。

それでも、こんな自分でも支えになりたいと願った。

いつの日か、あの優しすぎる少女の力になれるように強くなろうと、彼は己に誓った。


その少女は、人生に絶望していた。

一年前までは幸せだった。裕福ではないが満ち足りた生活をしていた。

優しい両親がいて、友達に囲まれて、婚約者もいた。

だがある日それは呆気なく崩れ去り、魔物に襲撃されて少女は足の腱を斬られて歩けなくなり、女の命である顔に醜い傷を負ってしまった。

すると周囲の態度は一変してまるで腫物を扱うような態度になり、婚約者も離れていった。

神を憎んだ。全てを恨んだ。

何故自分がこんな目に遭わなければならない。どうして神はこんな試練を与えるのだ。

全てに絶望して、何もかもが嫌になった。

高名な回復術師ならば少女を治せる……とまではいかなくても、多少はマシに出来たかもしれない。

だがそうした者達に治療を頼むには大金が必要で、少女の家にはそんな金はとてもなかった。

こんな人生ならば、もう死んだほうがいいんじゃないか……そう、思った。

しかしある日、少女の絶望はあっさりと晴らされてしまった。

何故かこんな小さな村に立ち寄った聖女……エルリーゼが人知を超えた魔力で回復魔法をかけて回り、そして少女の足と顔を完治させてしまったのだ。

金銭も、礼すらも求められなかった。

まるでそれが当然で、自分のしたい事だというように聖女は何事もなかったかのように去ろうとした。

だから少女は、聖女に尋ねたのだ。

「どうして私を救って下さったのですか？　貴女には何の得もないというのに」

すると聖女は同性でも見惚れそうな笑みで、答える。

「私の手は広くない。どうしても取りこぼしてしまう命がある。それでもせめて、この手が届く範囲の者は助けたいのです。……それに、得ならばありますよ。貴方達の笑顔を見られる事が、私にとっては何よりも幸せな事です」

こんな辛い世界でも、どうか前を向いて生きる事を諦めないで欲しい。

強く、笑って生きて欲しい。幸せになって欲しい。

そんな聖女の、心の声が聞こえるようであった。

少女は、知らず涙をこぼしていた。

自分が恥ずかしかった。ウジウジして何もかもに絶望していた自分が本当に愚かに思えた。

何もしようとせずに諦め、憎み、恨み……。

この聖女のように何かを行動に移す事もなく、出来る限りの最善を尽くそうともしなかった。

「聖女様！　いつか……いつか、必ずこの御恩は返します！　私はこの日の事を、決して忘れません！」

もうウジウジするのは今日限りで止めだ。

聖女に希望を与えて貰った。明日をもらった。ならばこの先の自分の命は、彼女のものだ。

全力で返そう。あの聖女の為に生きよう。そう、少女は決意した。


少年――ベルネルは、全てに見放されていた。

死んだような目で森をフラフラと放浪し、枯れ木につまずいて転んだ。

このまま死ぬのだろうかと思ったが、それもいいかもしれないと、死に僅かな希望を見出した。

どうせ自分が死んでも誰も悲しまない。

だが死ねない。どれだけ歩いても、飢えても不思議と命は続く。

この身体にある闇の力が宿主を死なせてくれない。

ベルネルの身体からは常に黒い瘴気が立ち昇り、触れれば植物は枯れ果てた。

ベルネルは元々、地方の領主の長男であった。

次期領主として期待され、幸福に生きていた。

だが十四歳の誕生日……突然、何の前触れもなくベルネルの中から闇の力が暴発し、屋敷を破壊してしまったのだ。

理由は分からない。分かるはずがない。

ベルネルの内に魔女の魂の欠片が入っているなど、この哀れな少年がどうして気付けようか。

ただ分かる事は、自分が魔女のような闇の力を発揮してしまった事。そして……周囲の態度が一変した事だけだ。

『化け物め！　お前など私の子ではない！』

『こんなモノが俺達一家に紛れていたなんて……』

『出て行きなさい化け物！』

『失せろ、魔女の使い魔め！』

誰にも必要とされない。誰からも死を望まれている。

その事実に耐えられるほど十四歳の少年の心は強固ではない。

涙は涸れ、歩く気力さえも失せてしまう。

そんな少年の前に、いつの間にか黒い影が現れていたが……それさえも、どうでもよかった。

『ミツケタ……迎エニ……キタ……。魔女様ガ……オ待チダ……』

黒い影はベルネルに手を伸ばす。

これを取ればきっともう引き返せない。

そう分かっていても、ベルネルには抵抗する気力がなかった。

もうどうにでもなれ……そうとしか思えなかった。

だが次の瞬間――何者かが間に割り込み、光で影を駆逐した。

『貴様……何者……！』

「去りなさい、影よ。この少年を魔道に誘う事は私の命が続く限り許しません」

『聖女……カ……!?　オノレ、ヨクモ邪魔ヲ……！　ダガコノ、チカラ……戦ウノハ得策デハナサソウダ……』

影と少女はいくつか言葉を交わし、そして影は退いた。

聖女――そう影に呼ばれていた少女はゆっくりとベルネルに振り返る。

その姿を、ただ美しいと思った。木陰から降り注ぐ光すらもが彼女を引き立てる為の物に思えてしまった。

「大丈夫でしたか？」

聖女は微笑み、そしてベルネルへ声をかける。

「………放っておいてくれてよかったのに」

違う、こんな事を言うべきではない。

そう思っていても、ベルネルの口は思ってもいない事を吐き出していた。

聖女はそれに嫌そうな顔一つせずに、静かにベルネルを見ている。

「……どうせ俺は、死んでもいい存在だ。いなくなっても誰も悲しまない。だったらあのまま、あの影に連れ去られて死んでも……よかった……」

問われたわけでもないのに、醜い不満が次々と口から出る。

「あんたには分からない。聖女なんて言われてる奴には絶対俺の気持ちは分からない！　俺みたいな、価値のない人間の心なんて分からないんだ！　道端に落ちている糞にも劣る価値しかない薄汚い人間の気持ちなんて、誰にも分からない！　生き延びてもどうせ、俺の未来なんて………」

気付けば、大声で喚いていた。目の前の存在が羨ましかった。

聖女……人類の希望。誰からも愛される存在。

自分とは違う。そんな嫉妬と羨望から、言いたくもない言葉が口から零れ落ちる。

不思議と、彼女の緑色の眼を前にすると良くも悪くも正直になれた。

何もかもをぶちまけてしまいたい気持ちになった。

そんな少年へ、聖女は言う。

「少なくとも、私は悲しいです。貴方が死ねば……私は、悲しい」

ベルネルは聖女の瞳を見て、驚いた。

彼女の目からは涙が一筋、零れていた。

こんな初めて会う、呪われた男なんかの為にこの少女は泣いてくれるというのか。

……悲しんでくれるというのか。

それが、今のベルネルにとっては何よりの救いに思えた。

そして気付けば柔らかいものに包まれていて……ベルネルは、自分が抱きしめられている事に遅れて気が付いた。

「それにほら、汚くなんかない。貴方は、価値のない人間なんかではありません」

「……ッ、!」

ベルネルの目から、堰を切ったように涙が溢れる。

あの力に目覚めて以来ずっと、どこにいっても汚物扱いだった。

醜い、汚い、汚らわしい、忌まわしい……そんな言葉をどこにいっても浴びせられた。

誰も自分に触ろうとすらしなかった。近付く事すら嫌った。

そんな自分を、この少女は躊躇う事なく抱擁してくれている。

その心地よさに目を閉じ……だが、ベルネルはハッとして少女から離れようとした。

「だ、駄目だ！　俺に触れちゃいけない！　このままじゃ貴女が……！　すぐに離れてくれ！」

ベルネルの身体から溢れ続ける瘴気は、彼の意思に関係なく周囲を蝕む。抱擁なんてもってのほかだ。

だからベルネルは慌てて離れようとしたが、そんな彼を安心させるように聖女は彼の背を叩く。

「大丈夫……大丈夫ですから。恐れないで。その力はいつか、貴方の助けとなります。けれど今はまだ制御出来ない力は貴方を苦しめてしまう……だから、少しだけ、私の方でその力を借りておきますね」

聖女がそう言うと、今までベルネルを苦しめていた瘴気が聖女の方へ移り、その身体の中に取り込まれた。

嘘のようだった。あんなに苦しめられてきたのに、こんなにも簡単に制御出来てしまうものなのかと思った。

彼女は本当に聖女なのだと……そう信じる事が出来た。

「どうか幸せになる事を諦めないで下さい。辛い事は沢山あるけど、いつかきっと必ず……ハッピーエンドに辿り着けるから。……いえ、私が必ずそうしてみせます」

――たとえこの身が砕けようと。

小さくそう呟き、そして聖女はベルネルから離れて笑顔を浮かべた。

無条件に信じたくなる力がそこにはあった。

どんな闇でも、その先には光がある……そう信じたくなった。

聖女は懐から鎖付きのペンダントを取り出し、それをベルネルの首にかける。

「……これは？」

「貴方の力が外に漏れないようにする道具です。それと……ちょっとしたおまじないです」

「おまじない？」

「そう。貴方がいつか、辿り着けるように。貴方の聖女と巡り合えるように、願をかけておきました。……大丈夫。貴方は絶対に幸せになれます」

そう最後に言い、聖女はどこかへ飛び去って行った。

その背中を見ながらベルネルは、彼女から与えられたペンダントを握りしめる。

もうそこに、ウジウジした少年はいなかった。

暗かった目には力が宿り、空気は今までになく爽やかに思えた。

これまで醜く見えていた世界が、この上なく美しいものに見えた。

心には光が差し込み、全てが眩しく輝いている。

彼女は言った。『貴方の聖女と巡り合えるように』。

それはきっと、いつか自分にも受け入れてくれる素敵な女性が現れるという意味なのだろうが……ベルネルにとって聖女は彼女以外有り得なかった。

たとえこの想いが届かなくてもいい。それでももう一度会いたいと思った。側にいたいと願った。

ならばこのペンダントは『約束の証』！　いつか再び出会い、返す時の為の『導』！

いつかあの聖女と再会する。

その為にベルネルは、この先何があろうと光を信じ、光の道を突き進む決心を固めた。

偽聖女エルリーゼは偽りの聖女である。
しかし、救われた者達にとっては紛れもない本物であった。

第二話　変化するシナリオ

夢の中というのは時々、『あ、これ夢だ』と思う事がある。

まさに今の俺がそうで、俺は夢を見ていた。

そこにあるのは見慣れた我がアパートの一室で、俺の姿も冴えない野郎に戻っている。

身体のどこにも痛みはなく、現実感がなくてフワフワしている。うん、やっぱ夢だなこれ。

何か自分の姿を自分で客観的に見ているというのも不思議だが、まあ夢なんてそんなものだ。

まあ夢とはいえ元に戻れたなら、しばらく現代生活を満喫しよう。

そう思ってまずやったことは、ボケーっとこっちを見ている『俺』に乗り移ってパソコンの電源を入れ、『永遠の散花』の公式ホームページを開く事であった。うーん、この。

だが仕方ないのだ。何故ならカレンダーに示された今日の日付は待ちに待った公式人気投票の日。

たとえ夢であっても結果が知りたい。

勿論俺はエテルナに票を入れたので、彼女がトップであって欲しいと思う。

そして開いた人気投票……そこに、俺は信じられない物を見た。

一位……マリー。悔しいけどこれはまあ、残当。

マリーっていうのはこのゲームで一番人気の高いクーデレヒロインだ。

いつの世もメインヒロインより人気の高いサブヒロインってのは出るものである。

二位はエテルナ。残念ながら一位にはならなかったが、まあ高順位だ。次の人気投票があれば一位を目指して欲しい。

そして三位……四位ときて……五位、エルリーゼ。ファッ!?

……………いやいやいやいやいやいや。ねーよねーよ。

これ投票した奴頭のネジ吹っ飛んでんじゃねーの？　あのエルリーゼに何で投票してんの？

エルリーゼっていえばあれだ。このゲーム不動の嫌われ者。皆大嫌いエルリーゼ。

ヘイト役界の大御所。憎まれ役の鑑。聳え立つクソの山。偽聖女クソオブザイヤー。

そんな奴が人気投票五位なんてあり得ない。

俺は慌ててコメントページを開く。するとこんな事が書かれていた。

『エルリーゼ様マジ聖女』

『本物より本物らしい聖女の中の聖女』

『ふつくしい……』

『エルリーゼルート実装はよ！』

『エルリーゼ様！　エルリーゼ様！』

『ルートがないのにこの順位……流石です聖女（真）様！』

『このゲーム最大の良心』

『ぐう聖』

『確かに偽聖女だったな……何故なら彼女は女神だからだ』

『五位かよちくしょおおおおおお！』

『メインのルートがなかったのが最大の敗因だった』

『実際こっちが本物だろ。エテルナなんてエルリーゼ様の手柄を横取りしただけじゃん。聖女（笑）』

『→他のヒロインディスりたいならチラシの裏でやってろカス』

『→×2　好きなヒロイン持ち上げるのにわざわざ他のヒロイン貶（おとし）めるな』

『→×3　地獄に落ちろ』

『聖女と呼ぶに相応（ふさわ）しい最高の偽物』

……………？　……？？　？？？

おかしい……俺の知っているエルリーゼとまるで噛（か）み合わない。

エルリーゼっていえばあれだ。本物の聖女であるエテルナと取り違えられた偽聖女で、散々好き放題やって聖女の名を地に落としただけでは飽き足らず。本編でも散々クソな事ばかりしてプレイヤーのヘイトを買いまくり、最後にはざまあされて退場する、魔女よりもクソなキャラクターだ。

間違えてもこんな評価されるキャラクターではない。

何だこれ？　もしかして今日ってエイプリルフール？

いや、日付は少なくとも四月一日ではない。

何だ。どうなっている。俺は一体何を見ているのだ。

そう思い、俺はエルリーゼの名前で検索した。

するとこんな情報が目に飛び込んでくる。


【エルリーゼ】

『永遠の散花』の登場人物。非攻略キャラクター。

聖女と呼ばれる存在。

幼い頃（ころ）は我儘（わがまま）だったが、ある日を境に聖女の自覚に目覚めて人が変わったように『誰かの為（ため）』に活動するようになる。

聖女の名に恥じぬ圧倒的な魔力と剣術の腕を持ち、その戦闘力は作中最強。

闇（やみ）の象徴である魔女と対を成す光の象徴として、時にプレイヤーの前に現れて手助けをしてくれる。

物語開始時に十四歳のベルネルの前に現れて彼が闇の力を制御出来るように助力し、ペンダントを授けて彼の人生に大きな転機を迎えさせた。

しかし、この時にベルネルの力を吸い取った事で寿命を縮めてしまっている。

また、この時の出来事が原因で歳（とし）を取らなくなり、外見年齢は本編時点でも十四歳のまま。

魔物に襲われている場所があればどんな小さな村でも見捨てず自ら出撃し、傷付いた者がいれば分け隔てなく癒（いや）す。

まさに聖女を絵に書いたような非の打ちどころのない少女だが、実は本物の聖女ではない。

赤子の頃に手違いでエテルナと取り違えられてしまっただけの一般人であり、当然彼女に魔女を倒す力など備わっていなかった。

しかし彼女のあまりにも完成された聖女としての振舞いから、彼女を偽物と思う者は魔女を含めて誰（だれ）もいなかった。

だがエルリーゼ本人はその事を知っていたらしく、いつの日か本物の聖女であるエテルナに聖女の座を返す為に邁進していた事を明かしている。

【本編での活躍】

攻略不能なキャラクターだが、どのルートでも登場して存在感を発揮する。

初登場がオープニングのベルネル十四歳の時なのはどのルートでも共通。
・エテルナルートでのエルリーゼ
本格的に登場するのは魔法学園……


エルリーゼのキャラ説明を見ていると不意に、視界がモザイクのように歪み始めた。

あ、やばい。これ夢から覚めるやつだ。

俺の耳には、鳥の囀りが聞こえている。

ちょ、待て待て待て。続きを見せろ。魔法学園で何？　どう登場するんだ？

ここまで見たら気になるだろうが！　おい！　おい！

チクショーメー！


……目が覚めてしまった。

ああ、朝日が眩しいなクソッタレめ。

俺はベッドから起き上がり、軽く伸びをする。

それから鏡の前に立って軽く身だしなみを整え、中身のクソさに反比例するような自分の美貌にドヤ顔をした。

本編時点ではエルリーゼは喰(く)いすぎで丸々と肥えた肥満体型になってしまっているが、俺はそんな事はない。

適度に運動（魔物苛(いじ)め）をしているのでスリムな体型を維持し、髪も肌も輝くような質を保っている。

ちなみに魔法で少しズルをしてるのは内緒な。

この世界って現代みたいに髪のうるおいを保つだとか、肌を綺麗(きれい)にするとか、そんな便利なものはないから魔法でやるしかないのよ。

それと俺は今年で十七になるが、外見は十四の頃から一切変化がなくなってしまった。

まあ所詮(しょせん)偽物な俺が主人公のダークパワー（笑）なんて取り込めば、細胞もおかしくなるわな。

さて、いよいよ本編開始だ。

俺の目的は最初から変わらず、ベルネルをエテルナルートに進ませた上で幻のハッピーエンドを見る事である。

で、後は俺自身はそれを見届けたら退場でいいかな。

最善は本物のエルリーゼが何かの間違いで復活しないように死亡退場する事だ。

後は次善策として、偽聖女カミングアウトからの追放で辺境とかに行って、そこでのんびりとスローライフとかもいいかもしれない。

ちなみに実は死への恐怖とかはあんまりない。

というのも、『永遠の散花』には死後の世界や生まれ変わりがある設定だからだ。

死ぬのが怖いって思うのは要するに死んだらどうなるか分からないからっていうのが大きいわけ

で、誰しも一度は永遠に眠りが続く事を恐れたりしたと思う。

逆に言えば死んだ後に働かなくていいニート天国があるなら、死を恐れる奴は半分以下に減るだろう。

だからベルネル君の闇パワーを吸い取って寿命が減っても別に俺的には問題ないわけだ。

むしろ聖女ロール面倒なのでさっさと死んで天国でニートしたい。

……………地獄行きだったらどないしよ。

ま、とりあえず今後の予定だ。

ベルネルはあの後無事に、ヒロインのエテルナが暮らす村に到着して十七歳になった。

そしてベルネルとエテルナの二人は魔法騎士を育成する魔法学園に入学するわけだ。うーん、この捻りの欠片もない一周回って潔いテンプレ。

この学園では魔女や魔物と戦う未来の騎士を育てているわけで、特に成績優秀な者は聖女の近衛騎士に抜擢される。うん、どんな罰ゲームだ。

ゲーム本編では勿論の事ながら、ベルネルとエテルナはこの座を求めていない。

そりゃそうだ。散々悪名を轟かせてきた醜悪でクソな聖女の近衛騎士なんて誰がやりたいんだよ。

学園に入った理由は純粋に魔物と戦う力を欲しての事だ。

しかしベルネルの主人公体質が悪い方向に作用してエルリーゼに気に入られてしまい、近衛騎士になれとあの手この手で誘われる。

で、首を縦に振らないベルネルにエルリーゼが逆切れして色々と嫌がらせをしまくり、ベルネルの近くにいる他のヒロインにまで悪辣な嫌がらせや苛めを行い始める。

もうくたばれよ、このクソ偽聖女。今は俺だけど。

で、この偽聖女のせいで何人かのサブヒロインが不幸になる。

つまりは俺の当面の目標は本編のようなアホな行動をしない事。

本来不幸になるはずだった子達を不幸にならないようサポートする事だ。

そんなわけで学園の来賓としてお呼ばれしていた俺は、新入生諸君を観察しながら制服かっけーなーとか思っていた。

デザイン的には十七世紀くらいのイギリスの軍服から装飾や武器を外したような感じだろうか。

男子の服の色は黒を基調にしつつアクセントとして青が散りばめられ、女子は白を基調にしつつ緑色で飾られている。

意外だな。どっちも赤は使ってないのか。

「では、聖女エルリーゼ様より新入生の皆様への挨拶（あいさつ）をどうぞ」

あ、出番？　生徒達に何か言えと？

これ実は毎年やらされてるんだけど、台詞（せりふ）のネタそろそろ尽きそうだわ。

本編だとエルリーゼは『私の目にとまるように精々頑張りなさい』とか『ここでは私がルールよ』とかただでさえ地に落ちている評価を更に落とすような発言を繰り返し、挙句の果てに最前列にいた不細工な新入生を『見苦しいからお前はいなくていいわ』とその場で退学にしてしまう。最低過ぎる……。

というか普段からそうやって無駄にヘイト稼ぐメリットが分からん。

とりあえずスピーチしないとな。さて、何を言おうか。

『アルフレア魔法騎士育成機関』——通称魔法学園。

正式名称に学園なんて文字は入っていないのに皆は学園と呼ぶ。

そこは、世界各地から騎士を志願する若者を集めて育成する、人類の未来の戦力を担う機関である。

初代聖女アルフレアの名から取られたその機関では厳しい訓練を課され、それを乗り越えた者には輝かしい騎士としての道が約束される。

更に一部の成績優秀者は人類の未来を担う聖女の近衛騎士として抜擢される事もあり、若者達にとってここはまさに夢の登竜門であった。

教育機関といいつつ、新入生達が今集められている場所は巨大な礼拝堂のようであった。

壁や天井は白、青、赤、黄、緑などの様々な色で彩られ、荘厳な雰囲気を生み出している。

椅子に座る生徒達はいずれも、ここに来るまでに厳しい試験を乗り越えて狭き門を潜(くぐ)り抜けてきた者達だ。

全員がやる気に満ちた顔をしており、緊張感と共存している。

その中に、十七歳になったベルネルはいた。

「流石(さすが)に空気が違うな……」

今日は新入生達にとって晴れ舞台であると同時に、始まりでもある。

既に狭き門を抜けてきた彼等だが、ここからは同じようにその狭き門を抜けてきた者達が学友でありライバルとなるのだ。

この中で晴れて騎士になれるのは一割程度で、それ以外の者は騎士の下の役職に就けられる。

魔法騎士とは聖女と共に魔女と戦う人類の矛であり盾。戦いに生きる者全てが憧れる勇者だ。

故に誰もが簡単になれるわけではなく、現役の兵士などは三割近くが一度は騎士を目指して夢破れた者達である。

更にその中でも限られたほんの数人だけが、聖女の側にいる事が許される近衛騎士になれるのだ。

ベルネルが目指す頂はそこであった。

あの日、聖女に――エルリーゼに救われて以来、いつの日か彼女と共に戦う事を夢見て生きてきた。

再会の約束であるペンダントを離した事は一度もない。

その夢の舞台に、今ようやく辿り着いた。

かつては、全てに絶望していた。全てを呪いたいと思っていた。

その自分を救って、抱きしめてくれたのは彼女だ。

闇で包まれていた人生に、彼女は光をくれた。

あの時に決めたのだ。何があろうともう闇には靡かない。

彼女が示してくれた光の道を突き進む事を。

そんなベルネルを見ながら、同じ村の友人である少女……エテルナは複雑そうに顔を歪めた。

「……嬉しそうだね、ベル」

「そう見えるか。駄目だな俺は……まだ入り口に立ったばかりだっていうのに。ちゃんと気を引き締めないとな。そうだ、こんなんで満足してちゃ駄目だ。あの人と同じ舞台に立つ為にも、俺はここで強くならないと」

エテルナは、ベルネルが十四歳の時に辿り着いた村で暮らしていた少女である。

美しい銀色の髪を持つ娘で、村では一番の美少女として評判であった。

それは決して誇張表現ではない。貧しい村であるが故に髪や肌の手入れなど出来ず、生来の美貌が霞んでしまっているものの、素材そのものは聖女エルリーゼにだって負けていないだろう。

そんな彼女が気になっているのは、三年間とはいえ共に過ごし成長してきたベルネルだ。

恋愛感情……かどうかは分からない。

だがエテルナの暮らす村では、歳が近くて仲のいい男女が自然と夫婦になる事は当たり前の事であったし、エテルナもいつかはベルネルとそうなるのだろうなと漠然と思っていた。

そして、それは別に嫌な事ではなかった。

だがベルネルの見るものはずっと遠くにあり、彼の視界にはずっと別の女性だけが映っていた。

「何か人数……多いね」

「ライバルだらけって事か」

騎士を目指す者は少なくない。

だがここ近年は、過去に比べても騎士を志願する者が増えていた。

その理由は、歴代最高の聖女とまで謳われる聖女エルリーゼにある。

戦場で魔物から救われた新兵が、もう一度心身ともに鍛え直してこの学園の扉を叩いた。

顔と足と心に負った傷を無償で癒された少女が弓の名手となり、恩を返す為にやって来た。

そして全てに絶望していた、闇を宿した少年が光に憧れ、青年となって入学した。

その他多くの、直接間接問わずに聖女に救われた者達。あるいはその姿を遠くから眺めていた者達。

そうした若者達が次々とこの学園を目指し、ここ数年は過去例を見ない大豊作の時代が訪れていた。

「では、聖女エルリーゼ様より新入生の皆様への挨拶をどうぞ」

そして、その大豊作を生み出した歴代最高の聖女が壇上へ上がった。

その姿に誰もが見惚れる。

腰まで届く輝く金髪。きめ細かい白い肌。宝石のような瞳。

純白のドレスは彼女の為だけに存在しているかのように似合い、頭を飾る白い花の飾りが魅力を引き立てる。

老化という劣化を放棄した永遠の十四歳は若々しさに溢れ、ベルネルが昔に出会った時そのままの姿であった。

奇跡の前では時間すら頭を垂れる。彼女を衰えさせる事は時の流れですら出来ない。

そう突きつけられたようで、ただ新入生達はその姿に釘付けとなっていた。

「皆様、よくぞ厳しい試験を越えて狭き門を潜り、ここまで来られました。まずはその努力に、心からの賛辞を送りたく思います」

鈴が鳴るような声が響き、新入生達の鼓膜を揺らす。

しかし続けて彼女の口から出たのは、予想しなかった言葉であった。

「しかし夢を壊すようですが、騎士とは皆様が思う程栄誉に溢れたものではありません。騎士とは最前線で戦う者達の事。常に命の危険が付きまとい、ほとんどの者は一年生きる事すらなく死を迎えます。そして残酷な事に、一人や二人が名誉の戦死を遂げても……大勢は何も変わりません。『名誉ある死』と謳われるものの大半は、何の戦果も挙げられない……名誉だけの死です」

騎士達が守るべき聖女からの、まさかの騎士否定である。

お前達が思う程騎士は輝かしい仕事ではない。

辛いし、死の危険ばかりだと現実を突きつける。

その上で、その死すら無駄死にである事を隠す事なく告げた。

「だからこの道を志す前にもう一度振り返って下さい。本当にそれでいいのかと。『聖女』などという他人を守る為に命を捨てていいのかと。私は、そんな事で命を散らすよりも家族を守って生きて欲しいと思います。この世に一人だって、私などの為に盾になって散っていい命などありません」

騎士とは聖女の盾であり矛であり、そして身代わりだ。

聖女を生かす為に騎士はいる。

聖女が万全の状態で魔女と戦い、これを打倒する為の捨て駒こそが騎士だ。

勇者だの戦士の誉れだの名誉の死だのと、どんな美辞麗句を並べ立てて飾ろうと、その本質は変わらない。

騎士は生贄である。騎士とは身代わりである。それを他ならぬ聖女自らが断言していた。

その姿を見てベルネルは、あの時から本当に変わらないと思い……笑った。

分かっている、決意している。

これでいいと思ったから、ここにいるのだ。

聖女の立場からすれば、身代わりは多ければ多い程いいだろうに、彼女はそれを良しと思わない。

だからこうして、騎士志願の者達を遠ざけようとするし……それで騎士が一人もいなくなってもきっと、彼女は一人で魔女に挑むのだろう。

そんな彼女だからこそ、守りたいと思ったのだ。

それはきっと、ここにいる全員に共通する思いだ。

「何も魔物を倒すだけが戦いではありません。家族を守り、子を産み育てる。それもまた立派な戦いです。それだけで貴方達(あなたたち)の生は、私などよりも遥(はる)かに価値のあるものになる。どうか今一度考えてください。本当にここが……貴方達の命を使うべき場所なのかを」

エルリーゼの、まるで新入生を追い出すかのような異例のスピーチが終わった。

だがそれを聞いて逡巡(しゅんじゅん)する者はいない。席を立つ者もいない。

全員が既に覚悟を決めている。決意を固めている。

自分一人が死んでもそれは大勢に影響を与えず、『名誉ある戦死』としてその他大勢として扱われる。

だがそれがどうした。ならばその他大勢としてあの聖女と共に戦うだけだ。

結果としてエルリーゼのスピーチは、エテルナを含む僅(わず)か少数の生徒を困惑させただけで……それ以外の全員の決意をより一層燃え上がらせただけであった。

第三話　迷走、ベルネル

はあ〜〜〜。ほんま付き合いきれんわ。

あいつ等自殺志願者か何かなんですかね？

俺の言った事は要するに、『喜んで死にに行く真似せんでも、どうせお前等その他大勢のモブだから死んでも生きてても大勢変わらんぞ』って事だ。

主人公一派が敵と戦ってる背景で「ウワー」とか「ギャー」とか「強い！　強すぎるう！」とか「や、やられちまうう！」とか言いながら適当に死んでる顔無し兵みたいなもんよ、マジで。

だったら田舎に引っ込んで農業生活して、ついでに親孝行して、結婚して子供でも産んだ方が余程世界に貢献出来るぞって事をオブラートに包んで言ってやったんだが、一人も帰らねえ。

騎士ってのは要するに聖女を生かす為の肉盾なわけだが、そもそも俺に肉盾とかいらんっての。

俺、空飛んでるのよ？　お前等どうやって俺を守る気なの？

飛べないお前等がいてもむしろ邪魔だっちゅーねん。

あー、萎えるわー。俺は自分でもハッキリ分かるクソだけど、一応BB弾くらいの小ささの罪悪感とかあるわけで。

流石に俺の為に見知らぬ他人が無駄死にしたら……まあ、うん。ちょっとくらいは後味の悪さを感じる……かもしれない。

いやごめん、嘘。本当は多分何も感じない。

テレビの向こうで会った事もないどこかの県に住む誰々さんが事故でお亡くなりになりましたって言われたって『ああカワイソー』とは思っても、その数秒後にはもう名前すら覚えてないだろうしそのニュースを見た事すら次の日には忘れているかもしれない。

残念ながら俺にとっては、その他大勢の騎士だの兵士だのの死はその程度の認識にしかならないのだ。

だからこそ、一層無駄死にである。こんな奴の肉盾になって死ぬとかマジで人生の無駄遣いだろ。

でも萎えてばかりはいられない。この先も学園であれこれイベントが目白押しだ。

まあその大半は放置しても我らが主人公のベルネル君が自力でバンバン解決してバンバンサブヒロインの好感度をあげて、バンバン惚れられるわけだけど、いくつか放置するわけにはいかんイベントがある。

それは選択肢によってはヒロインやモブが死んだり不幸になったりするイベントだ。

というか正しい選択を選んでもモブは割とあっさり死ぬ。

ベルネル君が正しい選択肢ばかり選んでくれるぐう有能ならいいんだけど、いくつかは初見殺しで『普通それ選ばねーよ』っていうのもあるし、一度クリアしての二周目じゃなきゃ選べない……ていうかそもそも表示されない選択肢とかもある。

一周目だと絶対死ぬヒロインとかもいるからなあ、このゲーム。

お前の事だよエテルナ。一周目だとどう頑張ってもラスボス化しやがって。

まあエテルナは二周目でトゥルーエンドに入っても死ぬけど。この子不憫すぎん？

他にもメインルート以外だと絶対死ぬヒロインもいる。魔女とか魔女とか魔女とか。

それ以外だとこの学園の美人女教師でファラっていうおっぱいがいるのだが、この人も一周目だと確定で死ぬ。

このファラさんは何故かエテルナを暗殺しようとするので、一周目ではベルネルがそれに立ち向かい、戦闘後には突然態度が豹変（ひょうへん）して謝罪しながら崖（がけ）に身投げして死んでしまう。

で、二周目だとこの戦いにエテルナを連れて行けるのだが（一周目は狙（ねら）われている本人なので危ないという理由で絶対連れて行けない）、エテルナの力によって実はこのファラさんは魔女に操られているだけの被害者である事が判明してエテルナの聖女パワーで洗脳から解放される。

ついでにこのイベントによってエテルナこそが真の聖女である事が判明するのが早まり、エルリーゼざまあイベントも前倒しになってエテルナ闇落ちを回避出来るってわけだ。

つまりこのイベントはファラさんの生存に加えてエテルナの闇落ちを避ける為の重要なイベントでもある。

……というか、ここでエテルナを暗殺しようとする辺り、魔女さんエルリーゼが偽物ってこの時点で気付いてるよね。

まあ聖女と対の存在である魔女なら普通に気付くか、そりゃ。

というか対になってなくても、気付くわあんなの。

とりあえず、俺はもう偽物とバレていると考えていい。

次にファラさんの洗脳解放からのイベント前倒しだが、こっちは別に気にしなくてもいいだろう。

そもそもエルリーゼの中身が俺なわけで、そんなに悪事とか働いていない。

むしろエテルナに聖女の座を返す時の為に名声を高めてるわけで、エテルナの村襲撃からの闇落ちイベントはないはずだ。

まあ一応襲撃する馬鹿の事は今のうちから調べてるけど。

とにかくファラさんがエテルナを暗殺しようとするタイミングは分かっている。

俺はそのイベントに割り込んでファラさんが操られている事を言えばいいだけだ。

ガハハ、勝ったな。風呂入って来る。


風呂入って冷静に考えてみたら割とやばかった。

突然だが『ベルネルとエテルナをくっつけてハッピーエンドを見よう』チャートには実は重大な欠陥がある事に俺は気付いてしまったのだ。

それは他でもない俺が別に学園の生徒でも何でもないという事だ。

つまりリアルタイムで監視が出来ない。イベントの大半は学園で発生するのに、その肝心の物語舞台である学園に俺がいない。

それはそうだ。魔法学園は聖女に仕える騎士を育成する為の学園である。そこに（偽物だけど）聖女本人が入学するわけがない。

じゃあ学業どうするのと思われるかもしれないが、そんなのは有名な教師とマンツーマンに決まっている。

いやマンツーマンじゃねえわな。俺一人に対して教師いっぱいいるし。

聖女っていうのはこの世界で言うと王女や王子よりも遥かに立場が上の存在だ。

預言者とかいう胡散臭い仕事をしてる奴がいて、そいつが聖女の誕生を予言するとお偉いさん達がワラワラとそこに群がり、そして両親から無理矢理取り上げ……じゃない。説得して両親から預かるのだ。

その時に大金も渡すので、まあ大半の両親はこれであっさり手放す。

薄情かもしれないが、この世界では食い扶持を減らす為に実の子供を捨てたり売ったりするのが当然なので、大金を渡せば大体首を縦に振る。

だからエルリーゼの両親がどこにいて、今何をしているかとかは俺も知らない。

公式設定によると一切の罪悪感なく、遊びまくっているらしい。

……子が子なら親も親だな……。

そうして引き取られた聖女は、聖女を育てる為の専用の城で箱入りで育てられる。

場所は丁度大国同士の国境付近。何故こんな面倒な事になっているかというと、どこか一国が聖女を所有する事を避ける為らしい。

そして各国から選ばれた騎士や教師、身の回りの世話をする召使いなどが送られて育てられるのだ。

誰か親代わりくらいしてやれよと思うが、聖女というのはこの世界ではある意味信仰対象のようなもので、『人の中に聖女の力を持つ子が生まれた』じゃなくて『人という依り代に聖女が宿った』みたいな考えなのだ。

なので実質的に聖女の発言力や権力は国王を上回る。

そんな俺が入学なんて出来るわけもなく、出来るのは視察という名目でタイミングを合わせて学園に行くくらいだ。

で、ここで問題二つ目だ。

イベントのタイミングは大まかには分かるが、正確な日付は分からない。

『永遠（くおん）の散花（さんか）』には一応日付システムはちゃんとある。それも都合よく西暦ソックリで何月何日何曜日と記される。

おいスタッフゥ！　ここ適当すぎんだろォ！

一応曜日はこの世界の属性である氷、火、水、風、雷、土、光の七つに変わっているが、それだけだ。

氷曜日が現実で言う所の月曜日ポジで、火と水と土はそのまま。木曜日の代わりに風曜日が入り、金曜日の代わりが雷曜日。日曜日ポジションが光曜日だ。

一つだけハブられた闇（やみ）は泣いていい。

闇属性はね……どうしても魔女が使う力のイメージが強いから基本的にハブられる傾向にある。

で、日付や曜日まであるならばイベントのタイミングも分かるのではないかと思われるかもしれないが……イベントは、ベルネルの行動によって多少前後する。

例えば前のプレイで五月二日に起こったイベントも次のプレイでは五月四日だったりする事もあるのだ。

何でこんな事になっているかというと、『永遠の散花』がそもそも決められた日数の中で学園生活を送ってベルネル君を鍛えつつイベントを進行していくタイプのゲームだからだ。

なのでどうでもいい事で日数を消費し続けたりするとイベントも後に大幅にずれたりする。

つまり……分からないのだ。

俺はファラさんがエテルナを襲撃するイベントに割り込んでファラさん死亡を避けるつもりだったが、そのイベントがいつ起こるのかが分からない。

最悪、ベルネル君が自主トレばかりしてイベントを何一つ進めず、イベントそのものが起こらないかもしれない。

このゲームは朝、昼、夕、夜、深夜の五回に分けて自由行動があり、その時に自主練したり勉強したり女の子とコミュったりする事が出来る。勿論（もちろん）どれを選んでも時間は進む。

そしてひたすら自主練ばかりして誰（だれ）とも一切フラグを立てずに学園を卒業するぼっちルートというふざけたプレイも一応可能なのだ。

まあ、流石にそんなネタプレイはしていないと思うが。

ちなみに俺がエルリーゼになっているので、もしかしたらファラさんを見殺しにしてもエテルナ闇落ちは普通に避ける事が出来るのかもしれない。

そもそもエテルナ闇落ちの原因はエルリーゼだし。

ファラさんのイベントは所詮（しょせん）、その原因であるエルリーゼの退場を早める為（ため）のものでしかなく、ファラさんの生死そのものはエテルナの闇落ちと何の関係もない。

だがファラさんはゲームでは重要なフラグだった。念のために生存させておきたい。

それに、そういうの抜きでもあのおっぱいは死なせるには惜しい。

ファラさんは年齢二十四のウェーブのかかった茶髪の美人女教師だ。

顔立ちは少しきつめで、胸のサイズはＦカップのダイナマイツ！　ボディの持ち主である。

俺の目の保養の為にも可能ならば生存させたい一人だ。てーか生存させる。

まあイベントの発生タイミングが分からないなら分からないなりに、やり方はある。

要するに調べればいいのだ。

学園まで視察に行って、教師達と話してベルネルやエテルナの事を聞けばいい。

『永遠の散花』を何周もして全ルートを制覇した俺ならば、周囲の評判や授業態度、周りにどれだけ名前を憶えられているか、最近何があったかなどで今どのくらいまでイベントが進行しているか分かるし、各ヒロインの好感度なども攻略サイトを見る事なく数値化して計測出来る。

よし、これなら余裕やな。勝ったわ。もっぺん風呂入って来る。


やべえよ……やべえよ……。

ひとっ風呂浴びてから視察と称して学園に向かい、教師達から話を聞いた結果、俺は自分の考えが甘すぎた事を痛感していた。

信じられない事が今、起こっている。

まず各ヒロインのベルネルへの好感度。何とエテルナ以外ゼロ。エテルナも初期値のまま。

次にイベント進行とフラグ。何一つ進んでいない。

サブヒロイン達はベルネルの名前すら知らない。

最後にベルネル。朝は自主練、昼は自主練、夕方も自主練で夜も深夜も自主練自主練。

こ、こいつ……まさか！　まさかこんな！　信じられない！

こいつ何と！　イベントを何一つ進めていないッ！　ヒロインと会話もしていない！

自由行動を全部自主練に使ってやがるッ‼

この世界のベルネルはネタプレイに走っている‼

ちょちょちょちょ、ちょっと待てちょっと待て、ちょっと待てよお前。

なあベルネルお前。お前は知らないだろうけど『永遠の散花』はギャルゲーなんだよ。恋愛するゲームなんだよ。

戦闘とかの要素もあるけどそっちはオマケで、あくまで女の子との恋愛がメインなんだよ。

俺としては勿論断固エテルナルートに行って欲しいし、てゆーかそれ以外認めないけど、それでもお前、誰にもフラグ立てないどころか会話すらしてないってどういう事？

お前ギャルゲー主人公が誰とも会話せずにずっと自主練＆自主練しててどうすんだよ。

このままじゃぼっちルート一直線じゃねえか。

エンディングの一枚絵でムキムキになったベルネルが多くのいい男に囲まれて『女など我が覇道には不要！』とかふざけた事ほざいて終わる別名『ボディビル♂エンド』行こうとしてるじゃねえかこれ。

ちなみに一番クリアまでのタイムが早いのでＲＴＡ（リアルタイムアタック）だと完走する走者が多いルートだ。動画でもよく見るし、俺も爆笑していた。

でもお前これはねーよ。マジでねーよ。

何でこの世界で『ボディビル♂エンド』目指してるんだよベルネル。

何？　お前の中身ＲＴＡ走者か何かなの？　俺と同じで何か変なのに憑依(ひょうい)か転生でもされてるの？　最速クリアでも目指してるの？

と、とにかく、このままじゃ不味いって事だけは確かだ。

ベルネルが何もしないと物語の解決もクソもあったもんじゃねえ。

……あー。気は進まないけど、というか死ぬほど進まないけど……。

何でこんな事してるか、直接聞きに行くしかないかなあ、これ……。

ベルネルには『夢』がある。

それは、あの日出会った聖女の隣に立つ事だ。

全てに絶望していた自分に光をくれたのは彼女だ。彼女が闇から救い出してくれた。

だから、彼女と同じ道を歩みたいと思った。

彼女が歩んでいる『光の道』！　そこに赴く事こそが恩返しだと信じたのだ。

その為には寄り道などしていられない。余計な事に時間を割く余裕などない。

ただひたすらに朝も昼も夕も夜も深夜も。全ての許された時間を己を鍛える事のみに注ぎ込むだけだ。

「一四〇五ッ！　一四〇六ッ！　一四〇七ッ！　一四〇八ッ！　一四〇九ッ！　一四一〇ッ！」

学園から割り当てられた部屋で、三段ベッドの上に足をひっかけてぶら下がり、上体を何度も起こして強靭な筋肉を作り出す。

騎士の資本は肉体だ。剣を振るうにも非力な小僧と筋肉質な男ではスピードもパワーも違う。筋肉は裏切らない。

ちなみに現在この部屋にいるのはベルネル一人だけだ。

ここは共同部屋なのだが、他の生徒は友人と遊んだりして友情を深める事に時間を使っている。

「一四一一ッ！　一四一二ッ！　一四一三ッ！　一四一四ッ！　一四一五ッ！　一四一六ッ！」

時間は有限だ。その有限な時間の中で自分は基礎体力作りを始め、剣術訓練に魔法訓練、その他諸々をこなさなくてはならない。

強く、強くならなければあの人の隣には立てない。

エテルナには『少しくらい他の事にも目を向けようよ』と呆れられたが、これが自分の目指した道なのだ。

トレーニングに没頭しているとコンコン、と控えめにドアを叩く音が聞こえた。

誰だろう？　エテルナだろうか。いや、彼女はもっと遠慮なくドアを叩く。

ベルネルは仕方なく自主練を中断し、タオルで汗を拭いてタンクトップを着た。

そしてドアを開け……固まった。

「あの……お久しぶりです。私の事を覚えていますか？」

ファァァァァァァァァ!!?

ベルネルは内心で叫んだ。

そこには、再会の時を夢見続けていた聖女がいた。

なんてこった、と思う。ベルネルは現在、制服のズボンとタンクトップというラフな姿だ。

まさかドアの向こうに聖女がいるなんて思わなかったが故にこんな恰好で出てしまったが、いると分かっていればもっとちゃんとした恰好で出迎えた。

「エ、エルリーゼ様……も、勿論です！　忘れた事など一日もありません！」

しどろもどろになりながら、何とか声を発する。

緊張しすぎて上ずった声になっていないだろうか。いや、なってるわこれ。

自主練のしすぎで汗臭くないだろうか。いや、汗臭いわこれ絶対。駄目だ死んだ。

ベルネルの心は再会の喜びと、こんな姿で出会ってしまった混乱で支配されていた。

「ど、どど、どうしてエルリーゼ様がこんな所に……⁉」

「今日は視察で訪れたのですけど……話を聞くうちに、あの日に会った少年がここにいる事を知りまして。今はどうしているか気になってしまったのです。ご迷惑でしたか？」

「と、とんでもない！」

迷惑などではない。むしろ大歓迎だ。

しかし問題なのは自主練真っ最中に来てしまったことである。

もし来ると分かっていればもっとしっかりした恰好で出迎えたのに。

あ、これさっきも同じ事考えたな。そう思い、ベルネルは自分が混乱し切っている事を自覚した。

「それはよかった。ところで、あれから『力』の方はどうですか？　暴走などはしていないといいのですが」

「は、はい。エルリーゼ様のおかげであれからはずっと落ち着いています。最近では少しではありますが、制御も出来るようになってきて……本当に、全て貴女(あなた)のおかげです。貴女がいたから、今の俺がいる」

ベルネルはそう言い、少女を見下ろした。

以前に出会った時は同じくらいの身長だったが、彼女は当時と変わらずに、そして自分は大きくなった。

それでも愛おしさは変わらない。いや、むしろ前より強くなっている。

改めて思う。ああ、俺はこの人の為にここに来たんだ、と。

「……そうですか。今の貴方を見る事が出来ただけでも、今日ここに来た意味はありましたね」

エルリーゼは静かに微笑み、そして少しばかり心配そうにベルネルを見上げた。

「ところで聞いたところによると、普段からトレーニングばかりして友達を全然作っていないようですが、もっと周りと交友関係を深めてもいいと思いますよ。

人は、一人の強さではどうしても限界がありますから」

「一人の強さの限界……」

ベルネルはハッとし、そして己の手を見た。

確かにその通りだ、と思う。自分一人しか見ていない男が、どうして他を守れる。

そもそも自分がここに来たのも、この聖女を一人で戦わせない為……彼女と共に戦う為ではないか。

だというのに、このままでは協調性のない男が一人出来るだけだ。そんな自分では彼女と共に戦う事など出来るわけがない。

「確かにその通りだ。俺は道を真っすぐ進んでいるつもりで、またしても誤った道に入りかけていた」

ベルネルは己の過ちを素直に認め、そして拳を握りしめた。

また、道を正して貰えた。

以前も自分が暗闇に進みかけている時、彼女は光差す道を教えてくれた。

そしてまた、今度も……正しい道を示してくれた。

ベルネルは静かに感動を噛みしめて、思う。

やはり彼女こそが自分の『光』だ。どんなに闇が声をかけてきても、進むべき道を教えてくれる。

独り善がりの強さでは何も守れない。

自分の為だけに鍛えた筋肉では誰も救えない。

それでは、ただの哀しい魅せ筋だ。

「……あ。そのペンダント、まだ着けていてくれたんですね」

「ええ。これは俺にとって大切な、約束の証ですから」

ベルネルは愛おしそうにペンダントを握りしめ、そして屈んでエルリーゼに視線を合わせた。

不意に訪れた予期せぬ再会。

だがおかげで、ハッキリと理解出来た。自分にとって大切なもの。自分が守りたいものを。

しかしそれを口にする事は出来ない。今はまだ……。

それを言う資格は今の弱い自分にはなくて、自分は彼女に相応しくない事が分かっているから。

だから代わりに、誓いだけを口にした。

「エルリーゼ様。俺は……あの日貴女に救われた心と命を、一番大切なものを守る為に使います。

俺は今よりもっと強くなる。強くなって……俺の聖女を、守ってみせます」

「……はい。その意気です。貴方ならばきっと、夢を叶えられます。……あ。そろそろ他の方が部屋に戻ってきますね。私はこれで……」

「はい。いつかまた会いましょう……エルリーゼ様」

笑顔で言い、そしてエルリーゼは立ち去って行った。

その背を見ながらベルネルは思う。

俺の聖女は見付かった。いや、元々探す必要すらなかった。

何故ならあの日に既に出会っていたのだから。

——俺は必ず、貴女を守れる男になってみせる。

そう、改めて決意を固める事で男は更に強くなった。

第四話　ルート開拓

あ、これ夢だな。

最初に目を開いて、そう思った。

俺は気付けば、寝転がる前世（と言っていいんだろうか？）の俺を見下ろすようにして浮遊していた。

視界は霞がかっていて、水の中にいるように動きにくい。

俺がクソ偽聖女になってしまって気付けば十二年。そろそろどっちが本当の俺か分からなくなってきた。

もしかしたら最初からこっちが夢で、俺は最初からエルリーゼだったんじゃないかとすら思えてしまう。

ともかく、あの夢の続きが見られるならば俺が見るのは一つだ。

ネット上で『エルリーゼ』の評価がどうなっているのかを知りたい。前回は途中までしか見る事が出来なかったからな。

つーわけでまた前世の俺を動かす事にしようか。

まずはパソコンを開き、『永遠の散花』と入力。

しかし何故か薄い本を載せているサイトがいくつも表示された。

あ、やっべ。変換候補で『永遠の散花　同人誌　触手』で検索してたわ。

こんな変換候補が出る時点で俺が普段から何を見ているのかバレバレだな。性的嗜好バレるゥ！

ちなみに一押しはエテルナの触手責め系だ。

何て言うか……実は……清楚な女の子のさ……『触手フェチ』って……分かる？

穢しちゃいけない神聖な感じの子に触手がグッチョングッチョンと人間では絶対出来ない責め方をするだろ？　あれに興奮する！

つーわけで早速検索。向こうの俺にはないが、夢の中の俺ならばマイ・サンが存在するので久しぶりに男の儀式をするのもいいかなって。

で、お気に入りのサイトを早速開いたんだが……。

『エルリーゼ様VS触手』

!?

『エルリーゼ触手で危機一髪』

!?

『触手に転生した俺がエルリーゼ様に奉仕される本』

!?

サイトを開いて目に入ったのは、何か触手に囲まれてあられもない姿になっている金髪の美少女が描かれた表紙だった。

…………。

――よし、俺は何も見なかった。

見てはならないものを見てしまった俺の性欲は一瞬で萎え、ページをそっ閉じした。

俺は何も見ていないし何も知らない。いいね？

少し寄り道があったが、今後こそ『エルリーゼ』の評判を調べるべく検索をしようとする。

だがふと、トップページに飾られた一つのニュースが目に留まった。

そこには『発売から四年越しの隠しルート発見！』と出ており、サムネイルに出ているのはどう見てもエルリーゼであった。

ただし、俺が知る本編の方ではなく、十四歳で成長を止めてしまった俺INの方のエルリーゼだ。

なんぞこれ、と思ってクリックする。

すると表示されたのは『永遠の散花』のRTA実況プレイ動画であった。

『【生放送】永遠の散花RTA実況プレイその２【コメントあり】』というタイトルで投稿されているそれは、物凄い再生数を誇っている。

生放送と書かれているが、この動画は十時間前に投稿されたものらしいので実際には生放送を録画してた誰かが再度UPしたものだろう。いるんだよな。こういう無断で再うpするアホ。

ま、とりあえず見てみようか。

動画の内容はよくあるRTAだ。

このゲームを最速クリアする方法はとにかく誰とも会話せずにひたすら自主練をして時間を無駄に潰し続ける事である。

こうする事で強制イベントと強制戦闘シーン以外の全てを訓練で潰す事が出来るのだ。

ベルネルも可哀想にヒロインと会話する事も出来ずに、ずっと筋トレを続けていた。

動画を流れるコメントは『筋肉モリモリマッチョマンの変態だ』とか『ヒロインの好感度下がりすぎｗｗｗ』とか『草』とか、そんなのが大半だ。

だがゲーム内時間で十七日目の夜を迎えた時に、流れがとんでもない方向に変わった。

ドアが何者かに叩かれ、ベルネルがそれを出迎えるというイベントが発生したのだ。

『は？　何これ……ガバ？　え？　どこで？　何かミスった？　おかしいですねえー。ヒロインの好感度を上げてないから誰も来ないはずなんですけど。うーん、これは再走ですねえ』

実況主の困惑したような声が流れ、コメントでは『ガバ？』、『何これ』、『知らないイベントだ』と同じく困惑したようなコメントが流れていた。

そして、ドアを開け――その先に非攻略ヒロインであるエルリーゼが立っていたことで、全員が驚きを見せた。

コメントは一斉に『⁉』というものが流れ、実況主の叫び声が響く。

『アイエエエエエエエ⁉　は？　え？　ちょ、おま、え？　マジ？　エルリーゼ？　何で⁉』

混乱する視聴者と実況主の前でエルリーゼとベルネルの会話は進み、会話内容からエルリーゼは自主練ばかりで友達を作らないベルネルを心配してきたのだという事が分かった。

そして最後にベルネルの持つペンダントの話になり、台詞が選択肢で表示されてベルネルは『約束の証ですから』と答えた。

すると鈴が鳴るような音と共に画面右下にデフォルメされたエルリーゼの顔が表示され、そこに『＋1』と出た。

これは好感度が上昇した事を示すサインで、好感度が設定されているのは……攻略可能キャラのみだ。

『ウェエエエエエエイ⁉　エルリーゼ様の好感度上がったァァ⁉　え？　これ上がるの⁉　エルリーゼルートとかあんのこのゲーム！　俺初めて見たんだけどォ⁉』

実況主はこれがＲＴＡ動画である事も忘れたように取り乱しているが、それはコメント欄も同じであった。

動画内を凄まじい量のコメントが流れていき、『ウッソだろお前ｗｗｗ』、『これ改造じゃね？』、『え？　こマ？』、『Ｌ様の好感度上がるの初めて見たぞオイ』、『好感度設定されてたんだ……』、『わかるかこんな条件ｗｗｗ』とコメント弾幕が飛び交っている。

俺は動画を停止させ、エルリーゼについて紹介されているページへ飛んだ。

すると、その内容は以前と少し異なったものとなっている。

前回は『非攻略キャラクター』となっていたのが、今は『非攻略キャラクターと発売から四年もの間思われていたが、とあるＲＴＡ実況動画によって攻略可能キャラである事が明らかになった』に変わっている。

それ以外の内容は前回見た時から変わっていないので、前回は途中までしか見る事の出来なかった『本編での活躍』までスクロールした。

【本編での活躍】

・エルリーゼルート

四年越しのまさかの発見。

彼女のルートに入る方法は、『CG回収を100%にした状態で』、『周回プレイをせずに一周目をプレイして』ゲーム開始時に自動で入手出来るアクセサリの『思い出のペンダント』をゲーム開始からここまで一度も外す事なく、学園に入ってから十七日目の夜まで全ての自由行動を自主練で消費する事である。

（正確には全ヒロインの好感度を上げない事）

そうすると十七日目の夜に低確率で、友達を作らない主人公の事を心配したエルリーゼが主人公の部屋を訪れ、彼女の好感度を上げる事が可能になる。

（このイベントを踏まないと何をしても攻略可能キャラにならず、好感度そのものが一切表示されない）

有志の検証の結果、エルリーゼが部屋を訪れる確率は0・3%前後というデータが出ている。

筋トレばかりしていると心なしか確率が上がるという情報もあるが、こちらは未検証。

なので十七日目の夕方まで自主トレをして過ごし、夜の自主トレをする前にデータをセーブして、後はロードを繰り返そう。

エルリーゼルートにおける彼女の活躍は、このルートが発見されてまだ時間が経（た）っていない為不明。

追記・修正求む。

……どういうこっちゃ。

ベルネルの部屋を訪れるっていうのは、確かに俺がやった事だ。

好感度……まあ、俺がやったペンダントをまだ持ってたんかコイツ、いいとこあるじゃないか、といい気分になったのは確かだが……俺が攻略キャラ？　ははっ、ねえわ。

そもそもだ。何故か皆忘れているようにしか見えないがエルリーゼは本来このゲームにおけるヘイトキャラで、更にこのエルリーゼは中身が俺のガワだけ聖女なんだよ。

というかガワも偽物だから本物要素皆無だよ。そんなの攻略して嬉しいかお前等。

しかし中身が俺な以上、ベルネルとアッー！　な事になる可能性はゼロだ。間違いない。

それだとゲームとしてどうなんだと思うが……まあ諦めてくれ。

ていうか俺が嫌だよ。誰得だよその地獄絵図。

ＴＳモノとか好きだけどさ……メス堕ちとかイケる口だけどさ……うん、自分がやるのは無理だわ。

おっと、視界が白く染まって来た。そろそろ夢から醒める時間だな。

………と、いうわけで起きました。

ああ、めっちゃ嫌な夢を見たな。何だよ、俺が攻略対象って。ギャグか。

ベッドから起き上がり、軽く伸びをする。

何と言うか……やっぱこっちが現実なんだなと実感してしまう。

向こうよりもこちらの方が圧倒的に現実感が上だ。

向こうは何かフワフワしてて現実感がいまいちない。

しかし俺が攻略可能キャラとか笑わせよるわ。

ねーよ、そんなの。あるわけない。

さて、気を取り直して昨日の事を振り返ろうか。

とりあえず、ぼっちルートに入りかけていたベルネルはあれで軌道修正出来たと思っていいだろう。

命と心を一番大事なものの為に使うとかクッサイ台詞吐いてたし、あれはエテルナの事と思って間違いない。

というかエテルナ以外のヒロインと接してないんだから、それ以外に選択肢が存在しない。

俺の聖女を守ってみせるとか言ってたし、一応エテルナの事はちゃんと意識してたってわけだ。

いやームッツリだねえ。青春だねえ。

俺って事は……ないはずだ……ない。うん、ないだろう。

俺だったら、あんな言い回ししないもんな。

『俺の聖女を守る』じゃなくて、普通に『お前守ったるわ』になるはずだ。

ただ問題としては、結局当初の目的を何一つ果たせてないって事だ。

ファラさんがいつ行動するか全然分からないままだし、イベントの進行具合もほぼ初期段階そのまま。これじゃどのイベントがいつ起きるかがまるで予測出来ない。

いや、あんなん予想出来るわけないって。ぼっちルートなんて中身がＲＴＡ走者でもない限り基本やらないネタプレイよ？

あーもうめちゃくちゃだよ。

やっぱりネックは俺が学園にいない事なんだよな。

主な舞台が学園なのに、俺は学園にいない。だからイベント発生のタイミングも分からない。

しかし俺の望むエテルナルートの誰も見ぬハッピーエンドに向かわせるには、イベントの発生タイミングを掴み、こちらで誘導してやる必要がある。

他にもファラさんを始め、死なせるには惜しい美人美少女があの学園には沢山いるが、何人かは放置すると死ぬしなあ……このゲーム。

ちょっとこのギャルゲー殺伐としすぎだろ。

どーすっかねえ……。

………。

あ、いや、そうか。何も難しく考えることたあねえわ。

生徒じゃなきゃ近くでイベントの発生タイミングを見極める事が出来ないってんなら、なっちゃえばいいじゃん。俺が生徒に。

そうすれば以前語ったファラさんによるエテルナ暗殺未遂事件も防ぎやすくなる。

以前言ったように、『聖女を守る騎士を育成する学園』に聖女（偽）本人が入るなんて前代未聞だが、それを言ったら既に現時点でも本物の聖女エテルナが入学するという前代未聞が起こっているのだ。

そうなったらもう、前代未聞がもう一つ増えたって問題あるめえ。

それに今の俺は権力者だ。反対意見なんぞ強権と舌先三寸で丸め込めばいい。

本編だってそうじゃないか。

エルリーゼ（真）は聖女の肩書をいい事に学園に我が物顔で介入してきて、様々な問題を起こすのだ。

学園で起こる事件の半分以上はエルリーゼ（真）が原因みたいなものだった。

転入の理由はどうするかな。

まあ年齢的にも学校生活に憧れたとか、魔法学園ならば生徒全員が護衛のようなものだから一番安全な学園だとか、適当言っときゃいいだろ。

よし、そうと決まれば早速……。

あ？　誰かドアをノックしてるな。誰だよ、折角盛り上がってるのに。

「どうぞ」

「失礼します。エルリーゼ様、お時間よろしいでしょうか」

入ってきたのは、俺の護衛を務める美人さんであった。

黒髪をポニーテールにした長身の女性で、年齢は二十歳。

去年に魔法学園を首席で卒業し、俺の近衛騎士になったエリートだ。

ビシッと着こなした階級章付きの騎士服が決まっている。

名前をレイラ・スコットといい、実は彼女も本編では攻略可能ヒロインの一人だ。

ちなみに貴族の出身で、俺やベルネルと違って家名持ちである。

ベルネル、エテルナ、そして俺は生まれが貴族ではないので家名はないのだが、彼女のように家名を持つキャラクターもこのゲームには何人かいるのだ。

立場的には本編でもエルリーゼ（真）の護衛なのだが、あまりに傍若無人で横暴なエルリーゼに以前から反感を抱き続けていて、自分の魔法と剣はこんな事の為に磨いたのではないと不満を抱え

ていた。
　そしてあるイベントを切っ掛けに近衛騎士を辞職してベルネル側に寝返り、ついでにエルリーゼの表に出ていない悪事の証拠を数多く持って来て、エルリーゼ（真）ざまあイベントの功労者となる。

　つまりはいずれ俺を裏切り、偽聖女として追放する役目を持つ娘なわけだ。

　俺はエルリーゼ（真）とやっている事は大分違うしそこまでヘイトは稼いでないが、それでも聖女でもない奴が聖女を騙ってるって点においちゃどのみちギルティだ。

　積み上げた功績どうこうじゃなくて、偽物って事が判明した時点でその場で斬り殺されても文句は言えないのだ。

　この世界での聖女の名前はそれほどまでに重い。

　とはいえ、いずれエテルナに聖女の座を返すのは俺の目的と一致する。

　裏切られても何の問題もない。構わん……やれ。

　でも今はまだやらないでね。

「お耳に入れるような事ではないと思いますが……学園教師の一人であるファラ・ドレミーが生徒数人を人質に取り、現在学園地下に籠城しております」

　ん？　そんなイベントあったっけ？

　おかしいな……一応全ルート網羅したはずなんだが、そんなイベント知らないぞ。

　ファラさん何血迷ってるの。あんたが起こすのは暗殺未遂事件であって監禁事件じゃないでしょ。

「人質にされている生徒は？」

「一学年のベルネル、エテルナ。それから同じく一学年のフィオラ、ジョン。二学年のタダーノとカズアー、ワーセの合計七名が人質にされています」

ふむ。ベルネルとエテルナ以外は知らん名前だな。どうでもええわ。

聞いた事もないし攻略キャラでも何でもないな。

しかしベルネルとエテルナはやばいな。聖女暗殺に王手かかってるじゃねえか。

むしろ何でまだ生かしてるのかが不思議だ。

「しかしすぐに救出される事でしょう。ご安心を」

「要求は何ですか」

いやいや、レイラさん。ご安心を、じゃなくてまず相手の要求。

人質なんて取ってるって事は何か要求あるって事でしょ？　それ一番大事な所なんだから省くなよ。

そんなんだからアンタ、ファンからの愛称がスットコなんだぞ。

このポンコツエリートさんめ。

「いえ……それは、お耳に入れる程の事では」

いいからはよ。

そういう判断は聞いてからこっちでするから。現場で勝手に判断して情報捨てんな。

「…………ファラ・ドレミーの要求は……護衛をつけずに、エルリーゼ様一人で……地下まで来る事……です」

あ、なーる。そういう事。

こりゃあラッキィーじゃねえの。イベントが向こうから来てくれたわ。ヒャッハー！
よっしゃ、んじゃ早速イクゾー。
え？　いや、止めんなって。何で止めんのよアンタ。

第五話　一枚の絵

ノックしてもしもぉ〜し。呼ばれて飛び出て俺参上。

皆大嫌い、ヘイト集中系クソアイドルのエルリーゼちゃんでーっす。

ファラ先生からパーティーの招待券を頂いたので学園地下までやってきました。

ちなみにここまで来るのに結構時間をくってしまったが、その理由は俺を止めようとする護衛達を撒(ま)くのに手間取ったからだ。

特にスットコちゃん。血相変えて後生ですからとか言いながら本気で俺の事止めようとしてて受ける。

いや本人が真面目(まじめ)なのは分かってるんだけどゲームでの姿を知ってるとどうしても、そのギャップでつい。

ゲームでの彼女は表面上だけはエルリーゼに従順で、その実こういう時は『どうせなら死ねばいいのに（どうぞお気を付けて）』と素直に送り出すような、そんなキャラだった。

そんな塩な彼女が心配してくれてるって事は俺の聖女ロールに上手(うま)く騙(だま)されてくれているって事だろう。

その分、後の反動が怖いけど。

人間ってのは最初から徹頭徹尾相手を嫌っている時よりも、むしろ好んでいた相手への好意が裏返った時っていうのが一番憎悪とかが滾るのだと俺は思っている。

可愛さ余って憎さ百倍ってやつ。

それだけに、今は忠誠を示してくれているレイラが俺の正体を知った後にどれだけ豹変するかがちょっと予想出来ない。

ただ、烈火のごとく怒り出すだろうなって事だけは予想出来るので……うん。レイラに関しては『いつか俺を追放する子』くらいに覚悟しておいた方が精神的な負担は軽いだろう。

そんなわけで護衛に邪魔されたわけだが、こちとら努力せずにゲーム中最強クラスのボスに君臨した偽聖女よ。それが訓練を積んだのが今の俺なわけで、振り切るのなんかイージーモードですわ。

そもそも俺、空飛べるしね。風の魔法と光の魔法でチョチョイと適当にやったら飛べたんだが、何でそれで飛べるかは実は俺もよくわからない。

そしてこの世界には飛行魔法なんてないから、誰も俺を追えないって寸法よ。

『そらをとぶ』最強説あるかな、これ。あ、飛んでる間にバフ積むのマジやめて。雷もやめて。

とりあえず俺は空を飛んで、学園に直行。そのまま地下室へ乗り込んでやった。

オラ、来たぞおっぱい！　その乳揉ませろやコラァ！

あ、それとついでに人質も解放しろ。

「駄目だエルリーゼ様！　罠だ！」

何かベルネル君が騒いでいる。

はぁーつっかえ……お前、主人公さあ……。何捕まっとるんよお前ぇ……。

ファラさんが殺す気だったら、これもうバッドエンド迎えてるじゃないか。

筋トレばっかしてるからそうなるんだよ。激しく反省しろ。

しかし全身を縄でグルグルされてる姿はちょっと面白い。おっといけない、つい笑いが……。

「本当に来るとはねえ……聖女様っていうのは聞きしに勝るお人好し……いや、馬鹿のようだね」

はい、馬鹿でーす。

それは否定しないけどお人好しってのは間違いな。

自分で言うのもあれだけど、俺ほど自分本位で自分の事しか考えてない奴ってそういないよ。

そいつら助けに来たのだって、要するに俺がハッピーエンドを見てスッキリしたいからであって、俺がモヤモヤした気持ちのままなのが嫌なだけだ。

そこ、勘違いしちゃいかんよチミィ。

ぶっちゃけ俺はただ、俺が満足できるシナリオを見たいが為にこの世界を滅茶苦茶にしてるわけで……極論、ベルネル達の意思すらどーでもいいのよ。

「後半は否定しません。しかしお人好しというのは買いかぶりですよ。私はただ、私がそうしたいからやっているだけ……自分の為に動いているに過ぎません」

「は……余裕だね。けど、これを見てもそんな余裕でいられるかい⁉」

ファラさんが腕を振り上げると、それに合わせておっぱいがブルンと揺れた。

おおう……大迫力。まさにダイナマイトおっぱい。

Fカップは伊達じゃねえな。やべ、涎出そう。

「どうだい？　この魔物の数！　この地下室は一部の生徒の為に設けられた、特設闘技場だ！　大型の魔物との戦いの為に用意された！　そして今ここには三十体の魔物がいる！　オマケに逃げ場なし！　いかに聖女といえど、この状況を覆す手なんかないよ！」

ん？　……ああ、何か出してたの？

おっぱいしか見てなかったわ。

仕方ないので周りを見ると、まあ確かに視界一杯に雑魚(ざこ)がワラワラと群がっていた。

えーと数は……まあどうでもいいか。ただの雑魚の寄せ集めやね。

「かかれ！」

あ、ちょっと待って。まだそれを蹴散(けち)らす恰好(かっこ)いい技名思い付いてない。

えーとえーと……まあいいか。適当に言っておけ。

はい光魔法ドーン！

「A picture is worth a thousand words.(一枚の絵は千の言葉に値する)」

必殺！　適当に海外のことわざを言っておけば何か厨二(ちゅうに)感溢(あふ)れる必殺技っぽくなる奴(やつ)！

俺を中心に光が拡散し、ワラワラと寄ってきた魔物を残らず塵(ちり)に変えた。

ンギモヂィイイイ!!

これですよ、これ。やっぱ異世界転生っていったら俺ＴＵＥＥＥＥ！　無双！

雑魚を鎧袖一触(がいしゅういっしょく)で蹴散らすこの快感、たまりませんなぁ。

「そ、そんな……そんな馬鹿な！　ここにいた魔物は全(すべ)て……近衛(このえ)騎士でも苦戦する怪物達だぞ！

それを一撃で……馬鹿な、あり得ない！　いくら聖女でもこんな事！」

「す、すごい……」

「これが……聖女……」

右から順番にファラさん、ベルネル、エテルナちゃんの台詞（せりふ）だ。

うんうん、そういう台詞はもっと言っていいよ。実に気分がいい。

世の中のオリ主さん達の気持ちがよく分かる。これは麻薬だ。

どこかの漫画の悪役も言っていた。

勝利の瞬間の快感だけが！　仲間の羨望（せんぼう）の眼差（まなざ）しだけが心を満たしてくれる！

俺は戦うのが好きなんじゃねえ！　勝つのが好きなんだよォ！

……でもエテルナちゃん、聖女はお前さんだよ。俺はただの偽物ね。

さあーて、勝負ありかなファラさん？　それじゃそろそろ皆様お待ちかねのお仕置きターイムと洒落（しゃれ）込みたいのですが、よろしいかな？

なあーに、殺しゃしねえよ。ちょっとそのおっぱいを揉ませてもらうだけさ。ぐへへへへ。

「……ひっ！」

俺の邪（よこしま）な視線に気づいたのか、ファラさんが怯（おび）えたように後ずさった。

そう怖がるなって……大丈夫、大丈夫だ。ふへへへ。

ちょっと俺が満足するまで揉むだけだから。

「な、なるほど……保険を用意して正解だったねえ……」

しかしファラさんは往生際悪く、指を鳴らす。

すると部屋の隅に隠れていた小型の魔物がエテルナとベルネルの後ろに着地し、両腕を刃物に変えて二人の首に刃（やいば）を突きつけた。

あ、まだいたの？　小粒すぎて気付かんかったわ。

「見ての通りだ、お優しい聖女様。抵抗すれば二人の命はないよ。引き換えといこうじゃないか……あんたが大人しく刺されてくれりゃあ、人質は全員無傷で解放すると約束するよ」

ファラさんはそう言いながらナイフを出し、おっぱいを揺らした。

あー、なるほどなるほど？　殺さずに人質を確保してたのはこの為かあ。

しかし実際ちょっと困ったかな。その二人をやられてしまうと物語的に詰みだ。

いやまあ、ベルネルの暗黒パゥアー（笑）を取り込んだ今なら、多分俺でも頑張れば魔女に勝てるだろうし、魔物も殲滅（せんめつ）出来るだろうから世界は救えるだろうけど……偽聖女が世界を救いましたが主人公とヒロインは死にました……じゃあハッピーエンドとはとても言えないし本末転倒っていうか。

それやっちゃうと俺そもそも何の為にここにいるの？　ってなるわけで。

いやしかしこれ……もしかしてこいつ、マジに俺が本物の聖女と勘違いしてる？

おいおい、ゲームじゃしっかりエテルナが本物の聖女と見抜いていたのに、あのぐう有能なファラさんはどこに行ったんだよ。

まあファラさんの魅力はおっぱいだから、多少無能になっても可愛いもんだけどな。

「さあどうする⁉」

「駄目だ、エルリーゼ様！　俺達なんかに構うな！」

「そうよ！　貴女（あなた）は死んではならない人よ！」

「おやめください……どうか！　どうか！」

「逃げて！」

何かファラさんの声に混じって、人質ズが喚いている。

右から順にファラさん、ベルネル、エテルナ、モブAモブBの台詞だが、この場で一番死んだらまずいのはエテルナちゃん、お前さんだからね？

むしろ俺は死んでもいい奴だからね？

ま、交換条件にもならんわな。こんなの答えは一つだ。

よかろう！　やってみろ……このエルリーゼに対してッ！

「ふ、ふふふ……こいつは驚いた。本物の馬鹿だね」

ファラさんは勝ちを確信したように、ナイフを握りしめてにじり寄って来る。

ナイフには魔女の闇パワーも上乗せされているっぽいが正直どうでもいい。

おっぱいが俺ににじり寄って来る。

「駄目だ！」

うっさいな、ベルネル。

俺は今、おっぱいをガン見する仕事で忙しいんだよ。

ま、ネタバレしちゃうとだ。あんなちっぽけな俺の一物よりも小さいナイフじゃ俺は殺せないいんだな、これが。

俺のべらぼうな魔力にものを言わせた自動回復魔法を既に俺自身にかけてある。

これにより、傷を負っても負ったそばから俺は再生する。

そして以前ベルネルから取り込んだ闇の力（笑）は宿主を無理矢理生かそうとするので、俺はそうそう死ぬことはない。

俺は偽聖女！　貴様等（ら）とは全てが違う！

俺の身体（からだ）にナイフ神拳は効かぬ！　ふはははははは！

しかしファラさんが素直で助かった。

おかげですっかり騙されてノコノコと近付いて来てくれる。

後は俺にナイフが刺さった辺りで一度死んだふりをして、油断してるだろう魔物を先に撃ち抜いてからファラさんをお仕置きすればいい。

痛みは雷魔法の応用で電気信号をあれこれして痛覚を麻痺（まひ）させるので感じない。完璧（かんぺき）な作戦だ。

「一つ……必ず皆を解放すると約束出来ますか？」

「ああ、約束は守るよ。私としても無関係の生徒を殺すってのは後によくないものを残すからね」

「ならば構いません。おやりなさい」

よし、口頭だがとりあえず人質の無事も確保出来たな。

まあファラさんは実際、操られてるだけで本来はいい人で義理堅いのでこの約束は本当だろう。

だがその甘さが命取りだ間抜けめ！

「うおおおおおお‼」

あれ？　俺が刺される寸前でベルネルが突然自力で縄を引きちぎった。

闇の力……あ、いや。違うな。あれただの腕力だ……。

そのまま魔物の頭を掴（つか）んでファラさんにシユゥゥゥーッ！

おっとファラさんふっとばされたーっ！　ゴォォォォル！

……あれ？

ちょっと、ファラさん？　おーい、もしもーし？

…………駄目だ、白目剥いてやがる……。

とりあえずおっぱい揉んどこうか。

◇

その日は、何かがおかしかった。

座学の成績が振るわない者の為の特別授業……そう言われてベルネルは学園地下に呼び出されていた。

座学の成績が悪いというのは残念ながら事実だ。

学園に入学してからずっと、肉体ばかりを鍛えていたベルネルの座学の成績はあまりよくなかった。

彼の他にはエテルナと、それから初対面の生徒が五人ほど集められている。

意外な事だがエテルナもあまり座学は優秀ではない。

そもそも少し前までは文字の読み書きすらできなかった……そしてする必要もなかった貧しい村の出身者であるから仕方がない。

この世界の識字率は、どの国もそれほど高くない。

そうしたものを学ぶのは富裕層や貴族であり、農民はまず文字を読み書きする必要にすら迫られないからだ。

故にエテルナも、ここに来るまでほとんど文字を見た事すらなかった。

むしろ短期間でそれなりに文字の読み書きが出来るようになったのだから、エテルナの頭はいい部類であろう。

だが流石にそれだけで差を補う事は出来ずに、彼女の座学成績は酷いものであった。

集められた他の生徒達も似たようなものなのだろう。

全員家名がなく、ベルネルと似たような出身である事が窺える。

この魔法学園自体、最初から貴族の出身が有利なように出来ている……というより、そもそも貧しい村の出身者が来る事自体を想定していない。

そうした村の出身者に騎士に憧れる者がいないわけではないが、そうした者は入学試験を抜ける事など出来ないのだ。

何故ならライバルの大半は幼い頃から勉強し、そして訓練してきた貴族の子供達だ。圧倒的に下地そのものが違う。

そういう意味では下地もなくこの狭き門を潜り抜けたベルネル達はこの時点で十分優れているのだが、それでもやはり他との差は大きかった。

だからそれを補うための特別授業というのはむしろ有難い話だし、願ってもない。

ベルネルとしては、そんな事をしている時間があるなら剣でも魔法でも基礎トレーニングでもいいから、とにかく実技を鍛えたかったがせっかくの申し出なのだからとエテルナに連れて来られてしまった。

だが妙だと思う。

これから行われるのは座学の特別授業と聞いた。

だが集められたのはその逆で、一部の成績優秀者が大型の魔物を相手に命がけのトレーニングをする為の地下闘技施設であった。

何故たった七人の座学の為にこんな場所を用意する？

これは明らかに変だ。全員がそう思ったが……ここに来た時点で、既に手遅れであった。

「ようこそ、特別授業へ。早速だが大人しくしてもらおうか」

彼の授業を担当する事になっていた女性教師……ファラは開口一番にそう言うと、指を鳴らした。

それと同時に扉が閉まり、部屋のあちこちから大型の魔物が歩み出て来る。

「せ、先生！　これは何の真似ですか⁉」

集められた生徒のうちの一人が叫ぶ。

彼の名前はジョン。元々は小さな村の出身で一般兵士だったが、ある時に魔物の軍勢に襲われてもう駄目かと思った時に聖女に救われた経験を持つ。

その時に自分も彼女の側で戦えるようになりたいと猛勉強し、そして二十歳になってからこの学園に入ってきた男だ。

魔法学園は入学出来る最低年齢は十七だが、上限は決まっていない。

なので二十を超えて入学する者も珍しくはない。

「あんたは確か……ジョンだったっけ。悪いね。別にあんたはどうでもいいんだけど、流石に一人だけを呼びつけちゃおかしいと思ってこないかもしれないからさ……だから似たような成績の奴も一緒に集めるしかなかったんだ。まああんたは巻き添えだ。すまないね」

「一体何を……」

「私の目的は最初から一人……ベルネル、あんただけさ。あんたを人質に出来ればそれでよかったんだよ」

　ファラはそう言い、ベルネルを見た。

　人質と彼女は言った。だが何の為の、誰に対する人質なのかがベルネルには分からない。

　何せ彼は貴族でも何でもないのだ。人質にしても身代金など取れるわけがない。

「昨日、あんたの部屋を聖女……エルリーゼが訪れた事は知っている。何で聖女サマがあんたのような生徒を気に掛けるかは知らないが……とにかく、あんたは聖女に目をかけられている」

「まさか……」

「そのまさかだ。あんたは聖女への人質だよ」

　何を馬鹿な、と思う。

　確かにエルリーゼは昨日、部屋を訪れてくれた。

　だがそれは彼女が優しいからで、自分だけが特別というわけではない。

　きっと誰に対しても、ああなのだ。

　今はまだ自分などその他大勢の一人に過ぎない。

　ならばそんな男の為になど、聖女が来るわけが……。

（……いや！　駄目だ！　来る！　あの人は、誰一人としてどうでもいいなんて考えない！　人質が誰であれ、来てしまう！）

　エルリーゼは博愛精神に溢れた聖女である。

過去には全て(すべ)を愛しているという言葉を口にしたとも言われ、それを証明するように貧富の隔てなく、手が届く範囲全てを救ってきた。

そんな彼女の耳に自分の為に誰かが捕まって人質にされたなどと伝わればどうなるか……。

来てしまう……人質が誰だろうと関係なしに。名も知らぬ他人の為であろうと彼女は来る。

（頼む……来ないでくれ……俺なんかの為に、どうか、その身を危険に晒(さら)したりしないでくれ……）

願いは届かない。

救うべき存在がいて、それが己の手が届く範囲内にいる。

ならば救いに来る。だから彼女は聖女なのだ。


結論から言えば、ベルネルの心配は全く不要なものであった。

確かにエルリーゼはベルネルの願いむなしく、たった一人でこの地下へやって来てしまった。

そんなエルリーゼにファラは強力な魔物をけしかける。

エルリーゼを包囲している魔物はこの施設内に収まるサイズとはいえ、どれも強力なものばかりだ。

バフォメットにキマイラ、バジリスクにグリフォン。ドラゴンまでいる。

どれも、この学園を好成績で卒業した魔法騎士が数人がかりでようやく倒せる怪物達……それが一斉に襲い掛かり……。

「A picture is worth a thousand words.(一枚の絵は千の言葉に値する)」

エルリーゼが何か、聞きなれない言葉を口にした。

それと同時に彼女を中心に光が拡散し、そして光が収まった時、そこには魔物は一体として残ってはいなかった。

何が起こったのか理解するのに数秒を要した。それほどに圧倒的だった。

消したのだ。

この地下室という一枚の絵から、余計な雑音（魔物）を排除した。

一瞬でファラの余裕は崩れ去り、彼女は恐怖して後ずさった。

決して魔物達は弱くなかったはずだ。なのにまるで相手にならない。

穢（けが）れた魔物では、聖女に指一本触れる事すら出来ないという現実だけがそこにあった。

曰（いわ）く、先代の聖女が殺されかけた魔物を触れずに消し去った。

歴代最高の聖女エルリーゼ……その伝説はベルネル達も何度も耳にしてきた。

曰く、千の魔物の軍勢を十数秒で全滅させた。

曰く……魔女すら彼女を恐れ、直接対決を避けて逃げ回っている。

噂（うわさ）というのはいくらかは誇張されるもので、大げさに伝えられるものだ。

だが彼女に至ってはそれは違う。むしろ逆……言葉では伝えきれない。

そこには、千の言葉よりもハッキリと分かる、一枚の絵だけがあった。

「す、すごい……」

「これが……聖女……」

ベルネルとエテルナは思わず、陳腐な感想を口にしていた。

だが本当にそれしか言えないのだ。彼女をどう表現しても、この光景を正しく語る事が出来ない。

むしろ正しく語ろうとすればするほどに、その表現はありきたりなものになってしまう。

理解の及ぶ範囲であれば『何がどうして』、『どのように』、『だから凄い』と説明出来る。

だがこの光景はそんなものを超越していた。『とにかくすごい』以外にどう説明すればいいか分からない。

その後、ファラがベルネルとエテルナを人質にするという一幕があったもののベルネルはこれを自力で切り抜け、ファラは無事に無力化された。

倒れている彼女の胸にエルリーゼが手を置いた時、ベルネルはファラの胸元に何か黒いモヤがある事に気が付いた。

（何だアレは……？　俺のと同じ……⁉）

黒いモヤの正体は分からない。

だがきっと、エルリーゼにはあれが何なのか分かっているのだろう。

そしてエルリーゼは、そのまま黒いモヤを引き抜き……これこそが、今回の事件の元凶であると告げた。

第六話　誤解

それは例えるならば肉の双山。いや、マシュマロ。

聳(そび)え立(た)つ山でありながら、触れれば揺れてそして形を崩す柔らかさを備えている。

肌の張り……しっとりと手に吸い付く感触。そして手を飲み込むこのボリューム。

俺は今、ファラさんの立派なおっぱいを鷲掴(わしづか)みにしていた。いやー役得役得。

ファラさんによる監禁事件は、まさかのベルネルの筋肉パワーによって終わってしまった。

何この展開？　俺こんなん知らんよ？

本来のファラさんとの戦闘はエテルナ抜きならベルネルの闇(やみ)のフォース（笑）で倒し、エテルナがいれば聖女パワーで撃破する流れだ。

どちらにせよ、主人公とヒロインが自分の持つ力を自覚するイベントになるはずであった。

しかし意外ッ！　それは『筋肉』ッ！

マッスルパワーで強引に縄を引き千切って魔物を投げて粉砕！　玉砕！　大喝采(かっさい)！　とか誰(だれ)が予測すんだよ。

『永遠(くおん)の散花(さんか)』はこういうネタみたいなイベントがたまにあるから困る。

それはともかく……まあ、おかげで楽におっぱいを揉(も)めたんだから結果オーライって事にしておこう。

さて、話を戻そう。

このままおっぱいを堪能したいが、一応それ以外にも揉んでいる理由がある。

勿論おっぱいを揉む方がメインの目的で、こっちはオマケみたいなもんなんだけど一応やっておかないとな。

ファラさんの中には魔女から植え付けられた、何かよく分からない闇のモヤモヤのようなものがあって、それに彼女は操られている。

それがあるからこそ、俺はそのモヤを取り出すという大義名分でこの立派なバストを揉めるのだ。

黒いモヤぐう有能。

でもどうせなら分散して股間の方にも取りついておけよお前。このゲームがギャルゲーじゃなくてエロゲだったら絶対そうなってたぞ。

で、ベルネルのビッグマグナムをファイア！　する事でしか治療出来ないとかいう美味しい流れになっていたに違いない。

くっそ、この黒モヤがもっと頑張ってればそんなシーンも見れただろうに。この無能め。

とりあえず「ここですね（キリッ）」とでも言っておいてから、俺の中にあるダークエナジー（笑）を使い、ファラさんの中にあったモヤを無理矢理掴む。

魔女の力には聖女の力しか通じない。よってこのモヤを取り払うにもエテルナが必須で、だからこそエテルナ不参戦の一周目だとファラさんは絶対に死んでしまうわけだ。

けど違うんだなあ、これが。聖女の力以外でも実は救えるんだな。

それこそが同じ魔女の力だ。魔女には聖女の力以外に魔女の力も通用する。

ちなみにこの二つ以外に対してはマジで無敵。町一つ消す威力の一斉魔法掃射とか受けても傷一つ負わない。

まあ実はもしかしたら限界はあるかもしれないし、それこそ核ミサイルでもぶち込めば流石に死ぬと思うがこの世界にそんなやべえモノはない。

なのでこの世界で使える力の中では『聖女パワー』と『魔女パワー』しか効かないという事だ。

何でこの二つだけが有効なのかっていうと、魔女パワーと聖女パワーは本質的には同じ……おっと、これはネタバレだ。この事実はこんな序盤で出るもんじゃなかった。いっけね。

まあとにかく魔女パワーを使えばファラさんは救えるってわけだ。

はい、よいしょおー！　一本釣り！

俺が腕を引き抜くと、ファラさんの中に寄生していたモヤが俺の手の中に握られていた。

それをそのまま握り潰し、光の粒子へ分解していく。

「あの……聖女様。今のは？」

おずおずと、捕まっていたうちの一人が俺に話しかけてきた。

ん？　誰君？　ゲームでは見た事ないけど可愛いね。

とか思ったけど、よく見たら三年くらい前に傷を治してあげた娘だ。

そうだそうだ、思い出した。あの時の可愛い子だ。

どうやら無事に美少女として成長しているようで、実に嬉しい。

綺麗になったねーとか言ったら何か感動してた。

「い、一度会っただけの私の事を……覚えていて、下さったのですね」

まあ君みたいな可愛い子の事は忘れんよ。

で、そうそう。このモヤね。

これがファラさんを操ってたものの正体なんだよ。ファラさんはただの被害者だからあんま責めないでやってくれ。

彼女は確かに罪を犯したかもしれない。だが彼女のおっぱいに免じて許して欲しい。と教えておいた。

「聖女様……お久しぶりです。僕は以前貴女に救われた兵士で、ジョンといいます。その……ファラ先生は、自分の意思ではなかったという事ですか？」

あん？　誰やお前。野郎の事なんぞ一々記憶してるかいボケェ。

……と、言ってもいいんだが、ここは人目もあるし何も言わずに頷いて誤魔化しておく。

うーん俺ってチキン。

そんなやり取りをしていると、ドカドカと誰かが階段を駆け下りてきた。

そして地下室の扉を蹴り開けて突入してきたのは、スットコちゃんと愉快な近衛騎士の皆様だ。

「エルリーゼ様、ご無事ですか！」

おう、無事無事。もう全部終わったよ。

そう言うとスットコちゃんは俺に駆け寄り、そして涙を浮かべた。

「よかった……本当に……ご無事で。エルリーゼ様、どうか……どうか今後はこのような事はなさらないで下さい」

あー、心配してくれたのか。何だ可愛いところあんじゃん。

でもそれだけに後の事を考えると辛いのう。

裏切り自体は別にいい。むしろそうするべきだと俺は思っている。

彼女は幼い頃から聖女に仕えるべく育てられてきたスーパーエリートだ。いわば聖女に仕える為に今まで生きてきたと言っていい。

ならば彼女が仕えるべきは真の聖女であるエテルナなわけで、現在は全くの偽物に仕えている事になる。

俺もゲームをやってた頃は『もういい、我慢するな！　さっさと見限れ、そんなクソ女！』と声を張り上げていたものである。

だから最終的には俺なんかの側を離れてエテルナに仕えて欲しいが、その時にボロカス言われるかもしれないと思うと割とメンタルにくる。

まあ真聖女が発覚するまでは仲良くしましょうか。

うん、スットコちゃん呼びは可哀想だしこれからはちゃんと心の中でもレイラと呼ぼう。

そう考えていると、レイラは床に倒れているファラを発見して憎悪に顔を歪め、剣を抜いた。

「おのれ！　よくもエルリーゼ様を……この学園の面汚しめ！　裁判など待つ必要はない！　今ここで我が剣の錆にしてくれる！」

おいスットコォ⁉

俺は慌てて魔力を腕に纏わせて、ファラさんに振り下ろされた剣を防いだ。

あっぶね。俺じゃなかったら腕切断コースだぞ。

「エルリーゼ様何を⁉　いや、う、腕は！　腕はご無事ですか⁉」

問題なし。余裕。

というかここで傷でも負おうものなら、偽聖女が発覚する。

魔女が聖女と魔女パワー以外じゃダメージにならないのと同じように、実は聖女もその二つのパワーでしかダメージを受けないのだ。

ファラさんの場合は魔女パワーが乗っていたので聖女に傷を負わせても何の違和感もないのだが、ただの剣で俺にダメージが入ったら流石にやばい。

余談だが、ゲームでのエルリーゼ偽聖女発覚イベントも、エルリーゼが傷を負う事が決定打となっている。

動揺するスットコに、「私は魔女と、聖女の力以外で傷を負う事はありません」と言って安心させておいた。嘘（うそ）だけどな！

んで、「その人操られてただけの被害者だから許してやって」と言うと、流石に鶴の一声で皆は疑いつつもファラさんを拘束するだけで済ませていた。

後はスットコに引きずられるも同然で強制的に連れ出され、ベルネル達と会話も出来ず城に帰還となった。

◇

エテルナには、誰にも言えない秘密がある。

幼い頃から……何故か彼女は、傷を負わなかった。

いや、正確に言えば自傷以外の方法では一切傷を負わないのだ。

最初は気のせいだと思っていた。深く考えなかった。

だが明らかに異常だと気付いたのは、森の中で野生の熊に襲われた時だ。

確かに熊の鋭い爪で裂かれた。尖(とが)った牙(きば)と強靭(きょうじん)な顎(あご)で噛(か)み付かれた。

なのに……痛くなかったのだ。服は多少破れたが、身体(からだ)そのものは全く無傷だった。

ベルネルに付き添う形で学園に入学したのは、何も彼を心配しての事ばかりではない。

何よりも、自分が一体何なのか知りたかった。

学園ならばその知識がきっとあると信じた。

そして彼女は授業の中で知る事になる……『魔女と聖女は、互いの力以外で一切の傷を負わない』。

これは、自傷以外で傷を負う事のない自分と体質が似ていると感じた。

では自分は聖女なのだろうか？

だが聖女は既にいる。それも歴代最高とまで呼ばれる聖女、エルリーゼが。

授業で聞いた彼女の活躍はどれも信じられないものばかりで、一人で千の魔物を薙(な)ぎ払(はら)っただの、村を通過しただけでその村の怪我(けが)人と病人が全員完治しただの、歩いただけで荒野が花畑になっただの……とにかく逸話に事欠かなかった。

聖女は同じ時代に二人現れる事はない。ならばどちらかが聖女ではないという事になる。

だが歴代最高とまで称されるエルリーゼが偽物などという事が有り得るのか？　否、それはあり得ない。

更にエテルナを不安にさせたのは、今代の魔女はどこにいるかも分かっていなくて、名前も顔も知られていない事であった。

世間ではエルリーゼを恐れて逃げ回っているというが……本当にそうなのだろうか？

もしも……もしもだ。魔女が、自分が魔女であると自覚していなかったら？

魔女と聖女の特性を備えた人間が二人いるならば、どちらかが聖女でどちらかが魔女という事になる。

エルリーゼが魔女はない。絶対にない。

魔女が魔物の軍勢を毎日薙ぎ払うか？　人々を毎日救うか？　そこに何のメリットがある？

……ない。何もない。ただ自分を不利にするだけだ。

エテルナは不安で押し潰されそうだった。

まさかと思う。そんなはずはないと信じたい。

だがどうしても思う……私が魔女なのではないか……と。

その不安は、エルリーゼ本人を見る事でますます強まった。

巨大な魔物の群れを一瞬で消し去る力。誰もが見惚れる美貌。

まさに『聖女』という文字をそのまま人の形にしたような存在だった。

自分との違いをまざまざと見せつけられた。

それでもほんの僅かだが……彼女が偽物である可能性もあった。

ただ魔力が凄まじいだけの、ただの人間である可能性はあった。

そんな事はあり得ないと思いながらも、エテルナは自分が魔女だと思いたくない一心で、その可能性を心のどこかで願っていた。

だがやはりそれも違った。

エルリーゼはエテルナには気付けなかった、ファラの中に巣食う魔女の力を感知し、それを抜き出していた。

それどころか、アレに操られていたという事すら見抜いていた。

最初に彼女がファラの胸に触れ、愛撫するように胸に手を這わせた時はそういう趣味があるのかと思ったが、全くの的外れだった。

エルリーゼはそんな事など微塵も考えていない。

ただ、ファラを救う方法を全力で探していただけで、愚かさを露呈させたのはエテルナの方であった。

「貴女は……以前にも、フォール村でお会いしましたね。あの時とは見違えるように綺麗になっていたから、一瞬分かりませんでした」

「い、一度会っただけの私の事を……覚えていて、下さったのですね」

「忘れるはずがありません」

「な、何と光栄な……」

「それでこのモヤは何なのかという話でしたね。これがファラさんを操っていたもの……魔女の力です。彼女は、ただ利用されただけの被害者に過ぎません」

「ひ、被害者……しかし先生のやった事は……この国、いえ、世界全てに対する反逆も同然です。聖女様を殺そうとするなど、許される事ではない」

「確かに彼女は罪を犯しました。しかしどうか許してあげて下さい。許す心が大切なのだと、私は思います」

話しながらエルリーゼは無造作に黒いモヤを完全に消し去り、聖女の力をまざまざと見せ付ける。

魔女の力をどうにか出来るのは聖女か、魔女本人のみ。

一般人には決して出来ない。

この時点で、エルリーゼが一般人である可能性はエテルナの中で限りなく低くなっていた。

そこに追い打ちをかけたのは、駆け付けた近衛騎士がファラに剣を振り下ろした時だ。

エルリーゼはこれに臆する事なく、あろう事か素手で防ぎ……そして、傷一つ負わなかった。

「エルリーゼ様何を⁉　いや、う、腕は！　腕はご無事ですか⁉」

「心配無用です。私は魔女と、聖女の力以外で傷を負う事はありませんから……ご存知でしょう？」

エテルナは、自分に落胆した。

エルリーゼが偽物ではなかった事に落胆する自分に落胆した。

ああ……彼女は本物だ。エルリーゼは一切疑う余地なく、本物の聖女だ。

魔女の力を見抜き、消し去り、操られていた者を救い……そして、剣で掠り傷の一つも負わない。

強く、美しく……優しく。

自分が下らない事を考え、浅ましい願望を抱いている間に彼女は自然体で、当たり前のように人を救った。

たったの七人を救う為に己の命すら躊躇なく差し出した。

これが……本物。自分とは全てが違う。見た目も、力も……中身さえも。

その後エルリーゼは近衛騎士に連れられて半ば引きずられるように帰還したが、もうエテルナにはそれを見る余裕もなかった。

分かってしまったのだ。自分が何者なのかが。どういう存在なのかが。

聖女と魔女しか持たない特性を持つ女が二人いるならば、片方が聖女で片方は魔女だ。

エルリーゼが偽物である可能性はゼロで、そして彼女が魔女である可能性はゼロを通り越してマイナスだ。

本物の聖女は既にいた。では同じ特性を持つ自分は？　ここにいるエテルナという女は何なのだ？

今代の魔女は誰も見た事がない。顔も名前も知られていない。

そしてここに、魔女と同じ特性を持つ自分がいる。

（……ああ…………そっかあ……）

エテルナは、フラフラと自室へ向かう。

世界の何もかもが暗く見えて、自分がどうしようもなく惨めな何かに思えた。

いや、実際にそうなのだろう。

だって、自分は…………。

（私……魔女……だったんだ…………）

――魔女、なのだから。

第七話　現実世界の観察者達

ファラさんの生徒監禁イベントから一夜が明けた。

あれからファラさんは何か仰々しい裁判所みたいな場所に連れて行かれたが、俺が『この人無罪です』と言っておいたので多分死罪になる事はない。

俺が何も言わなかったら、操られてようが何だろうが無関係に問答無用で死罪だったと思う。

法律どうなってるのと思わないでもないけど、この世界で聖女を殺そうとするっていうのはそれくらいにやばい事らしい。まあ俺偽物だけど。

これ、偽物ってバレたら俺死刑台に送られそうだな。

それと、城に戻ってからは近衛騎士の皆さんや教師の方々に盛大にお説教をくらった。

まあ気持ちは分かる。この人等の立場からすれば護衛対象が俺みたいにあっちこっちフラフラして死なれでもしたら責任問題になるだろうし、職も失って無能の誹りも受けるだろう。

そりゃふざけんなって話になるのも仕方ない。

でもまあ、一応そうなった時の為に俺の私室のテーブルの鍵付きの引き出しには俺が実は偽物でしたっていう盛大なカミングアウトと、後に残された人達には一切落ち度はないよっていう遺書を残してある。

備えあれば憂いなしってな。

海外の似たようなことわざだと、『最善を願いながら、最悪に備えよ』というのがある。

あ、これ格好いいな。次技名にしよう。

とりあえず何とか序盤の山場は越える事が出来た。

ここからしばらくは平和なもので、ヒロインごとに個別イベントがあったり、痴話喧嘩（ちわげんか）があったり、すれ違いイベントがあったりするけど、この辺は別にスルーしてもいい。

ベルネルが何を血迷ったのか『ボディビル♂エンド』に向かおうとしてた時は流石（さすが）に本気で慌てたが、今になってみれば案外これも悪くない。

全サブヒロインを無視しているという事は、逆に言えばヒロイン候補がエテルナしかいないという事だ。

で、『ボディビル♂エンド』に行かないように釘（くぎ）は刺したので、つまり必然的に消去法でエテルナルートが決まったも同然という事になる。

勿論（もちろん）俺はあり得ない。俺はノーマルだ、いいね？

だから万一……億が一、向こうがアプローチしてきても普通に振って終わりだ。

一緒に歩こうとか言われても必殺の『友達（イマジナリーフレンド）に噂（うわさ）とかされると恥ずかしいし』で断る。

いやー、当初はどうなるかと思ったけど俺の神調整で気付けば万事オールオッケー。やっぱ俺って天才じゃね？

……ただまあ、うん。何せ一回は『ボディビル♂エンド』に行こうとしたような奴（やつ）だからな。

何の間違いでルートを外れるか分かったもんじゃない。

それに前も言ったが、ヒロインに選ばれないと死んでしまうサブヒロインもいるので、やはり俺がすぐ側でフラグ管理をしてハッピーエンドに導いてやる事こそが最善だと思う。

　つまりは俺自身が転入する事。これが一番楽な方法だ。

　ま、ネタバレしちゃうとだ。魔女は実はあの学園の地下にいる。

　ファラさんが俺を誘い出した場所よりも更に下だ。そこに教師もほとんど知らない地下ダンジョンのようなものが隠れている。

　まあ学園を舞台にしたゲームのお約束だわな。

　何故(なぜ)そんな場所にいるかをメタ的に身も蓋(ふた)もなく語ってしまえば、そもそもこのゲームは学園以外のマップなどほとんど用意していないからである。

　設定的にはこの世界は名前を『フィオーリ』といい、物語の舞台となる大陸には『ジャルディーノ大陸』という名前が設定されているが、基本的に学園の外に舞台が移る事はない。

　勿論デートなどで外出イベントもあるし、学園外に出る事もある。だがそういう時は大抵背景で町やら夜空が映し出されるだけで、プレイヤーが移動可能な範囲は学園内に絞られている。

　更にこのゲームは魔女を討伐する為に情報や伏線を拾っていき、魔女に辿(たど)り着(つ)くわけだが……必然、プレイヤーが手に入れる事が出来る情報は学園内のものに限られる。

　仮に魔女が学園と関係のない隣の国の小さな村の小屋の地下なんかにいたら、絶対プレイヤーはそこに辿り着けないだろう。

　そういう事情もあり、魔女は絶対に学園内に配置しなくてはならないわけだ。

　というわけで俺は学園に行く必要があるので、早速手続きをするようにレイラちゃんにお願いしてみた。

それ近衛騎士の仕事なの？　とか思われるかもしれないが、ああ見えて彼女は文武両道で何でもこなせるスーパーウーマンだ。

手続きなんて彼女にかかればちょちょいのちょいで終わる。

そんなぐう有能なレイラをスットコと呼ぶのは可哀想なのでやめてさしあげろ。

「駄目です」

おいスットコォ！

何故、と問う事すらなく問答無用の切り捨てとは恐れ入った。

しかしこの展開を俺も予想しなかったわけじゃない。

先述の通り、彼女にとっては護衛対象がウロウロして何かの間違いで死んだら非常に困るわけだ。

たとえその護衛対象の事が大嫌いで内心で『死ねばいいのに』とか思っていても、死なれてしまっては彼女のエリートな経歴に傷が付いてしまう。

ちなみに心の声はレイラルートに入る事で聞く事が出来る。

他のルートだと裏切りイベントが起こる寸前まではエルリーゼの忠実な部下の顔を崩さないのだが、レイラルートだと彼女視点での日々の苦労を見る事が出来る。

その際にレイラは表向きはエルリーゼに忠実に従いつつ内心では愉快な罵倒三昧を繰り返しているのだ。

つまり彼女は他のルートだと堅物女騎士キャラで、レイラルートでは面白い素顔を見せてくれるという一粒で二度おいしいヒロインだ。

そんな彼女だからこそプレイヤー人気も高く、ファンからはスットコの愛称で愛されているのだ。

そんな実は愉快なポンコツであるスットコを丸め込む為に俺は得意の舌先三寸を発動した。

レイラ・スコットは名門貴族スコット侯爵家の長女である。

スコット家は代々、聖女を守護してきた誉れ高き騎士の一族だ。

レイラもそれを何より誇りにしていたし、いつの日か自分も偉大なる先人達と同じように聖女に仕えるのだと思っていた。

最初の原動力は幼い憧れであった。子供の頃に屋敷に招かれた吟遊詩人が竪琴の調べに乗せて語った、遥かな昔の聖女とそれを守護した偉大なる騎士の話……それに惹かれ、そして物語に登場した騎士のようになりたいと強く願った。

だから剣を学び、腕を磨いた。そして彼女にはその夢に見合うだけの才能があった。

魔法学園に入学する前から彼女の技量は既に現役の騎士であった父を凌駕しており、そして学園に入学してからもその実力を伸ばし続けた。

成績は常にトップを維持し、毎年開催される闘技大会でも他を寄せ付けずに不動の優勝を飾り続けた。

そしてレイラが二十歳の時。

彼女はアルフレア魔法騎士育成機関を親兄弟の期待通りに首席で卒業し、見事聖女の近衛騎士の座を勝ち取ってみせた。

レイラは女であるが故に家を継ぐ事は出来なかったが、代わりにそれよりも大きな使命が与えられた。

騎士を目指すならば誰もが羨む、スコット家当主の座よりも遥かに価値のある地位を自らの力で手に入れたのだ。

現実は夢に追いつき、レイラはかつて憧れた聖女の騎士となった。

その為に剣の腕を磨き続けた。ずっと、出会う日を夢想し続けていた。

聖女とはどのような方なのだろう。やはりお美しいのだろうか。それとも可憐なのだろうか。

きっと物語のお姫様のように美しいに違いあるまい。そう思った。

……余談だが、彼女は実際に自分の国のお姫様と顔を合わせた事もあるが、そちらは彼女の持つお姫様の幻想からかけ離れていたので記憶から消えている。おいスットコォ！

今代の聖女エルリーゼの評判は何度も耳にしている。

民衆の為に自ら魔物の軍勢と戦い、小さな村にも足を運び、全てを愛しているように手を差し伸べる。

曰く、『聖女そのもの』。

その評判は……全く正しいものだった。いや、実物を前にして、評判すら霞んだ。

「貴女が新しく近衛騎士になった方ですね？」

近衛騎士に就任した日に父に案内されて通された聖女の部屋にいたのは……確かに、聖女だった。

それ以外に表現する言葉が見付からなかった。

純粋さ……透明さ……神聖さ……そうしたものが同居し、人の形を作っている。

どんな物語よりも確かに伝わる現実として、聖女がそこにいた。

どんな吟遊詩人でも言葉では語り切れない物語を超えた現実がそこにあった。

一目で見惚れた。この方に仕えるのだと思うと、興奮と感動で胸が高鳴った。

彼女に仕えるようになってからは、ただ奇跡を見続ける毎日だった。

どんな魔物の軍勢も物ともせずに蹴散らし、どんな怪我人も病人も癒してみせる。

彼女がそこにいるだけで、まるで世界の明度が上がったように皆が明るくなり、笑顔で溢れた。

太陽はそこにあるだけで世界を照らす。

それと同じように、彼女こそが光だった。エルリーゼがいるだけで世界は光に溢れていた。

そんな彼女だからこそ……そう。この展開も薄々予想出来ていたのだ。

「レイラ。私はあの学園に生徒として潜入しようと思います」

「駄目です」

分かっていた。そう言い出すだろう事は分かり切っていた。

学園内に魔女の手が伸び、生徒に危険が迫った。

その事実を知った彼女が動かないわけがない。

昨日だって罠と知っていただろうに、立てこもり犯――ファラの要求通りにたった一人で赴いてしまったような、そんな少女なのだから。

「レイラ。私とて何も理由なく潜入しようと思ったわけではありません。ファラさんは魔女に操られてしまいました。しかし考えてください……どこで彼女は操られてしまったのですか？　貴女も卒業生ならば知っているでしょうが、ファラさんはほとんど教師寮で寝泊まりし、家にも帰らないほどに仕事熱心な方です」

「ま……まさか……」

まさか――もう気付いているのか？

そう思い、レイラは顔を青褪めさせた。

ああ、止めてください。どうかその先を言わないで。

それを言われてしまえば、止める事が出来なくなるから。

危険だと分かっている学園に貴女が向かう事を了承する以外になくなるから。

「レイラ、貴女は賢い。もう答えにとうに行き着いているでしょう。魔女は、あの学園のどこかに潜んでいる可能性が極めて高いのです」

……やはりその答えに行き着いてしまうか。

レイラはそう思い、苦悶が顔に出ないように努めた。

分かっていた。学園からほとんど出ないファラが魔女に接触して操られてしまったというならば、魔女がいる場所は必然、学園の何処かという事になってしまう。

そして……この聡明な聖女がそれに気付くだろう事も、分かっていた。

「あの数の魔物……あれも、外から運び込んだと考えるのは不自然です。学園の方々はそれに気付かぬほど愚かではないでしょう。かといって、授業や訓練で使うには多すぎるし、危険すぎる。しかし魔女が学園内にいるならば……何ら難しい事ではありません。小さなトカゲやネズミや鳥……そうしたものを運び込んでも誰にも気付かれませんし、気付かれても違和感を抱く者はいません。

そして、それらの小動物を魔女の力で魔物にしてしまえば、容易く学園内にあの魔物の群れを作り出せる」

そう、その通りだ。

これらの事実がある以上、魔女は学園内に潜んでいる可能性が高いと考えるしかなくなる。

この可能性が提示された以上、もうレイラはエルリーゼが学園に行く事を『否』と言えない。

聖女が聖女の使命を果たそうとしているだけだ。それを止める事は誰にも出来ないし、やってはいけない。

「だからこそ、私が行かねばならないのです。分かってください……レイラ」

「……貴女が、そう言うならば」

だがレイラは怖かった。

心底怖くて仕方がなかった。

この愛おしい主を失う事を心から恐怖した。

何故なら歴代の聖女は……。

誰一人例外なく、魔女を倒した後に……その命を散らしているのだから。

「ならばせめて……私も共に連れて行ってください」

今は、絞り出すようにそう言う事しか出来なかった。

そして翌日、アルフレア魔法騎士育成機関――通称魔法学園は震撼する。

誰もが予測しなかった、まさかの聖女転入……これを機に、学園を中心として世界を左右する物語が始まろうとしていた。

◇

また、夢を見た。三度目ともなればいい加減慣れるものだ。

俺は再び、男だった頃の俺に戻って狭いアパートの中で寝転んでいた。

視点は相変わらず別人視点だが、まあいい。今回も憑依してやるだけだ。

気のせいか前よりも身体は動かしにくいが、まあどうでもいいな。

さて、この夢はどうせ長続きしないだろうしちゃっちゃと目的のものを見ましょうかね。

スリープモードになっていたパソコンを起動させて、まずは動画を検索してみる。

すると出るわ出るわ、『エルリーゼルート』の実況プレイに通常プレイ。

その中でも一番再生数が多いものを適当にクリックして開いた。

動画は丁度、あの学園での監禁事件のイベントにさしかかっていたようで、ファラさんが繰り出す魔物との戦闘シーンに入っている。

敵は画面を埋め尽くす魔物で、対しプレイヤー側が操作するのはエルリーゼ一人。

しかし適当に行動を決めているだけで次々と魔物が蹴散らされていく。

ちなみに戦闘BGMも汎用のものではなく、聞いた事のないものだった。

これまさか専用BGMか？　随分豪華だなおい。

『クッソ強えｗｗｗ』

『一撃でHP消し飛んだｗｗｗｗ』

『ちょっと待てやコラｗ　こいつエテルナルートの最後の方に出て来るボスモンスターじゃねえかｗｗｗ』

『俺がこいつ倒すのにどれだけ苦労したと思ってんだｗｗｗｗ』

『俺のトラウマが…………』

『エルリーゼ様強すぎだろｗｗｗ』

『無双ｗ』

『ドラゴンが溶けたｗｗｗ』

『ダメージの桁おかしいｗｗｗ』

『信じられるか……こいつ聖女じゃないんだぜ……』

『おいこれラスボスの取り巻きだった奴だろｗｗｗ何で雑魚扱いされてんだよｗｗｗ』

『敵の攻撃で全然ダメージ受けてねえｗｗｗ』

『聖女は聖女自身の力か魔女の力じゃないとダメージ受けないから……』

『魔物は魔女の力を貰ったしもべだから軽減されるとはいえ、聖女にもダメージ通せるはずなんだよなあ……』

『こいつの攻撃、レベル99のベルネルでもＨＰ三割くらい減るのにｗ』

『確かにこいつは聖女じゃないな……こんな化け物みたいな聖女がいてたまるか！ｗ』

『もう全部あいつ一人でいいんじゃないかな』

まさに無双という戦いに、コメント欄は草まみれと化していた。

へえー、ゲームで数値化するとこんなに強いんだ、俺。

さっすが才能モンスターのエルリーゼの身体で毎日魔法練習ばかりやってただけはあるな。

コメントの反応を見る限り、他のルートだとエルリーゼが戦闘に加わる事はないんだろうか？

多分イベントとかで敵を倒すだけで、実際に戦闘参加する事はないタイプなんだろうな。

その後は俺の知る通りにイベントが進み、エルリーゼが剣を腕で止めたシーンになった。

『あー、俺も初見プレイ時は傷を負わないから完全に騙されたわ』

『聖女だから傷を負わないと思ってたら、まさかのステータスゴリ押しだもんな』

『確かにこれはダメージ受けないわ』

『スットコさん、気付いてw　その子聖女の特性じゃなくて単純にステータスが高すぎて攻撃効かないだけだぞw』

何と言うか……こうして自分の行動を客観的に見るっていうのは新鮮だな。

そしてイベントが終わり、エルリーゼが去っていく。

その後は普通に学園生活を送るシーンが続いたが、やがてゲーム内で事件の翌々日の朝になって再びコメント欄がうるさくなった。

その原因は……うへぇ……。学園の制服を着て、ベルネルの教室の教壇にエルリーゼが立つ一枚絵が表示されたからだ。

『エル様転入ｋｔｋｒ！』

『うおおおおおおお！』

『初めて見た……』

『制服も美しゅうございます！』

『制服エル様とかあったのかｗ』
『四年も誰(だれ)も発見しなかったルートなのに一枚絵に気合入りすぎてて草』
『イベントＣＧ１００％とは何だったのか』
『１００％（ただし１００％とは言ってない）』
『Ｌ様ルート入ったらＣＧ部屋のＣＧ解放率が今まで１００％／１００％だったのが１００％／１５０％になってた』
『→製作陣性格悪すぎぃん……？』

ここで動画は終了だ。次のパートはまだＵＰされていない。

しかし……やはりというか、完全に向こうでの俺の行動がこっちではゲームとして反映されてるんだな。

まあこれは夢だから、本当に日本でそうなってるのかは分からないが……これはただの夢でもないだろう。

流石に三回続けて連動している夢っていうのは考えにくい。

とにかく次は恒例のキャラ解説ページだ。どんな感じになってるかな。

ふむ……途中までは同じだな。何も変わっていない。

だが途中で前回まではあった文章が消えており、スクロールする事で見る事が可能になるというネタバレに配慮した仕様に変わっていた。

【エルリーゼの正体】

エルリーゼは本物の聖女ではない。

赤子の頃に手違いでエテルナと取り違えられてしまっただけの一般人であり、当然彼女に魔女を倒す力など備わっていなかった。

歳を取らない理由は主人公が制御出来るようにと吸い取った魔女の力によるもので、これによって彼女は外見が変わらなくなっている。

だが実際にはこれが原因で寿命が縮まってしまっていた。

魔女の力を浄化出来た理由は、この時に得た魔女の力を使っていただけであり、剣を素手で止めたのは単純に膨大な魔力でガードしていただけである。

しかし彼女のあまりにも完成された聖女としての振舞いから、彼女を偽物と思う者は魔女を含めて誰もいなかった。

だがエルリーゼ本人はその事を知っていたらしく、いつの日か本物の聖女であるエテルナに聖女の座を返す為に邁進していた事を明かしている。

【本編での活躍】
・エルリーゼルート
四年越しのまさかの発見。

彼女のルートに入る方法は、『CG回収を100％にした状態で』、『周回プレイをせずに一周目をプレイして』ゲーム開始時に自動で入手出来るアクセサリの『思い出のペンダント』をゲーム開始からここまで一度も外す事なく、学園に入ってから十七日目の夜まで全ての自由行動を自主練で消費する事である。

（正確には全ヒロインの好感度を上げない事）

そうすると十七日目の夜に低確率で、友達を作らない主人公の事を心配したエルリーゼが主人公の部屋を訪れ、彼女の好感度を上げる事が可能になる。

（このイベントを踏まないと何をしても攻略可能キャラにならず、好感度そのものが一切表示されない）

有志の検証の結果、エルリーゼが部屋を訪れる確率は０・３％前後というデータが出ている。

筋トレばかりしていると心なしか確率が上がるという情報もあるが、こちらは未検証。

なので十七日目の夕方まで自主トレをして過ごし、夜の自主トレをする前にデータをセーブして、後はロードを繰り返そう。

その後は十八日目に、ファラによって主人公とエテルナ、フィオラ、ジョン（それとモブが数人）が人質にされるイベントが発生する。

そしてファラによって護衛を付けずに来るように要求され、その通りに本当に一人で来てしまう。

ここで、彼女を仕留める為にファラが差し向けた魔物達と戦闘に入るのだが、この戦闘は何とエルリーゼを操作してのイベントバトル。

この戦闘で初めてプレイヤーに数値として明かされる彼女の凄（すさ）まじい戦闘力は必見。

他のルートでもイベントで圧倒的な強さは見せていたが、このステータスならば納得である。

本来ならば二周目でようやく倒せるようになるレベルのモンスター三十体と連戦になるが、その全てを一方的に蹴散（けち）らしてくれる。

何をどう間違えてもまず負ける事はない。

そしてこのイベントをクリアすると、その二日後にまさかの転入生として学園に転入してくる。

追記・修正求む。


ここまでで終わりか。以前までと比べて大分変わっているな。

それだけプレイヤーの間での重要度が増したっていう事だろうか。

試しに画像検索をしてみると、以前より圧倒的にエルリーゼのイラストが増えている。

俺の知るエルリーゼではあり得ない事だ。

勿論改変前でもエルリーゼ（真）のイラストは描かれていたが、そんなに多くなかったし……何より、イラストの半分はボコボコにされているようなものだった。

その際のコメントは『クソリーゼざまあｗｗｗ』とか『いいぞもっとやれ』とか、そんなのばかりだ。

間違えてもこんな、可愛らしく描かれるようなキャラクターではない。

二次創作も結構多いな。

元々『永遠の散花』の二次創作は多かったが……見た事のないエルリーゼヒロイン系の二次創作がやけに増えている。

とりあえず、二次創作サイトの更新順で一番上に来ている奴でもちょっと見てみようか。

タイトルは……ほーん？　『造花の守護者』？　どんな感じなんやろ。

造花の守護者　作：神龍闇王

＜＜前の話　目次　×

――1――全ての始まり

俺の名前は神龍闇王。

平凡な高校生だ。ただ自分ではよく分からないが女達は俺を見るとキャーキャー騒ぐ俺はどうやらすごくイケメンらしい。

スポーツ万濃で成績もいつも一番でいじめられっ子を助けて苛めっ子をボコボコにするくらいの事しかしていないがそれでも俺は皆の人気者である。

俺は気が付いたら・・・見知らぬ平原に立っていた・・・間違いないここは永遠の散火の世界だ。

ならば俺は――この世界のふざけた運命をぶっこわしてエルリーゼを守る為に戦おう。

だから俺は死に物狂いでしゅぎょうした。そして世界の誰よりも強くなった。

強くなった俺はさっそく聖女の城へと向かった。

すると「誰だお前は⁉」邪魔な騎士が行く手を阻んだので俺はそいつらを蹴散らして先に進んだ。

「うわー」兵士達は俺が手を降っただけで飛んで行った。やれやれ、手加減してやったのにこの程度か。

次に国の王様がやってきたが俺は知っているこいつの悪行と世界の真実を。こいつはここで死ぬべきだ。

「黙れ」と言って俺は国王の首をはねた。

そして俺はエルリーゼの部屋に入った。「誰ですか？」エルリーゼは言った。

「俺は君を守りに来た物だ」そう言って俺はエルリーゼの頭を撫でた。

「私を守りに・・・・・・？／／／／／／（この胸のときめきは何？　恋？）」何故かエルリーゼは顔を赤くした。どうしたのだろう？？？

これが俺と彼女の出会い――永遠のちる花の世界に来てしまった俺は一体何を思い・・・何を為すのか・・・。

俺は無言でそっ閉じした。

え……何？　こいつの中での俺は見知らぬやべー不法侵入者に頭を撫でられただけで警戒心も抱かずにそいつに惚れるような奴なの？

ないわー。マジないわー。しかも作者名と主人公名が同じってお前……。

というか何で一人称形式なのにエルリーゼの心の声出てるの？　読心能力でもあるの？

何かもう、他のＳＳを見る気が失せてしまった。

『永遠の散花』についてのスレに行くと、エルリーゼについてあれこれ語られ、盛り上がっていた。

『エルリーゼ様マジ聖女』とか『本物より本物してる』とか、『転入してきた所まで進めた』とか

……うーん。

誤解させるように演技してるのは俺なんだが、流石にこういうの見ると何か複雑な気分になる。

けどまあ、どうしようもないか。

スレに出て行って真実を教えても頭おかしい奴としか思われないだろうし……そのままガワだけ偽聖女に騙されていてくれ。

でもオカズにするのは勘弁な。鳥肌立つから。

しかしこいつ等本当にこれでいいのかね？

その偽聖女、中身クソ俺だぞ。

そんな奴のルートなんか入っても何もいい事はないって。

絶対最後に期待を裏切られる。期待をボコボコにされて蹴り飛ばされてゴミ箱に詰められる。

俺が言うんだから間違いない。やめとけやめとけ。

……と、またしても視界が白く歪んできた。

さっきまで座っていたのに気付けばまた浮遊して自分を見下ろしてるし、夢とはいえ視界の切り替えに脈絡なさすぎだろ。

はあー……仕方ねえな。そんじゃまあ、そろそろ起きるとしますか。

第八話　現実は理想を超えた

おっはよーーーございまーーーす！

今日もルンルン、皆大嫌い、聳え立つクソの山系偽聖女、エルリーゼちゃんでーっす！

嫌がる皆に愛情バッキュン☆　あなたのハートを撃ち抜いちゃうゾ☆

ヴォエッ‼

……やっべ。ノリでやってみたはいいけど、自分でやっててあまりのキモさにリバースしかけたわ……。慣れない事はするもんじゃねえな。

というか寝起きテンションとはいえ、もうやらない方がいいなこれ。

万一誰かに見られてたら自殺もんですわ。

とはいえ、俺の部屋には勿論誰もいない。

寝る時はいつも部屋にバリア張ってから寝てるので、護衛だろうが俺の就寝中には部屋に入れない。

勿論完璧に防音もしている。

何故かって？　決まってるだろ。いくらネカマロールで取り繕おうが中身が俺だぞ。

そしていくら俺でも寝ている時までは流石に演技なんぞ出来ない。つまり俺自身、自分が寝ている時にどんなだらしない姿をしているかが全く分からないのだ。

最悪、寝言で『おら、しゃぶれよ』とか『おっぱいおっぱい！』とか言っている可能性もある。

なので万一そうなっていても誰にも聞かれないようにバリアを最優先で、憑依して数日のうちに完全習得してやった。

まずは鏡確認。魔法で常に髪質肌質その他諸々は最高の状態をキープしているが、五割増しでよく見えるように魔法でナチュラルメイクもどきを施していく。

具体的には髪が光を反射して通常では少しありえないような輝き方をしたりとか、いわゆる天使の輪を作ったりとか、顔や肌も通常時より心なしか輝いて見えるとか、そんな感じの。

中身が俺な分、ガワで騙し続けなきゃならんわけだが、そのガワを取り繕うのも楽じゃないのよ。

聖女ロール続けて十二年目だけど正直面倒くさいし、いつボロが出るか分かったもんじゃないから、さっさとエテルナに聖女の座を返して物語から退場したいってのが本音だ。

で、欲を言えば誰もいない山奥か森の中なんかで小さいログハウス建てて、そこで自然に囲まれながらダラダラと余生を過ごしたい。

だがそれは先の話。まずは俺の望むハッピーエンドを見る為にも今後の緻密にして完璧な予定を立てよう。

まず、メインのルート以外だと死ぬヒロイン。これは学園に三人いる。

そのうちの一人は魔女なので、こいつはどうでもいい。敵だし。

問題はそれ以外の二人だ。

まず一人はただの病弱っ娘だが、こっちは俺がいりゃ普通に何とかなる。

自慢じゃないけど俺の回復魔法ってそこらの薬よりずっと効果が上だし、今まで治せなかった病気もない。

なので、こっちは実質解決したようなもんだな。

次にアイナ・フォックスというサブヒロイン。赤髪のツインテール娘で元子爵家だ。

しかし本編開始時点で彼女の家は潰れており、その原因こそがエルリーゼである。

彼女の親は横暴を繰り返すエルリーゼに忠言したのだが、それが不興を招く事になり、家を潰されてしまったのだ。

そしてエルリーゼが色々と手を回し、執拗に粘着質に嫌がらせを続けた結果、両親兄弟全てが死に追い込まれ、知人の家に逃がされていたアイナだけが生き延びる事となってしまった。

マジでロクな事しないな、エルリーゼ（真）……。

当然彼女はエルリーゼを恨み、そして暗殺する為に魔法学園へ入学する。

高い成績を収めて近衛騎士になれば暗殺の機会も訪れると思っての事だ。

しかしエルリーゼは学園に過度に介入を始め、度々学園に姿を現す事になる。

それで焦ってしまったんだろうな。彼女は時を待たずにエルリーゼを殺そうと襲い掛かるのだ。

ちなみにこの時のびびりまくったエルリーゼの豚のような悲鳴は笑わせてもらった。

結局この襲撃はエルリーゼの護衛であるレイラによって鎮圧されてしまい、彼女はそのままどこかへ連れ去られて、後日処刑された事が明かされる。

しかしこの一件は後への波紋を生む。

まずレイラは、自分が襲撃を防いでしまった事で一人の有望な少女を間接的に死なせてしまった事を気に病む。

更にこの時、アイナの剣はエルリーゼの腕に確かな傷を刻むのだ。

これによって、決して傷付かないはずの聖女が傷を負ったという事実が残り、エルリーゼが偽物である事が発覚する。

そこからは連鎖するようにレイラが今までの悪事の証拠を持ってエルリーゼを裏切り、そしてアイナの与えた傷痕(きずあと)が決定打となってエルリーゼは民衆の前で偽物という正体を暴かれるわけだ。

つまりこのアイナは、エルリーゼざまあイベントの功労者である。

……が、彼女をメインにしたルート以外ではそれだけだ。

エルリーゼを襲撃した生徒というだけで、特にクローズアップされずに消えてしまう。

彼女をメインにしたルートでは途中までは同じ流れなのだが、何とエルリーゼ襲撃にベルネルまで加わってレイラと戦闘に入る。

そして勝利する事でアイナは死ぬ事なくエルリーゼに傷を刻み込むのだ。

この後はしばらく、聖女を襲撃したという事でアイナとベルネルの二人で愛の逃避行イベントが入るが、すぐにレイラがエルリーゼを裏切って悪事の証拠を突きつける事でエルリーゼはざまあされる。

で。この世界でだが……襲撃来るのかね、そもそも。

俺は別にフォックス家を潰したりしてないし、覚えてる限りでは恨まれる理由はない。

まあもしかしたら世界の修正力で『何かよく分からんがお前が憎いィィィィ！』と突撃してくるかもしれんが、それは流石に俺もどうしようもない。

まあ突撃してきても俺なら無傷でどうとでも出来るし、捕まえた後も死刑にしないように言っておけばいいだろう。

つまりこっちもほぼ解決していると言っていいんじゃなかろうか。

後は……何か気を付ける事あったっけな。

強いて言やあ魔女関連のイベントか。

エテルナが真の聖女と気付いたらしい魔女が色々と裏からちょっかいをかけてきて、魔女があれこれやるイベントではモブに死人が出る。

ただ……どうもこの世界、魔女が真の聖女に気付いてないっぽいんだよな。

ファラさんなんていつでもエテルナを殺せる状況にまで行ったのに、エテルナを人質にするだけで偽物の方を殺そうとしてたし。

……もしかして魔女って俺が思ってたほど賢くないのか？

本物の聖女と中身クソの偽聖女を見間違えるかね、フツー。

一般人ならともかく、お前さんは聖女と対を成す魔女だろうに。何で気付かないんだ。

いやまあ、気付かないのは俺としちゃあ好都合なのは間違いないけどさ。

で、魔女は……ぶっちゃけ今すぐにでも消せる。

魔女の潜伏位置も分かってるし、俺ならゴリ押しで勝てると思うんだよな。

俺の中にある闇パワーを乗せれば、軽減はされるだろうが魔女にもダメージは通せるし、逆に魔女の攻撃は多分俺は弾ける。

あくまでゲームの情報なんだが、魔女ってレベル70のベルネル一人で互角くらいに戦えちゃうんだよな。

ちなみにエテルナがパーティーにいればレベル40台でも余裕。

で……あの夢で見た俺の強さはレベル99のベルネルよりずっと上っぽいし、実際レベル99のベルネルでも苦戦するような魔物だろうが俺は蹴散らせるし、魔力でバリアすればダメージは受けない。

つまり俺と魔女が戦えば俺の魔女への攻撃は『軽減されるがゴリ押しで効く』。魔女の俺への攻撃は『効果抜群だが実力差で効かない』になるわけで、負ける要素が見当たらない。

まあ例えるならレベル99のほのおタイプとレベル5のみずタイプが戦うようなものだな。

ただ今はそれは出来ない。出来ない理由がある。

やるにしても、それはエテルナのハッピーエンドを見届けた後でなければならないのだ。

まあ魔女が出て来たら追い払う程度で済ませておこう。

とりあえず当面の予定は決まった。

まず病弱サブヒロインを探して回復魔法をかける。

アイナ・フォックスはレイラにでも調べて貰って、後は向こうの出方待ち。来るなら来い。

よし、思考終わり。そんじゃバリアも解除しますか。

「おはようございます、エルリーゼ様」

ノックして入室してきたのは、護衛として学園まで付いてきたレイラだ。

今日もキリッとしていて凛々しい。

誰だよこの美人をスットコとか呼んでるの。俺だよ。

スットコを従えて教室へ向かう。

すると周囲がざわつき、生徒や教師が立ち止まって俺を見ていた。

ふはははは、ちょっとした大名気分だな。控えおろう、頭が高いわ平民共。

あ、この学園の生徒って大半が貴族だった。むしろ平民は家名もない俺の方じゃねえか。

控えます。頭が高かったですね、はい。

しかしこれは確かにちょっと気分がいいな。

まるで自分が凄く偉い奴になったと勘違いしてしまう。

幼い頃からこんな環境に置かれていたエルリーゼ（真）が思い上がってしまうのも止む無しと言えるのかもしれない。

でもまあ、それでもあいつのクソさは擁護出来ないけどな。

だが思うんだよな。もしもエテルナが最初から聖女として育てられていたら、果たしてあんなに心優しい聖女になったのかと。

もしかしたらエルリーゼ（真）と同じで、横暴で我儘なエテルナになっていたのではないか……なんてな。

人間ってのは最初は誰しも真っ白だ。どう変わるかは周囲次第。色の付け方一つで全てが変わる。

そういう意味じゃ……エルリーゼ（真）も被害者だったのかもしれないな。

俺？　俺はほれ、もう最初から真っ黒よ。だから憑依転生なんてしても何一つ変わりゃしねえ。

黒に何を混ぜても黒だよ。

よし、教室前に到着。

後は中に入るだけなのだが、何か教室前に誰かが跪いていて入るに入れない。誰やこのおっさん。

「エルリーゼ様の道を阻むなど……」

スットコが前に出ようとするが、慌てて手で制した。

おいやめろスットコ、それ高慢ちきな悪役がやる行動じゃねえか。

こう、取り巻きが『○○様の道の前に出たな！』とか言って斬りかかったりするの。

俺を権力を笠に着た悪党にする気か、お前は。

「ああ……近くで見るとより美しい。お待ちしておりました……貴女を我が校に迎え入れられる日が来ようとは……」

いやだから誰だよお前は。

改めて観察するが、いまいち誰か分からない。

というか男キャラなんか一々覚えてないっつーの。

年齢は……二十代半ばくらいかな。顔立ちは腹が立つがそこそこハンサムな優男。

目は細め。鼻は高く、顔の輪郭はやや縦に長く見える。

黒の長髪。首の後ろで束ねていて前髪はオールバック。一房だけ額に垂れている。

そして世界観を無視して現代風の眼鏡をかけていて、インテリっぽい雰囲気を纏っていた。

最初は友好的で後で裏切るタイプの顔立ちだ。

えーと、誰だっけなこいつ。ゲームにいたような気もするんだが……。

仕方ない。こういう時は有能スットコに聞くに限る。

視線を向けると俺の意図を察したスットコが咳払いをした。

「彼は、この学園の教師です。名はサプリ・メント」

あ、思い出した。敵キャラか。そうだ、こんなんいたわ。

こいつはサプリ・メント。キャラクターを作った人が名前を考えるのが面倒で、たまたま近くにサプリメントがあったから、そう名付けられたかのようなキャラクターだ。

ファンからの通称は変態クソ眼鏡。年齢は二十五。

どのルートでも敵としてベルネルの前に立ち塞がり、そしてぶっとばされる小物野郎。

こいつは熱狂的な聖女信者で、聖女というものに勝手な幻想を抱いて押し付けている。

勿論エルリーゼ（真）はこいつの崇拝対象ではないし、こいつは早い段階でエルリーゼ（真）は聖女ではないと見抜いていた。

その理由は『あんなものが聖女のはずがない』という勝手な決め付けによるものだ。

まあ合ってるんだけど。

こいつが行動を起こすのはエルリーゼ（真）がざまあされた後で、『やはり真の聖女は別にいた』と歓喜した彼は自分だけの本当の聖女を探し始める。

そしてその時点で最も好感度の高いヒロインをストーキング・誘拐して自分の理想を押し付けるという死ぬほど迷惑な野郎だ。

しかしこいつの理想の聖女はこいつの中にしかいない。

誰を誘拐しようとこいつは満足出来ず、理想との乖離から『聖女はそんな事言わない』だとか『こんなのは私の思う聖女と違う』とか言い出してヒロインを自分好みに調教しようとして、そこで駆け付けたベルネルにボコボコにされて最後は学園を追放される……というのがこいつのゲーム中での活躍であった。

ちなみにこれは本物の聖女であるエテルナの時も変わらない。

結局のところ、こいつの『理想の聖女』なんて存在は何処にもいないって事だ。
こんなのが教師とか世も末だな。
ま……取るに足らん小物ではあるが、一応警戒だけしておくかな……。
変な事したらその時は、物語から退場してもらおう。

現実は理想を超えた。
サプリ・メントは聖女という偶像に熱狂的な愛を捧げる聖女崇拝者である。
彼がまだ物心ついたばかりの幼かった頃、世界は地獄だった。
至る所に魔物が溢れ、人が死に、良心を失った人間は暴徒と化した。
彼は魔物を恐れるよりも先に、暴徒の醜さを恐れた。
理性を失った人間は獣ですらなかった。獣未満の悪魔だった。
獣が人を襲っても、そこに悪意はない。
食べる為。我が子を守る為。縄張りに入られたから。怯えたから。敵だと思ったから。
そうした理由がある。
だが理性を失った人間は違う。理由もなく他者を傷つけて、そして愉しむ。
理性のない人間は悪意を持った獣で、悪意を持った獣は悪魔だ。
その悪魔達がサプリの家を襲った。

貧しい男爵家だったメント家は辺り一帯を治める領主だったが、暴徒と化した大勢の民に抗える力はなかった。

家は壊され、使用人は逃げ出し、そして幼いサプリの目の前で父と兄は殺され、母と姉は暴行を受けた。

獣……そう、獣だ。そこにいたのは人ではなかった。

人の姿をした獣しかそこにはいなかった。

かろうじて一人だけ難を逃れたサプリだったが、彼の心は捻（ね）じれた。

貧しいとはいえ貴族の家で、外の汚いモノに触れる事なく育った少年の心を壊すにはこの一件は十分すぎた。

正義、愛、慈悲、節度、優しさ、情、責任感、勇気……そうした美徳とされるものの全（すべ）てが薄っぺらい嘘（うそ）にしか思えなくなった。

人は容易（たやす）く獣になる。獣未満の悪魔になる。

美徳なんて簡単に捨てて、本性を剥（む）き出（だ）しにする。

今は笑顔でも、その裏には醜い本性が隠れているのだ。

そんな世界を正常に戻したのが、当時の聖女であった。

聖女が魔女を倒し、世界には光が戻った。

すると驚いた事に、今まで悪魔になっていた連中が慌てたように理性の仮面を張り直して人間へと戻っていた。

その光景を見てサプリは思った。会った事もない聖女という存在に感動した。

ああ、そうか！　聖女がいれば世界は光で満ちるんだ！

聖女こそが光で、愛で、正義で、慈悲で節度で優しさで情で責任感で勇気なんだ！

聖女こそが人の美徳そのものなのだ！

幼くして心が歪(ゆが)んだ少年は、歪んだ自分だけの結論を構築した。

会った事も見た事もないのに聖女の姿を想像し、理想を投影した。

きっと何よりも美しいのだろう。いや絶対に、誰(だれ)よりも尊いはずだ。

見た目も中身も、この世のどんな存在より穢(けが)れなく、素晴らしいに違いない。

何と勝手な思考だろう。何と自分本位な押し付けだろう。

しかし彼のその過ちを正せる者はいなかった。

いや、気付ける者すらいなかった。

何故(なぜ)なら彼は、仮面の付け方をよく知っていたから。

サプリが悪魔達から一つだけ学んだのが、仮面の付け方であった。

自分をより良く見せる。平和的な人間に思わせる。そうした仮面を彼は付けていた。

そして数年が経(た)ち……これまでの歴史と同じく、魔女が再び現れた。

過去、ずっとそうだった。理屈は誰にも分からないが、魔女と聖女は必ず一つの時代に一人ずつ現れる。

そして魔女を倒した聖女は死体すら残さずに死に、数年経てば新たな魔女が出現するのだ。

魔女と聖女の出現タイミングは同じではない。いつの時代も絶対に魔女が先で、その後に遅れて聖女が出現する。

魔女が倒されてから次の魔女が現れるまでの周期は大体、五年ほど。

たったの五年で平和は崩壊する。

そしてそれから短くても十五年以上は魔女の時代が続き、そうしてようやく遅れてやって来た聖女が魔女を倒して束の間の平和が世界に齎される。

何故なら聖女が誕生するのが、魔女の出現と同時期だからだ。

魔女は何故か最初から大人であるのに対し、聖女は赤子である。

その聖女が成長するまでは魔女を止められる者は誰もいないので、聖女が成長するまでに要する十五年以上は魔女の天下が続くわけだ。

魔女のいない平和な期間は僅か五年で、そこから十五年以上も魔女の時代が続き、そしてまた五年ほどの短い平和が訪れる。この世界はずっとそれの繰り返しだ。

しかし例外はある。それは聖女が魔女討伐の使命を果たせずに死んでしまう場合だ。

聖女は自傷か魔女の力以外で傷を受けないが、逆に言えばその力があれば殺せてしまう。

自殺した聖女が過去にいなかったわけではないし、魔女の力を与えられたしもべである魔物に殺されてしまった聖女もいた。魔女との戦いに敗れた聖女もいた。

その場合は当たり前のように魔女が支配する暗黒の時代が長引き、人は堕落していく。

サプリが救われた聖女の一つ前……エルリーゼから見て二つ前の聖女がまさにそのパターンで、彼女は魔女討伐の使命を果たす事も出来ずに魔物によって呆気なく命を散らしてしまった。

そういう事情があるからこそ人々は聖女を大切にするし、何よりも大事に扱う。

しかし次代では逆の方向に例外が起こった。

新たな聖女……エルリーゼは歴代最高の聖女であった。

僅か五歳にして聖女としての自覚に目覚め、そして十歳の頃には活動を開始していた。

魔物を駆逐し、人々を救い、過去例を見ない勢いで世界から闇を払った。

魔女はどこかに姿を消し、目に見えて勢力が衰えた。

聞けば、恐怖の象徴であるはずの魔女が逆にエルリーゼを恐れて逃げ回っているというではないか。

今代では魔女の時代はたったの十年しか続かず、そしてエルリーゼが動き始めてからの七年間は驚くほど平和が続いている。

サプリは、聖女の勇姿を見たいが為に魔物が集まる場所に自ら赴き、そしてエルリーゼの戦いを見続けていた。

——完璧だった。

彼の乏しい想像力など遥かに超えた現実がそこにあった。

サプリの中の勝手な『理想』は砕け散り、そして彼は初めて現実を認識した。

醜いと思っていた世界はこんなにも美しく、光で溢れている。

人が悪魔に見えていた。だがそうではない。悪魔にしか見えていなかった自分の『心』こそが闇だった。

暗い情念を宿し、現実逃避していた瞳には力強い輝きが宿り、心の中に爽やかな風が吹き込む。

もう、理想しか見えない男はそこにいなかった。

光で照らされた道の上に、正しく世界を認識した男が一人立っていた。

「とある事情により、この学園で皆様と共に学ぶ事になりました、エルリーゼと申します。短い間ですが、皆様よろしくお願いします」

青天の霹靂。

日常という雲を裂いて予想外という名の霹靂が届き、晴れた大空に蒼天を見た。

まさかの聖女転入……この嬉しすぎるサプライズにサプリは興奮し、歓喜した。

この自分が、自分が！　彼女と同じ空間にいる事が出来る！

そして間近で見る現実は、やはり彼の理想を容易く踏み越えた。

「そこの方……少し体調が優れないようですが……はい、これで大丈夫です。え？　お礼ですか？　そのお言葉だけで十分です。私がやりたくてやった事ですから」

廊下ですれ違っただけの、病弱な少女の病を事も無げに完治させた。

サプリもその生徒は知っている。座学はともかく、実技の成績が致命的に悪い生徒だ。

どうも心臓に病を抱えているようで、少し激しく動くだけで動けなくなってしまうらしい。

そんなハンデを抱えて尚、この学園にいる時点で彼女の優秀さは疑う余地もないが……だからこそ惜しい。

並みの回復魔法では心臓の病を治す事は出来ない。

それを完治させるには貴重な薬が必要だ。

マンドラゴラ、ドラゴンの羽の皮、グリフォンの毛。

そうした貴重な素材を集めなければ作れない薬は、代金の高さよりもまず、そもそも作る事自体の難しさから入手出来ない。

素材がまず手に入らない薬など、そうそう作れるはずがない。

サプリが思うに、彼女は自らが強くなることでそれらを集めようとしていたのだろう。

生き延びる為に一縷の望みをかけて、強くなろうとしたが……残念ながら間に合うはずがない。

いや、仮に一人前の騎士になっても素材を集めるのは難しい。

それが……どうでもいい小さな病と同じように、呆気なく完治させられた。

感動に打ち震えて泣き崩れる少女を、聖女が優しく抱きとめる。

身長は緑髪の少女の方が上だったが、それはまるで幼子を優しくあやすような光景だ。

尊い――そう言い残し、男の精神は塵となった。

………。

彼が放心から立ち直った時、既にそこに聖女はいなかった。

それをサプリは心底惜しんだが、しかしそれ以上の感動が彼の心を支配していた。

ああ……嗚呼！　世界は自分が思うよりもずっと美しく、光に溢れていた。

現実は理想を凌駕した！

彼女が何故この学園に来たのかは分からない。

だがきっと、何か深い理由があるはずだ。

ならば全霊でそれを支えよう。全力で手伝おう。

サプリ・メントは人知れずそう誓い、そして恍惚とした表情で天を拝む。

その姿は有り体に言ってとても気持ち悪く、廊下を歩く生徒達に避けられていた。

第九話　加速する誤解

病弱ちゃんって意外と着痩せするタイプなのな。役得役得。

今もまだ残っている温もりと胸の感触に浸りながら、俺は廊下を歩いていた。

とりあえず、まず一つ目の問題は解決した。

その辺フラフラしてたら病弱サブヒロインを発見したんで、サクッと辻ヒールして治しておいた。

この世界の医者ってあの程度の病気治すのに貴重な材料無駄遣いするんかい。

まあお陰で俺はいい思い出来たけどな。

俺のイケメンヒールで病気を治された病弱ちゃんが泣き崩れた時、俺はチャンスと思ったね。んで、これ幸いとばかりに抱きしめた。

後は頭を撫でてやったりして、あやすフリをしながら堪能するだけってわけだ。イヒヒヒ。

「あ、エルリーゼ様」

お。これはこれは、主人公のベルネル君とメインヒロインのエテルナさんじゃありませんか。

今日も仲良く一緒に歩いていて微笑ましいですなあ。

安心しろ、俺は爆発しろなんて思ったりしない。

何故ならベルネルはプレイヤーの分身。つまりは俺の分身。

なのでベルネルがエテルナとイチャコラするというのは、俺がエテルナとイチャコラするって事だ。

暴論だって？　でもギャルゲーってそういうモノだろ？

主人公に感情移入して、主人公を通して疑似恋愛を楽しむ為のものじゃないか。

だから俺はベルネルに嫉妬しないし、むしろ全力で手伝う。

ハッピーエンドを迎えて末永く幸せになれやコラ。そんで俺を尊死させろ。

ところでエテルナちゃん、何か元気ない？　どうした、何か心配事か？

何かあるならいつでも相談に乗るぞ。

「……っ、だ、大丈夫……です」

ん〜？　何か元気ないけど本当に大丈夫か？

ベルネル君、もしかしてまた放ったらかしにしたんちゃう？　これ。

筋トレばっかしてないで、ちゃんと好きな女の子のケアくらいしないといかんよ君。

「自主トレは……続けてますけど、今はそればかりやってるわけじゃないですよ。それに俺が好きなのは…………あ、いえ。それより気になっていたんですけど、どうしてエルリーゼ様はこの学園に来たんですか？」

お。やっぱそこ気になる？　気になっちゃう？

んー、どうしよっかなあ。教えてあげようかなあ。

まあええわ。教えてあげるけど、これ他言無用だぞ。

そう前置きして、俺はこの学園に魔女がいるかもしれないと教えてやった。

まあ魔女に関してはこの二人も無関係じゃないどころか、バリバリ当事者だからね。

早い段階で知っておいて、警戒出来るようにした方がいいだろう。

「魔女が……！　この学園に⁉」

まあ驚くわな。

とはいえ、下手に場所を教えると何するか分からないので場所はまだ分からないという事にしておいた。

本当はとっくに分かってるんだけどな。

魔女にはじわじわと追いつめられる恐怖を教えてくれる。ぐへへ。

さあ、怯えた顔をこの俺に見せるのだ。

普段強気で高慢なラスボス系悪女の怯えた泣き顔とか、それだけでご飯三杯はイケる。

「……魔女」

しかし何故か、エテルナが怯えた顔をして後ずさった。

おん？　何でそこで君が怯えるの？

ああ、いや、そっか。そりゃ学園に魔女がいるなんて聞いたら怖いわな。

でも安心してくれ。君達の平和は俺が守る。

そう、俺は魔女を倒して君達を守る為にここに来たのだから（キリッ）。

大丈夫大丈夫、魔女なんて俺にかかれば多分ちょちょいのちょいだから。

「…………っ！」

そう言うと、何故かエテルナは顔色を青くして逃げてしまった。

あ、あれ？　俺何かやっちゃいました？

助けを求めるようにベルネルとレイラを見るも、二人共わけがわからないという顔で首をかしげている。

……？　わけがわからないよ。

何故かエテルナに怖がられて逃げられました。意味が分かりません。

いやうん、マジで分からん。どういう事なの？

俺は本編エルリーゼと違って嫌がらせとかしてないはずだし、むしろファラさんに人質にされた時は救助だってした。

これで好感度が上がりはすれど、下がる理由が分からない。

可能性としては一応、ある程度いくつかは思い付く。

例えば俺のギラついた性欲ＭＡＸな視線に気付き、『やだこいつ気持ち悪い！』と思って逃げたのかもしれない。

俺は一応聖女ロールでガワを取り繕っているが、所詮(しょせん)は演技だ。本性が漏れ出ていた可能性はある。

だがあの怯え方はそれとは違うような気がする。

生理的嫌悪感というよりは、自分が害される事を恐れているような怯え方だった。

エテルナがああいう反応をするイベントは…………あるな。

このゲームのラスボスは選んだヒロインによって多少変わる。大体魔女かエテルナのどちらかがラスボスなんだが、エテルナがラスボスになるルートでは場合によっては魔女と戦う事すらなく魔女は死ぬ。

その理由が、ベルネルのいない所でエテルナが大勢の騎士と共に魔女を倒してしまうというものなのだが、このルートに入ってからエテルナと話すとあのような反応を見せる。

だがそれはずっと先の事で、今見せる反応ではない。

そもそも魔女はまだ生きている。

……まさか俺の知らないところで既にエテルナが魔女を倒してた？

いやいや、ねーわ。てゆーか無理。

確かにエテルナはゲームでもベルネル抜きで魔女を倒す事があるが、それは十分に物語が進んだ後半の事だし、何よりその時彼女は大勢の肉盾（騎士）に守られて戦い、その戦いで騎士の大半が死ぬ。

ついでにルートと選択肢次第ではここでレイラも死ぬ。

それにこのイベントはエテルナのレベルが40以上でないと発生しない。

つまりエテルナが十分にレベルを上げた上で肉盾を連れて行って、ようやく勝てるわけだ。

今のエテルナが単騎で勝てるわけがない。挑んでも返り討ちに遭って死んで終わりだ。

何故エテルナがそのルートで怯えを見せるのか。

その理由は……あー、これ言っちゃっていいかな？　ネタバレなんだけど。

まあいいわ。隠す事でもないしゲロったろ。

結論から言えば聖女＝魔女なんだわ。

聖女と魔女に違いなんかない。同じものなんだ。

だから聖女と魔女は特徴が一致するし、自分の力でもダメージを受ける。

ベルネルの闇パワーが魔女に効くのも、その闇パワーが聖女パワーと同じものだからである。

で、聖女が魔女を倒すと、魔女の中の怨念的な何かが移り、魔女を倒した聖女が次の魔女になる。

この怨念パワーが何なのかは公式でも判明していないが、初代魔女の魂という説が有力である。

正確に言えば魔女の怨念は『自分を倒した奴』に移るが、魔女を倒せるのなど聖女くらいしかいないので、実質聖女一択だ。

だからエテルナが魔女を倒したルートではエテルナが魔女になるし、ラスボス化してしまう。

今代の魔女も、実はエテルナの前の聖女の成れの果てだ。

だから『魔女を倒した聖女は死ぬ』は間違いだ。

真実は、『魔女を倒した聖女は身を隠し、真実の隠蔽を図る一部の王族によって死んだと報じられる』。

魔女が倒されてから次の魔女が生まれるまでに五年ほどのスパンがあるのは、聖女がその期間ずっと耐えてるから。

ちなみに自殺は出来ない。魔女は確かに自傷でもダメージは受けるのだが、生存本能的な何かが働いて、どう頑張って自分を傷つけても死なない程度の傷しか負えない。

闇の力には宿主を生かそうとする何かがあるらしい。聖女は自殺出来るのにな。

この宿主を生かそうとするのも、宿主に死なれては困る初代魔女の意思のせいという考察がある。

そして魔女になると何か自分でも抑えられない破壊衝動やら何やらに突き動かされ、本人の意思に関係なく悪落ちする。

で、聖女の死か魔女の誕生を世界が感知すると、均衡を保つ為に世界に満ちている魔法の源的なパワー（名前はマナ。ベタすぎる）が『あっ、やべ。聖女が魔女になってもうた』、『やっぱり今回も駄目だったよ』、『じゃあ次いこか』、『次の聖女はきっとうまくやってくれることでしょう』的なノリで聖女を作り出す。

だから聖女は絶対に魔女より後に出てくるわけだ。いやなシステムだこと。

ちなみに聖女以外の奴が魔女を倒すと、もれなく怨念パワーに耐え切れず死ぬ。

強さ云々（うんぬん）関係なく、そもそも怨念を受け入れられるだけの器がないんだろう。

チートの俺でも少し取り込んだだけで寿命が縮むような代物なので、当たり前である。

この場合は新しい魔女が誕生しないので魔女と聖女の連鎖を断ち切る事が可能だ。

これが出来るのが我らが主人公のベルネルで、これをやってしまうと主人公死亡でバッドエンド扱いになる。

ただ、このバッドエンドは何だかんだで魔女や聖女の連鎖を切ってるし、エテルナも生存してるんだからハッピーエンドなんじゃないか？　とも言われている。

まあ、俺が今すぐに魔女を倒さないのもこれが理由だ。

倒せる事は倒せるんだが、それをやると確定で俺があの世行きだ。だから今はやらない。

まだ魔物も狩り尽くしてないし、放っておくと国単位で滅びるイベントとかもあるからなあ……。

俺が魔女をジェノサイドしてあの世の道連れにしてもハッピーエンドになるとは思うんだけど、その後にベルネルとエテルナの平和な生活が魔物によってぶち壊されましたじゃ何の為に転生したか分からん。

ハッピーエンドで終わったのをわざわざ続編とかで台無しにされるのはあんまり好きじゃない。

だから俺が退場するのは不安要素を全部摘んだ後だ。

具体的には魔物を全部狩り尽くした後じゃないとな。

……何？　魔物だって必死に生きている？　罪を犯していない魔物もいる？　知らんがな。

そんな事言ったら農家の皆さんが冬のたびにお肉にしてる家畜の豚さんの方がよっぽど罪がないわ。

話を戻すがエテルナが魔女を倒したルートだとエテルナも、その恐るべき事実に当然気付く。

そして表面上は普段通りに振舞いつつも心の中では自分が魔女である事を恐れ続け、そしてベルネルからも逃げるようになってしまう。

最後には自分が自分でなくなる前に……と完全に魔女になった振りをして、ベルネルの手で殺される事を願い、そのルートでベルネルが選んだ他のヒロインとベルネルがイチャイチャするのを見せ付けられながら倒される。

挙句の果てに『せめてベルネルに殺されたい』という願いすら結局叶わなかったりする。

というのも、大半のルートではそのルートのヒロインがベルネルを守る為にエテルナに止めを刺してエテルナと刺し違える形で死ぬからだ。

そんでベルネルはそのヒロインの死に際の言葉を聞きながら、冷たくなっていくヒロインの身体を抱きしめて号泣する……近くで死んでいるエテルナを放ったらかしにして。

そうならない場合でも、結局は最後の良心でベルネルを道連れにする事を踏みとどまって、出来ないはずの自害をする。ベルネルへの愛がそれを可能にしたとか何とか。何この不憫な子。

ちなみにエテルナが自害する事で最後まで生存出来るヒロインは病弱ちゃんやアイナ・フォック

スといった『自分のルート以外では絶対死ぬヒロイン』だ。

このゲームでは珍しく最後までヒロインが生き残るので、数少ない癒しでありハッピーエンドだと言える。

で、ここまで語ってアレだがやっぱり何故エテルナがあんな反応を見せたかが分からない。

まだ魔女は生きている。エテルナは魔女になっていない。

なのに何故あんな、自分が魔女になってしまったような反応を見せる？

全く分からん、サッパリ分からん、微塵も分からん。なるほど、分からん。

……この件は保留にしようか。

ベルネルにはエテルナを気にかけておくように言っておいて、しばらくは様子を見よう。

アイナ・フォックスも今の所襲撃の気配なし。

なのでこっちも保留。もしかしたらこのままモブキャラで終わるかもしれない。

んで次のイベントは……各ヒロインごとに色々あるが、生死に関わるものはないのでスルー。

というかベルネルがそもそもエテルナ以外のヒロインと関わりを持っていない。

酷い話だけど、このゲームのヒロインは大半はベルネルと関わらなければモブキャラに成り下がる代わりに最後まで生存するので、むしろこのままの方がいいかもしれない。

夏季休暇前の中間試験……これも気にする必要はない。

夏季休暇……その時の好感度が高いヒロインごとに個別イベントあり。無視していい。

休暇明け……年に二度の闘技大会。ここで魔女の刺客として魔物が襲撃してくる中ボス戦あり。

……ふむ。とりあえず、闘技大会まではしばらくは平和そのものだな。

あ、いや、待て。気にするべきイベントが一つだけあった気がするぞ。

学園内に捕獲されている魔物の暴走イベントがあった。

これは、訓練用に飼育されている魔物（つまりは騎士の実戦訓練で斬り殺される為に飼われているわけだ。カワイソー）が、地下にいる魔女の力にあてられて活性化し、校内に解き放たれるというものである。

とはいえ、この魔物はただの雑魚なので、名もなき可哀想なモブが二人くらい死ぬだけですぐに鎮圧される。

ついでにこの時、ベルネルが頑張って魔物を倒せば一緒にいるヒロインの好感度が大幅上昇するボーナスイベントだ。

まあモブとはいえ意味もなく死ぬのは可哀想だ。

このイベントが起きたらすぐに助けてやるか。

◇

エルリーゼが転入して以降、学園は毎日が祭りのような状態になっていた。

今日は聖女とすれ違っただとか、姿を見ただとかで皆が盛り上がっている。

彼等彼女等は元々、聖女の側で戦う事を夢見て学園の門を叩いた者達だ。

いや、より正確に言えば聖女ではなく今代の聖女エルリーゼの隣に立つ事を望んでおり、それだけに喜びは大きい。

「私、今日エルリーゼ様に微笑(ほほえ)みかけて頂いたのよ」

「あら、私は挨拶(あいさつ)をして頂けましたわ」

「俺は激励のお言葉を頂いたぜ。今なら何でも頑張れるって気がするよ」

生徒達が話していると、そこに渦中の人物であるエルリーゼが通りかかった。

すぐ側に近衛(このえ)騎士のレイラがいる為近付く事は出来ないが、それでもエルリーゼは生徒達の視線に気付いたのだろう。

彼等に向けて笑顔を浮かべた。生徒達は顔を赤くして中には卒倒する者まで現れた。

だがそんなお祭り気分の中で一人だけ気分が沈み続けている者がいた。それはエテルナだ。

自分は魔女かもしれない。いや、きっと魔女だ。

そう思い込んでから、彼女はずっと恐怖に縛られていた。

エルリーゼは魔女の気配を感じてここに来たという。

いつか、自分が魔女だとバレるのだろうか。バレたらどうなってしまうのだろうか。

そう考え、眠れない日々が続いた。

最近では時折、こちらを監視するようなエルリーゼの視線も感じる。

気分を晴らす為(ため)に、弱い魔物相手の戦闘訓練などもやってみたが、あまり変わらなかった。

それでも、自分に悪意がないと知ってもらえればもしかしたら見逃して貰(もら)えるかもしれないという淡い希望もあった。

そうだ、魔女といっても別に悪い事をしたいわけではない。

要は悪い事をしなければいい。それならきっと、許してもらえる。

ファラ先生がああなってしまったのは……よく分からないが、あれはきっと何かの間違いなのだろう。

だって自分はファラ先生に何もしていないのだから。

そう思う事でエテルナは少しずつ落ち着きを取り戻しつつあったが……すぐに、次の試練が彼女を出迎えた。

「助けてくれ！」

「何で校内に魔物が！」

教室で授業を受けている最中、外から悲鳴が聞こえた。

一体何事かと思う前にエルリーゼが弾(はじ)かれたように飛び出し、すぐにその後を護衛のレイラが続く。

遅れてベルネルも走り、ドアを開けた。

その先にあったのは……暴走した魔物が生徒を襲っている瞬間だった。

あの地下室で見た魔物に比べれば小さく弱いものなれど、数えきれないほどの魔物が学園内を走っている。

このままでは鎮圧までに何人かは犠牲になってしまうだろう。

だがその予想を容易(たやす)く覆せる者が、今の学園には存在していた。

「Hope for the best, but prepare for the worst.(最善を願いながら、最悪に備えよ)」

エルリーゼが何かを言い、それと同時に彼女の足元を中心に光の魔法陣が展開された。

それは一瞬で学園全(すべ)てを覆うまでに広がり、そして全生徒と教員が光によって包まれた。

その生徒を魔物が襲うが……触れた瞬間、逆に魔物の方が吹き飛んで失神してしまう。

「光の防御魔法！　いや、向けられた力を相手に返す攻撃性まで備えている！　それもそのまま返すのではなく、倍返し……いや、三倍返しか⁉　しかも反射された魔物が麻痺している……これは雷魔法との複合！　恐るべき複合高等魔法！　しかもそれをこの速度で、学園にいる全員に同時に！」

教壇の上にいた魔法授業担当のサプリ・メント先生が興奮しながら叫び、今のがどういったものだったのかを解説してくれた。この先生も何気に凄いのかもしれない。

エルリーゼの絶技に驚きながら、エテルナは廊下にいた生徒を見た。

「い、痛い……痛い……」

恐らくは肩に噛み付かれたのだろう。

血を流し、蒼白になる彼にエルリーゼが歩み寄って治療を施す。

「エルリーゼ様……この騒動はまさか……」

「……ええ。恐らくそうでしょう。魔女の放つ瘴気にあてられ、学園内の魔物が活性化したと見て間違いありません」

レイラの問いにエルリーゼが答えた時、エテルナはビクリと肩を震わせた。

魔女の瘴気にあてられての、魔物活性化。

エテルナはこれに心当たりがあった。

ああ、なんてことだ。私は確かに、つい最近学園内で飼われている魔物に近付いた。

（あ、ああ……私の、せいだ……私がいたから……）

『悪意がなければいい』……とんだ甘えだった。

悪意の有無など関係なく、魔女は魔女なのだ。

そうだ、考えてみれば分かる事。歴史上に一人も悪くない魔女がいなかったとは考えられない。

それでも彼女達は魔女だった。

……本人の意思に関係なく、魔女がいるだけで世界は闇(やみ)に傾くのではないか。そうエテルナは思った。

エルリーゼがいるだけでそこが光で満ちるように。彼女自身が光そのものと言っても過言ではないのと同じように。

自分がいるだけで、そこは闇になる。自分そのものが闇……。

(だめだ……これ以上誰かを傷つけてしまう前に消えないと……。私が……この世界から消えないと……)

フラフラと立ち上がり、泥酔したかのような頼りない足取りで教室を出る。

普段ならば誰かしらが気付くだろう異常だ。

だが皮肉にも……エルリーゼの見せた奇跡が鮮烈すぎたが故に。誰(だれ)もがそちらに目を奪われてしまっていたが故に。

誰も、エテルナに気付く者はいなかった。

強すぎる光は時に、闇以上に人の視界を塞(ふさ)いでしまう。

第十話　錯乱

媚(こ)びろー！　媚びろー！　俺は天才だ！

お前等(ら)の傷を治す魔法はこれだ！　……ん？　間違ったかな？

内心そんなテンションで回復魔法をかけつつ、俺は無事にイベントを乗り切った達成感に浸っていた。

魔物の暴走イベントも無事鎮圧し、怪我(けが)人は出たが死人ゼロで今回のイベントは幕を閉じた。

死んでさえいなきゃ俺の魔法で治せるし、いやー自分の才能が怖いっすわ。

こうして自分でエルリーゼになってみると分かるが、エルリーゼはマジモンのバグキャラだったんだなあと実感する。

まあメタ的に言ってしまうと中盤から後半にかけて戦うキャラなので強くせざるを得なかったんだろうし、かといってキャラの性格的に努力なんかするはずがないから、『せっかくの神がかった才能を無駄に腐らせたクソ馬鹿』という方向にするしかなかったんだろう。

ま、おかげで俺は今こうして無双プレイを楽しめるわけだし、文句は言うまい。

「After rain comes fair weather.(雨の後には晴れが来る)」

必殺、海外の格好いいことわざを適当に言えばなんか技っぽくなるアレ！　第三弾！

俺が魔法を発動すると同時に空から光の粒子が雨のように降り注ぎ、生徒達の傷を癒(いや)していく。

一人一人回復なんてかったるい事やってられないんでね。はい一斉回復バーン。

建物内でも効果があるの？　と思われるかもしれないが心配無用。これは雨じゃなくて雨のように降り注ぐ回復魔法だ。建物なんて余裕ですり抜ける。

こいつの難点は範囲内なら全部癒しちまう事だな。怪我人なら万全に。元々万全ならその日一日ちょっとエネルギッシュになる。

怪我してない奴は今日一日、少し疲れ知らずになるかもしれないが、まあ諦めろ。

ほい終わったぞ変態クソ眼鏡。怪我人はもういないはずだけど、一応確認はしておけ。

俺は面倒だからやらない。ここからはお前等教師の仕事。いいね？

「はい！　お任せ下さい、聖女よ！　それにしても……ああ、何と素晴らしい……まさに奇跡の御業……」

奇跡ねえ。残念、奇跡なんかじゃなくてただの馬鹿魔力ゴリ押しなんだなこれが。

まああえて夢を壊す必要もないし、ここは何も言うまい。

さーて、それじゃ教室に戻って日課のエテルナちゃんウォッチングでもするかな。

ただ最近だとエテルナも何か邪なものを感じ取ってるのか、俺の視線に敏感になってるんだよな。

やっぱちょっと、尻を見過ぎたかな……。

まあアレは不快だからな。分かる分かる。

かく言う俺も、割と頻繁にそういう視線を感じるからな。特にそこの変態クソ眼鏡から。

後でガン見し過ぎた事謝っとこ。

……で、そのエテルナ何処よ？　何故か教室のどこにもいないんですけど？

もしかして俺の視線が気持ち悪すぎて逃げた？

おいベル坊！　お前の未来のワイフどこいったか知らねえ？

「エテルナ……？　そういえば、確かにいませんね……」

おいコラ、ネルベルゥゥゥゥゥ！

間違えた。ベルネルゥゥゥゥゥ！

お前何で見てないんだよ!?　現状唯一のお前と交流あるヒロイン様やぞ！

メインルートの相手放置して一体どこ見てたんですかねえ!?

『そういえば』ってお前……『そういえば』って……。

他に攻略中のヒロインがいるわけでもないのにホンマ何しとんねん！

「あ、エルリーゼ様。私、エテルナさんが出て行くのを見ましたよ」

いたよ目撃者。でかした！

この可愛い子は覚えている。

薄い金髪のセミロングのこの子の名前はフィオラだ。

昔に俺が顔の傷と足の怪我を治して、あの監禁事件の時もいた子だな。

「僕も見ました。何か暗い顔をしてそっちの方に……」

あん？　誰やお前。野郎の事なんぞ一々記憶してるかいボケェ。

と言ってもいいのだが、とりあえず適当に笑って感謝しておく。ありがとよ、モブA。

「ジョン、それは本当か？」

「ああ……何か思いつめた顔をしていた」

モブAの名前はジョンというらしい。

何かベルネルとそれなりに仲がいいように見える。

よく見たらこいつ、あの時確か人質にされてた面子にいた……気がするな。多分。

つまり一緒に人質にされた縁で仲良くなったわけか。

「行ってみましょう。心配だわ」

そうフィオラが言い、ベルネル、フィオラ、モブAが立ち上がった。

ここは流れ的に俺も参加しておいた方がいいかな。

やはりエジプトか……いつ出発する？　私も同行する。

「エルリーゼ様が行くならば、私も行きましょう」

お、レイラ。頼もしいね。

彼女は普通に有能なので来てくれるならば有難い。

「聖女様が行くならば私も動かぬわけにはいかんな……生徒諸君、しばらく自習していたまえ」

続いて変態クソ眼鏡も同行を申し出てきた。いらねえ。

……しかしひっでえパーティーだ。

主役のベルネルと、攻略キャラの一人であるレイラはいいとして後が酷い。

ゲームに登場しないフィオラにモブA、小物中ボスの変態クソ眼鏡。

そんで最後にご存知、ざまあ系ヘイトキャラのエルリーゼこと、俺。

ギャグで組んだレベルの布陣である。

そんなお笑い六人組でエテルナを追うが、流石に行動が遅すぎたのかエテルナの姿はどこにも見えなかった。

「こっちです。僅かですが彼女の魔力反応が続いている」

そう自信満々に言ったのは変態クソ眼鏡であった。

おお、変態のくせにやるやんけ！　流石ストーカーは一味違うな！

どんな奴にも取り得っていうのはあるもんだな。

基本的に馬鹿魔力ドーンばかりしている俺は魔力追跡とかやった事がない。

うーん……こいつ実は有能なのか？

変態クソ眼鏡の先導で俺達が辿り着いたのは学園の外にある崖であった。

下では海が荒れ狂っており、控えめに言ってこんな所に学園建てる奴はおかしいと思う。

いや、正確に言えば崖の上に建てられてるわけじゃなくて学園自体は高台にあるってだけで、そこから少し進んだ場所が崖っていうだけだ。

そして今にも落ちそうな崖の端……落下防止の柵を越えた先にエテルナが立っていた。

マジで何してんのあの子。

明らかにやばい位置に立っているエテルナへ、ベルネルが慌てたように叫ぶ。

「エテルナ！　そんな所で何をしてるんだ！」

ホンマにね。

「来ないで！」

エテルナは叫び、崖の縁に片足をかけた。

やばいな。後少しでも近付いたら飛び降りそうだ。

まあエテルナは飛び降りても死なないんだけどな。

なのでここは落ち着いて、何故エテルナがこんなわけのわからん行動をしているかを聞くとしよう。

「私は、消えないと駄目なの！」

「何を言ってるんだ⁉」

エテルナとベルネルの痴話喧嘩を聞きながら、考える。

こんな事になるフラグどこにあった？

一応俺は全ルート制覇して、攻略ページとかも見ているが、こんなイベントは見た事がない。

ただこのゲーム……とにかく小さいイベントとかがあちこちに隠れてて、発売から四年経った今でもたまに新しいイベントとかが発見される事があるからなあ。

攻略本もあるにはあるが、イマイチ微妙だし。

何でこうなった？　やっぱベルネルが筋トレばっかして放置してたからこうなったんじゃないかこれ？

「全部……全部、私のせいなの！　ファラ先生がおかしくなったのも……今回の騒動だって……！　私がいたから……！」

んん？　何かおかしな事を言い出したぞ。

ファラさんの暴走と今回の騒動が自分のせい？

ごめん意味わかんない。何でその思考になったのかサッパリ理解出来ん。

ファラさんは魔女に操られたせいだし、それは俺がハッキリ言ったはず。

魔物の暴走だって魔女のせいだ。エテルナは何の関係もない。

とりま、まずは落ち着かせようか。見て分かるほどに彼女は錯乱している。

「落ち着いて下さい。貴女(あなた)は今、錯乱しています。まずはこちらに来て、それから……」

「来ないでッ！」

何とかなだめようとするが、何故か逆に興奮してしまった。

この反応は……もしかして俺が原因か？

やっぱ俺の視線が不愉快すぎた⁉　尻をガン見するのは流石に駄目だったか。

「隠さないで下さい、エルリーゼ様……。私、もう全部分かってるんです……」

ギクゥ！　ま、不味(まず)い……俺が偽聖女ってバレた⁉

中身が聳(そび)え立(た)つクソの山ってバレた⁉

いやまあ、そらバレるわな。だってエテルナが本物の聖女なんだから、怪我(けが)するべき時にしなかったりして、それで『本物私じゃん！　アイツ偽物じゃん！』って気付くよね。

それともやっぱり尻を見てた方か？

ち、ちちちちちゃうねん！

あれはちょっとその……魔が差したというか……。

た、ただ、いいケツだな～って思って……。

あ、あわ、あわわわわわ……。

いやでも待て。

それで何で自殺しようとしてんの？

飛び降りても死なないから私が本物の聖女でそいつは偽物よ！　とでも言うつもりかな。

ふっ……愚かな。やめてくれエテルナ。その技は俺に効く。

「何を言っているか分かりません。とにかくまずは、一度落ち着いて……」

「ええ、そうでしょう……貴女には私の気持ちなんて絶対分からない……」

ぐむ……確かに分からんかもしれん。

向こうにしてみれば自分が聖女なのに、こんな偽物が聖女名乗っているわけだからな……。

いわば成り代わられた被害者で、俺は加害者だ。

だが成り代わりは俺のせいじゃない。俺達が赤子の時に取り違えた預言者とかいうアホがいて、全部そいつのせいなんだ。

だから俺は悪くねえ。俺は悪くねえ！

……とか思っていたが、次の瞬間、とんでもない爆弾発言が彼女の口から飛び出した。

「――聖女である貴女に、魔女である私の気持ちなんて分かるわけがない！」

ほうほうなるほど、君が魔女……。

そいつは驚きだ。しかし俺も好んで偽聖女などしているわけでは……。

……。

うん？　魔女？　聖女じゃなくて？　今この子、自分を魔女って言ったの？

…………。

ごめん。どういう事？

エテルナのまさかの『私は魔女』発言に、流石の俺もただポカンとするしかない。

何がどうしてそんな、加速トンネルを抜けた直後に後続の車にスピンアタックされてコース外に吹っ飛ばされたようなアクロバット結論コースアウトを決めたのか分からない。

理解不能！　理解不能！　理解不能！　理解不能！

まず大前提として聖女と魔女が同年代は絶対にあり得ない。

聖女の誕生は『先代聖女の死』か『先代聖女の魔女化』を世界が感知してから発生するものだから、それこそ先代聖女が○歳のベイビーの時にその時代の魔女をバーブーと倒して、そのまま即闇落ちとかしていない限りは同年代にはならないのだ。

そんな裏事情は流石に知らなくても、『聖女の誕生は魔女の出現後』という事くらいは学園で配られる教科書に書かれているのでちょっと読めば分かるはず。

（ちなみに教科書は生徒全員分あるものの、現代のように一人一人新しく配られるのではなく貸出という形で、学年が上がれば次の新入生に渡される使い回し形式だ。なので結構汚い）

加えて当代の魔女は俺がこの世界で自意識を持ったばかりの子供の頃……つまりはエテルナが子供の頃からあちこちで魔物を生産していたし、悪事も働いていた。

いかにエテルナの育った村が小さな村とはいえ、魔女の恐ろしさくらいは人伝に伝わっていたはずだろう。

自分が子供の頃から恐怖を振りまいていた魔女が別にいるという大前提があるはずなのだから、この勘違いはあり得ない。

しかしたとえ勘違いでもその発言はやばい。

嘘とか本当とか関係なしに、魔女が世界共通の敵であるこの世界での魔女自白は、その場で斬り

殺されても文句を言えない大失言だ。

「魔女だと……!?　エルリーゼ様、お下がりを」

「エテルナ君。その発言は……まずあり得ない事だが、冗談じゃ済まないよ」

ほらあ！　レイラと変態クソ眼鏡（めがね）が戦闘モード入っちゃったじゃん！

俺は咄嗟（とっさ）に二人の前に出て手で制し、エテルナを見る。

こちらに向けられる彼女の目には恐怖しかない。

全く何でこうなるかね……。

「待ってエテルナさん！　貴女が魔女なんて……そんなわけないでしょう!?」

「そうだ！　第一君も僕等と一緒にファラ先生に捕まったじゃないか！　それどころか殺される寸前だった！」

フィオラとモブAが必死にエテルナを説得しようとしている。

彼等の言葉はもっともだ。

冷静に考えればエテルナが魔女など絶対にないと誰（だれ）でも分かる。

だがそんな二人の前でエテルナはナイフを取り出し、刃（やいば）を強く握りしめた。

血は……出ない。

その光景を見て全員が固まった。

「私は、昔から怪我をした事がない」

そう淡々とエテルナが語る。

あー、こりゃマジでやばいな。

エテルナの『私は魔女』発言の信憑性が増してしまった。

実際は魔女ではなく聖女なのだが、少なくともここにいる皆の中では『まさか』という疑惑が芽生えたのは間違いないだろう。

以前に俺は、聖女は自傷ならダメージを負うと言ったが……自傷にもダメージを負うやり方と、負わないやり方がある。

聖女が自分で自分を傷付ける事が出来るのは、聖女の力が聖女自身に効くからだ。

逆に言えば聖女の力が乗らないやり方ならば傷は受けない。

例えば今のナイフの場合、右手で持ったナイフで左手を切り付けるならばそれは傷になる。

握った手を通して僅かなりとも聖女の力が刃に伝達するからだ。

だが今のように手でナイフの刃をそのまま握れば……傷は絶対に付かない。

他にも崖から飛び降りるだとか、首を吊るだとかも無効化される。

「先生……これって、魔女か聖女にしかあり得ない事なんですよね」

「……ああ。間違いない」

「そして聖女は既にいる。エルリーゼ様が魔女じゃないって事くらいは誰だって分かる。だったら……私が魔女という答えしか残らない……」

あっ、理解『可』能。なーるほど、そういう思考なわけね。

エテルナは要するに『私が聖女の力を持ってるんだからエルリーゼ偽物じゃん！』と考えずに、『聖女がもういるんだから私が魔女かもしれない』と思ってしまったわけだ。

分かってみれば簡単だったが、やはりこの子は俺みたいな自己中心思考とは完全に違うんだなと改めて思う。

俺が彼女だったら、真っ先に『エルリーゼ』を疑った。それは俺という人間の根幹が初対面の相手をまず信じるより先に疑う事から始まるタイプだからだ。

だが彼女は俺と違う人種で、疑うより信じる方が先にきた。だからあんな結論になってしまったのだ。

根本が俺と違っていい子すぎたから、こんな勘違いしたのね。

しかし感心してばかりはいられない。このままではエテルナが魔女で確定してしまう。

飛び降りたところで死ぬ事はありえないが、この誤解を解かなければ『魔女エテルナを討つべし』と瞬く間に世界中に号令がかかってしまうだろう。

それを止めるのは簡単だ。

俺がカミングアウトしてしまえばそれで済む。

しかしこれをやってしまうと俺が聖女を騙った罪で死刑台直行だし、何より俺というフェイクがいなくなる事で本物の魔女は大喜びでエテルナを殺しに来るだろう。

つまり今、俺が偽物だと悟られるのは不味い。

だがこのままではエテルナが魔女扱いされてしまう……本物の聖女がだ。

……言うか？　クソッ、もう言っちまうか？

カミングアウトをしてしまえば、予定は全変更を余儀なくされる。

今死刑台に送られるのは嫌だから逃亡生活待ったなしだろうし、難易度は一気にベリーハードだ。

だがこのままエテルナが魔女認定されるよりは……。

しゃーない……自白（ゲロ）するか。

「エテルナさん。貴女は勘違いをしています。貴女は――」

「来ないでってば！」

俺が偽物カミングアウトをしようとした瞬間の事だった。

興奮したエテルナが叫び、そして後ずさった事で彼女は宙に放り出されてしまった。

おいいいぃいぃ!?

「あ」

エテルナが茫然（ぼうぜん）と、間の抜けた声をあげる。

やばい！　唐突すぎて反応が遅れた！

俺は咄嗟に飛行魔法で飛び出し、落ちていくエテルナへ向かう。

だが予想外は重なる。何と、俺のすぐ後ろからは何故かベルネルまで飛び降りていた。

おいこらああああ！

ヒロインを救う為（ため）に咄嗟に動いてしまったのだろう。

それは分かる。よーく分かる！

だがお前、空も飛べないお前が落ちて来ても何も出来ないだろ！

俺は、俺を通り過ぎて落ちていくベルネルの腕を慌てて掴（つか）む。

しかし流石に急すぎたので姿勢制御が上手（うま）く行かず、強化魔法も不十分だった事もあって引っ張られるように落ちていく。

ていうか重いわボケ！　お前体重どんだけ増えてるんだよ!?

筋トレばっかしてるからこんな重くなるんだよ！

その先にあるのは突き出した岩。このままぶつかれば流石に闇パワーで守られたベルネルといえど大怪我をするかもしれない。

ベルネルは魔女ではなくて、あくまで魔女の力を持っているだけなので普通に怪我をする時はする。

くお～‼　ぶつかる～‼　ここでアクセル全開、インド人を右に！

そうして何とか岩を回避したものの、急なカーブによってバランスを崩し、俺達は海にダイブしてしまった。

うえっ、しょっぱ。

咄嗟に、身体が動いてしまった。
エテルナが自分は魔女だと宣言して以降の展開は、ベルネルにとっては正直なところいまいちついていけないものだった。
いくら何でも考えが飛躍し過ぎのように思えたし、これまでの事を振り返ってもやはりそれはあり得ないという答えにしか行き着かない。
だからベルネルにとっての今回の一件は、エテルナがおかしな迷走をしておかしな答えを出してしまった、という程度のものだった。

ただ、彼女がとてつもなく危険な発言をしている事は間違いなかったし、まずは落ち着かせて話し合うべきだと思った。

だが事態はそんなゆっくりとした展開を待たずにエテルナが崖から落下し……それを追ってエルリーゼも崖から飛び降りた。

その後は……あまり覚えていない。

ただ、気付いたら自分も崖から落ちていた。

きっと、考えるより先に身体が動いてしまったのだろう。

冷静に考えればこんな行動には何の意味もない事くらい分かる。

何せエルリーゼは飛べるのだ。

加えて聖女である彼女ならば崖から落ちた所で掠り傷一つ負う事はない。

ならばこの行動はただの投身自殺に他ならず、エルリーゼの邪魔をするだけだ。

ああ……俺、馬鹿だなあ……。

そう思いながらベルネルは海に沈み、そして意識が暗転した。

次に目が覚めた時、彼はどこかの洞窟の中に横たわっていた。

視線を横に向けると気絶したエテルナの寝顔が見える。

それから次に洞窟を照らす灯りに気付いた。

灯りは適度な温かさを保ちながら浮遊しており、焚火の代わりも務めている。

「あ、起きましたか?」

そして灯りに照らされるエルリーゼの笑みが、一瞬でベルネルを覚醒させた。

自分でも驚くほどの速さで起き上がった彼は、ようやく自分がエルリーゼの邪魔をした挙句に救われたのだと理解した。

何と情けない……守りたいと思った相手を守るどころか守られるとは。しかもこれで三回目だ。彼女に対しては恩ばかりが増え続けていく。

「驚きましたよ。いきなり貴方(あなた)が降って来るんですから」

「す、すいません……つい、気付いたら身体が勝手に……」

「大切な友人の為に思わず飛び出してしまうその気概は買いましょう。しかしそれは勇気ではなく無謀です」

「……はい」

「……しかし、友の為に咄嗟に飛び出せるその心は尊いものです。これからもその心を忘れず、しかし自分の事も大切にして下さい」

エルリーゼの言葉に、最初に思い浮かんだのはあろう事か『違う』という否定の言葉であった。

ベルネルは、友の為に……エテルナの為に飛び出したわけではなかった。

確かにエテルナは掛け替えのない大事な友人で、同じ村で育った家族のようなものだ。

この身に宿る力の為に一度は孤独になった自分を温かく迎え入れてくれた村で、その中でも一番自分の近くにいてくれた。

愛おしく思うし、守りたいと思う。その気持ちに嘘(うそ)はない。

だがエテルナが飛び降りた時……ベルネルは咄嗟に動けなかった。

勿論(もちろん)それは薄情さから見捨てたのではなく、『傷を負わないならば大丈夫だ』という冷静な判断があってのものであった。

自分が飛び出してもそれは落下する人間が一人無意味に増えるだけで、それよりは皆で下まで降りてエテルナを探すべきだという正しい状況判断によるものだった。

だがエルリーゼが飛び出した時は、そんな事を考えもしなかった。

気付けば動いていて、気付けば飛び降りていた。

エテルナ以上に、そんな必要はないだろうに。

（ああ……そうか。俺は本当に、この人の事が……）

言葉を飲み込み、握った拳（こぶし）で胸を軽く叩（たた）いた。

今吐くべき言葉はそれではない。

こんな未熟者の恋慕の言葉など、ただ困惑させるだけだ。

だから気持ちを押し殺し、そして別に言うべき言葉を口にした。

「エルリーゼ様。思ったんですけど……エテルナは、俺と同じなんじゃないでしょうか？」

「貴方と同じ………そうか！　それがありましたか！」

「はい。俺も……傷を負わないとまでは言いませんが、昔から傷を負いにくかった。家族から捨てられ、村から追放された時も、普通の人間ならとっくに死んでいるはずの状況で生き続けた……いや、この力に生かされた。飢えても渇いても、俺が死ぬ事はなかった」

魔女と聖女の力でなければ傷を負わない。それは魔女と聖女しかあり得ないと思われている。

だが例外はここにあった。

他でもないベルネルこそが、その例外だ。

ベルネルは聖女でもなければ魔女でもない。当たり前だ、そもそも彼は男である。

だが魔女に近い力を持ち、魔女に近い特性を備えている。

エテルナはこれと同じなのではないかと、そうベルネルは読んだのだ。

そしてその言葉にエルリーゼも、答えを得たかのように感心する。

「確かに……それならば説明が出来ます。エテルナさんが魔女ではなくて、魔女に近い力を持っている理由にもなる」

「エルリーゼ様……やはりエテルナは力を制御出来ていないのでしょうか？　かつての俺のように……」

ベルネルは不安から、エルリーゼに尋ねた。

かつて彼には、エルリーゼに出会う前にこの力を暴走させてしまい、制御する事も出来ずに彷徨(さまよ)った過去がある。

だからエテルナも同じなのではないかと心配したのだ。

しかしエルリーゼはエテルナを一瞥(いちべつ)すると、静かに首を横に振る。

「いえ、暴走の兆しは見えません。彼女は正真正銘、誰(だれ)も傷付けてなどいない……ただ、悪い偶然が重なって、自分のせいだと思い込んでしまっただけだと思います」

「そ、そうか……よかった」

ベルネルはほっとし、そしてエルリーゼも微笑(ほほえ)んだ。

その笑みに、咄嗟(とっさ)にベルネルは目を逸(そ)らす。

顔が熱くなっているのが分かる。きっと今は真っ赤(まっか)だ。

灯りのせいという事で誤魔化せているだろうか。

「さて……そろそろ戻りましょう。皆も心配しているはずですから。エテルナさんにも、起きたら今の事を教えてあげましょう」

「はい」

エルリーゼが上に戻る事を提案し、ベルネルもそれに同意する。

だがその時彼は、おかしなものを見た。

エルリーゼの制服の腕の部分が少し破れ……そして、そこに一筋の傷があった。

「エルリーゼ様？　その腕……」

「腕？　腕がどうかしましたか」

「あの……傷が……」

エルリーゼは不思議そうに自分の腕に触れる。

そして手を退けた時、そこには普段通りの傷一つない白い肌があった。

代わりに、エルリーゼの手には一本の赤い糸が摘まれている。

「ああ。糸がくっついてましたね。多分落ちた時にほつれたのでしょう」

「い……糸……」

何と、赤い糸がエルリーゼの腕にくっついていただけらしい。

これは恥ずかしい見間違いだ。

そもそもエルリーゼが傷など負うはずがないのだから冷静に考えればすぐに分かる事であった。

だがこの時、彼が真に冷静だったならば気付けたはずの事がある。

ベルネルの制服は学園指定の制服で黒と青。
エテルナの制服も同じく学園指定の制服でこちらは白と緑。
エルリーゼも同じ物だ。
この場の誰も赤い布など使っていない。
では一体、誰の服がほつれて腕についたというのか。
ベルネルはまだ、この違和感に気付けずにいた。
……そう。今はまだ……。

第十一話　レイラは心配性

やっべ、傷見られた。

正直油断してたという他ない。

多分ベルネルを掴んで落ちた時にどっかでひっかけたんだと思うが、見事に腕に切り傷を負っていたのをベルネルに目撃されてしまった。

たまにさ、あるじゃん？　痛みもなかったのに気付いたらどっか切れてたって事。

まさに今回がそのパターンで、ベルネルに言われるまで自分の腕に切り傷がある事自体分かってなかったわ。

しかし不幸中の幸いだったのは、目撃したのがベルネル一人だったという事。

一人ならばまだ誤魔化しは利く。

言い訳の達人である俺はすぐに腕の傷を治し、それと同時に赤い糸（っぽいもの）をその場で魔法で創って『傷じゃないよ。糸だよ』とベルネルを見事に騙す事に成功した。

ちなみに使ったのは光魔法。色っていうのは要するに光の反射と聞いた事がある。

だから光の魔法を極めれば色はいくらでも自在に作り出せるんじゃね、と俺は思った。

俺はあの時、赤い光を糸状に見えるように調整してあたかもそこに糸があるように演出したわけだ。

ま、聖女ロールには欠かせない小細工ってわけよ。

人っていうのは目で見た物に心を揺さぶられやすい。

だから光の魔法であらゆる色を自在に操れるようになれば、いくらでも神々しい『奇跡』を演出出来る。

虹（にじ）もオーロラも自由自在。ちょっと神々しさを出したい時とかにちょちょいのちょい、であたかも天が俺の味方をしているかのように自分で自分をライトアップ出来る。

安い奇跡だと自分でも思うが、まあ奇跡っていうのはタネが割れりゃあ大体チンケなもんさ。

さて、それはともかくとして暴走したエテルナだが、今はすっかり大人しくなって正座していた。

顔は真っ赤になり、プルプルと震えている。

「魔女の気持ちは分からない」

「ブフォッ！」

フィオラがボソッとエテルナの台詞（せりふ）を真似（まね）すると、モブAが噴き出した。

エテルナはますます顔を真っ赤にし、泣き笑いのような表情で震えている。

穴があれば入りたいって心境だろうか。

でも自業自得だから我慢して、その恥ずかしがる表情を俺にもっと見せてくれ。

いやー、この顔だけでご飯四杯はいけますわ。

結局のところ、全（すべ）てはエテルナの勘違いだった。

皆の所に戻った俺とベルネルはそう説明し、そしてベルネルは皆の前でエテルナと同じようにナイフを握りしめ、『例外』がある事を示した。

勿論これでベルネルに魔女疑惑が向く事はありえない。何故ならこいつは男だ。

エテルナもベルネルと同じ例外で、たまたまそういう力を持っているだけだろう、という事でエテルナはようやく落ち着きを取り戻したのだが……今度は急に自分の発言と勘違いと醜態が恥ずかしくなったのか、今のようになっているわけだ。

「しかし興味深い……魔女でも聖女でもないのに、しかし似ている力。それは一体……」

変態クソ眼鏡が興味深そうにベルネルを見る。

こいつが興味を持つ気持ちも分からんでもない。

何故なら『魔女は聖女でなければ倒せない』という大前提を、もしかしたら覆せるかもしれない可能性がベルネルにはあるのだ。

だがベルネルの力は、その期待に応える事は出来ない。

何故ならこいつの力の源は、魔女の魂……の一部だからだ。

今代の魔女がまだ自分を保っていた頃に、僅かな力と共に切り離した良心と魂。それが生まれる前の魂に付着して、魔女の力を持つ男が生まれた。それがベルネルである。

初代魔女の怨念的なものが歴代聖女に乗り移っているのと同じだ。今の魔女はその力で、咄嗟に自分を切り離した。

そして自らの器になれるベルネルを発見し、そこに憑依したのだ。

この事実は魔女をヒロインにした魔女ルートのみで語られ、他のルートでは回収されない伏線のように放置されてしまう。

しかしそれをここでゲロしてはベルネルに危険が及ぶかもしれないし、今はとりあえず『魔女に似たよく分からない力』って事にしておけばいいだろう。

しかし、何とか無事に騒動も終わったな……。

エテルナが自分が魔女だとか言い出した時はマジで焦ったが、ベルネルのおかげで事なきを得た。

こいつが『エテルナの力って俺と同じもんじゃね？』と言ってくれなきゃ、どう誤魔化せばいいか俺には思いつかなかったかもしれない。

「エルリーゼ様……その、今回は本当に……私の勘違いで振り回してしまって……」

何かエテルナが土下座しそうなくらいに頭を低くして謝って来たので、別にいーよと言っておいた。

迷走の理由が分かってみれば、俺にも原因があったわけだしな。

でもこれからもっと自分を大切にせえよ。

つーわけで一件落着ゥ！

これからはしばらく平和が続くな。勝ったな、風呂食って来る。

違った。風呂入って飯食って来る。

◇

エテルナの勘違い騒動から数日が経過し、学園は平穏な日々が続いていた。

そんな中で常に気を張り詰めているのはエルリーゼの護衛として学園にやって来た近衛騎士、レイラ・スコットである。

エルリーゼを守護する事を己の使命と考える彼女は、学園の中であっても気を抜く事はない。大勢の騎士見習いがいる学園は確かに他の場所と比べれば安全だ。だがレイラが危惧しているのは何も物理的にエルリーゼに危害を加えるようなものばかりではない。

レイラが神経を尖らせている理由は、エルリーゼに向けられる生徒達の邪な視線である。

聖女を守るはずの騎士候補が聖女に邪な視線を向ける事や、劣情を抱く事は罪深い事である。憧れるだけならばまだしも、エルリーゼをそういう対象として見るなど許される事ではない。

しかし……しかしだ。エルリーゼの姿を見て全く何の劣情も欲も抱かぬ人間が果たして存在するのだろうか、とレイラは考える。

否、いるわけがない。同性であっても魅了されるあの美を前にして一切何も感じぬ者がいるならば、そいつはきっと美醜感覚が根本から壊れている。

エルリーゼに劣情を向ける輩に警戒しながら、劣情を抱かないならばおかしいというのは何とも理不尽な思考だが、ともかくレイラはそんな危惧を常に抱えていた。

そして実際に、それは半分ほど正しい。

生徒達の中にはベルネルをはじめとしてエルリーゼに近付きたくて騎士になった者が大勢いる。そして健全な男子である以上、あわよくば聖女と深い仲に……などと夢想してもそれは仕方のない事だ。

無論仮にも騎士の候補である以上、無理矢理エルリーゼを手籠めにしようなどと考える馬鹿はこの学園にいないだろう。しかしレイラにしてみれば、そういう視線がエルリーゼに向けられているという事実そのものが許しがたい事なのだ。

だがそんなレイラの危機感に反して、エルリーゼは変な所で無防備だ。

この学園には来賓専用の浴場があるというのに、どういうわけかエルリーゼは週一ほどのペースで生徒達が使う共用の浴場に入ってしまう。

騎士達の立場に立つ事で下の苦労を知る事が出来るとか、交流を深める為だとか、彼女なりの理由はあるらしいいし、それは立派な考えなのだが……とんでもない！

先も言ったようにエルリーゼの美は同性であっても魅了してしまう。実際レイラも魅了された一人だ。

つまり同じ女同士だからといって全く油断は出来ず、エルリーゼのこの行動は自ら覗かれに行っているに等しい。

実際エルリーゼが入浴する日と時間帯だけは浴場に入る生徒の数が倍以上に増えるので、レイラの危惧は間違えていなかった。

だがレイラを何より警戒させているのは、この学園に一人……明らかに異常な感情をエルリーゼに向けている変態がいる事であった。

その名をサプリ・メント。学園教師でありながら、奴がエルリーゼに向ける視線は異常だ。何をするか分かったものではない。

故にレイラは考える。あの変態からこの愛しい主を守れるのは自分しかいないと。

そう――私がエルリーゼ様を守護らねばならぬッッ！

そしてその日、事件は起こった。

生徒達との交流を深める為、そして彼等(ら)の学園生活を知る為にあえて共用の食堂に赴き、生徒達と同じ物をエルリーゼが食べた日の事。

エルリーゼが食べ終わった後の食器は料理を担当する職員に渡されたのだが、エルリーゼが食堂を出ようとしたその時、サプリ・メントがとんでもない奇行に出たのだ。

あろう事か彼は、まるでゴキブリのような動きでカサカサと床を走ったと思った次の瞬間、職員が目を離した僅かな一瞬でエルリーゼが使ったスプーンを掠(かす)め取ったのだ。

そして大切そうに自作と思われる革袋に入れた。何してるんだ、この変態クソ眼鏡。

あまりに一瞬の事で他の者達は気付かなかったようだが、筆頭騎士であるレイラだけはその動きを察知する事が出来た。

レイラは激怒した。必ず、かの邪智暴虐(じゃちぼうぎゃく)の変態を除かなければならぬと決意した。

「エルリーゼ様。申し訳ありませんが、先にお戻り頂いてよろしいでしょうか？　私はここで少し、やる事が出来てしまいました」

「やる事ですか？　それなら待ちますよ？」

「いえ、お気遣いなく。ここは私一人で十分です。エルリーゼ様のお手を煩わせるまでもありません」

不思議そうにするエルリーゼを先に自室に帰らせ、レイラは修羅の如(ごと)き剣気を纏(まと)って一歩踏み出した。

主の護衛を放り出して一人で帰らせる事を心苦しく思わないでもないが、しかしそれよりも優先して討つべき悪がここにある。

「サプリ・メント教諭……一つ聞きたいが、今盗み出したソレを何に使うのか答えて貰おうか」

剣の柄に手をかけ、殺意を言葉に乗せて問いを発した。

返答次第ではこのまま攻撃に移るという明確な意思がそこには表れていた。

並の騎士候補……いや、正式な騎士であっても気圧されるだろうレイラの迫力を前に、しかしサプリは全く怯む事なく答えた。

「愚問だな。無論、保護して保管するに決まっているだろう。我が愛しの聖女が用いた食器となればそれは最早、聖なる宝と呼んで過言ではない。洗うなど以ての外……そうは思わんかね？」

思わねえよ。たまたま近くで食事を取っていたベルネルは心の中で激しく突っ込みを入れた。

何をどう弁明しようと、女性の使った食器を盗み出す行為はただの変態以外の何物でもない。

「一理ある。だがそれは貴様のような変態の手に渡るべき物では断じてない」

一理ねえよ！　レイラの何処かおかしい返答にベルネルは我が耳を疑った。

あれ？　もしかしてこの人も割とやばい？　そう思ってしまう。

「これは心外だな。私以上にこの宝を完璧に保護・保管出来る者はこの学園にはいないと自負しているというのに」

「笑止！　そのような事を言って、どうせ如何わしい事に使う気なのだろう⁉　自分で舐めたりとか【放送禁止用語】とか【余りに過激な妄想の為お見せする事が出来ません】とか、するつもりなのではないか⁉」

自信満々に語るサプリへ、レイラが確信を持った強い語気で反論した。

だがこれに、逆にサプリが呆れたように首を振り、嘲笑を向けた。

「いや、それはないな……何だね、君はエルリーゼ様の使った物をそのように使いたいのかね？　全く、そんな発想が出るとはとても信じられんよ。何と下卑た欲望の持ち主なのだ、君は」

ふっ……とサプリが嗤う。その瞬間にレイラの低い沸点が限界を迎えた。

「……斬る！」

怒髪天を衝く。怒りの余り放出された魔力でレイラの髪が逆立ち、紅蓮のオーラが身体を包む。

対し、サプリはあくまで余裕の表情だ。嘲笑を張り付けたまま、両手をゆっくりと上げる。

この世界に音楽や、それを楽しむような文化はないが、もしもこの構えをエルリーゼが見ていたならば『オーケストラの指揮者のような構え』と評した事だろう。

一瞬の交差――次の瞬間、サプリは先程までの余裕は一体何だったのかと言いたくなるくらい呆気なく天井に首から上がめり込んでいた。所詮サプリなどこんなものである。

そもそも別に戦闘要員というわけでもない学園教師と筆頭騎士が正面から一対一で戦って、サプリに勝ち目があるわけがない。

ヒュン、と風切り音を響かせてレイラが剣を回し、流れるような動作で剣を鞘に戻した。

いつ抜剣していたか分からぬほどの見事な技の冴えである。エルリーゼの側近は伊達ではない。

「安心しろ。加減はしておいた」

本当に斬り殺しかねない勢いだったが、一応ギリギリで自制が働いたらしい。

レイラは刃の部分ではなく剣の腹でサプリを殴っただけであり、実際に斬るまではいっていない。

サプリの革袋から落ちてきたスプーンをキャッチし、食堂に返却しようと踵を返す。

だがこの時、レイラは考えた……考えてしまった。

……本当にこのまま返却して大丈夫か？

今己の手にあるのは、歴代最高とまで言われる聖女エルリーゼが使用した食器だ。そして彼女が口を付けたそれを欲しがる輩は世の中にいくらでもいる。

そして同性であっても油断出来ない事は既知の情報だ。

仮にそうした劣情を抱いていなくとも、エルリーゼの加護に肖りたいという理由で彼女が触れた物や使っていた物を有難がってご神体のように飾っている村だってある。

そう考えると、素直にこのまま食堂の職員に返していいものかと迷ってしまう。

気のいい食堂のおばちゃんだって、もしかしたら裏で如何わしい事を考えていないとは限らないのだ。

いや、むしろ考えない方がおかしい！　あの奇跡のような聖女を前に、一切何の感情も揺さぶられない人間などいるものか！　そうレイラは考えた。

……ちなみに食堂のおばちゃんの名誉の為に補足しておくと、彼女達にそんな感情は一切ない。食堂のおばちゃん達がエルリーゼに向けているのは、世界を平和にしてくれている事への純粋な感謝の気持ちと尊敬の心だけである。

だがレイラにはそれが分からない。なまじサプリという変態を知っているために全てが敵に見えてしまう。

レイラは純粋で実直な騎士だ。しかしそれ故に、一度思い込むと周囲が見えない悪癖があった。

故に彼女は……スプーンを誰の手にも渡さない為に自らのポケットへと入れた。おいスットコオ！

「よし！」

　これで誰もこのスプーンを悪用出来ない。レイラは満足気に頷（うなず）き、そして当たり前のように帰ろうとした。一体何がヨシなのだろうか。

「ヨシじゃない！　あんた何やってるんだ⁉」

　レイラのこの迷走は流石（さすが）にベルネルも見過ごせずに、立ち上がる。

　だが己の行動が正しいと思い込んでいるレイラは何故（なぜ）怒鳴られたのかも分からずに首を傾（かし）げていた。

「いや、何で不思議そうにしてるんだ⁉　サプリ先生と同じ事をしてるって気付け！」

「なっ、何い⁉」

　ベルネルの指摘に、レイラは心底ショックを受けたような顔をした。どうやら本当に自分が変態（サプリ）と同じ事をしているという自覚がなかったらしい。

　彼女は慌てたようにサプリを指差し、声を張り上げる。

「何を言う！　私があの変態と同類などと、そんな事があるはずがないだろう！」

　レイラが指を差したサプリは天井に首から上が埋まったまま、足をバタバタと動かした。

　案外しぶとい男である。

「このスプーンは誰も悪用出来ないよう、私が責任を持って保管する！　保管などをしようとしている変態と同じにするな！」

「レイラさん、自分で言ってて今の台詞（せりふ）おかしいって気付こう⁉」

　今のレイラはもう駄目かもしれない。そうベルネルは思った。

スプーンを変態に渡してはならないという一心で、他が全く見えていない。

このまま放置すれば、側近の騎士が自分の使用した食器を持ち帰る女だったとエルリーゼが思い、傷付いてしまうかもしれない。

それは駄目だ。彼女の悲しむ顔は見たくない。

だからベルネルは、自分がこの場を収めるべくレイラの前に立(た)ち塞(ふさ)がる事を決めた。

迷走しているレイラからスプーンを取り上げ、速やかに食堂のおばちゃんに返す必要がある。

「レイラさん……とりあえず、それを俺に渡してくれ。今は熱くなって周りが見えていないだろうが、そのままそれを持ち帰っちゃいけない」

「何だと……⁉　おのれ、貴様もこれを狙(ねら)う変態だったか！」

「どうしてそうなる！」

やはりレイラには全く周囲が見えていないようだ。

いや、今のはベルネルの言い方が悪かったというのもあるが、結果として場は益々(ますます)混沌(こんとん)としていた。

だがこの期に及んで事態は収束するどころか、更に混迷を極める事となる。

天井に頭が埋まっていたサプリが突如復活し、回転しながら床に降り立ったのだ。

「おっと、それは許しがたい行いだよベルネル君。その聖具は私のように完璧に保管出来る者こそが手にする資格がある」

いや、あんたがいると更にややこしくなるから復活しないでくれとベルネルは切に思った。

というか聖具って何だ。ただのスプーンだろ、これ。

気付けばサプリ、レイラ、ベルネルが睨み合う三つ巴が完成しており、食堂の生徒達は固唾を飲んで事の成り行きを見守っている。

サプリは考える……聖具には鮮度が大事だ。

エルリーゼが触れてから、既に少なくない時間が経過し、温もりが失われつつある。

これ以上劣化する前に速やかに取り戻し、魔法をかけて保管して祀らなければならない。それが聖女に愛を捧げる己の使命である。

レイラは考える……エルリーゼを守護する筆頭騎士として、誰の手にもこれを渡すわけにはいかない。

あの聖女が誰かの下卑た欲望の対象にされるなどあってはならないのだ。

故に守り抜く。それが聖女に忠誠を捧げたこの身の使命である。

そしてベルネルは考える………俺、何やってるんだろ？

端から見れば完全に、聖女の使ったスプーンを取り合う三人の変態のうちの一人である。

泣きたい。超泣きたい。というかもう帰りたい。

「死にたい方からかかってこい」

レイラが低い声で言い、剣に炎が宿った。

騎士の中でも厳しい訓練を積み、剣と魔法の両方を高いレベルで修めた者のみが可能とする、刀剣への魔法付与——魔法剣である。

レイラは最も得意とする炎の魔法を剣に宿らせ、一切の隙なく構えた。

「魔法剣か……笑止。我が聖女への愛の前には、いかなる秘術も無意味と知れ」

サプリが再び指揮者のような構えを取り、土の魔法により床が盛り上がって無数の剣へと変化した。

その剣はサプリの周囲を滞空し、発射の時を今か今かと待ちわびている。

ちなみに、この床の修理費用は当然ながら後にサプリの給料から引かれる事となる。

「…………」

そしてベルネルは無言で顔を青くした。……武器がねえ！

だってここ食堂だし。普通ここに武器なんか持ち込まないし。

そして激突の一瞬――素早く床を蹴ったレイラのポケットからスプーンが転がり落ちた。

あっ、と思い三人の視線が床へ向かう。

そして彼等の目の前で、偶然通りかかったエテルナがスプーンを蹴ってしまった。

蹴られたスプーンは宙を舞い、食堂へと吸い込まれるように飛ぶ。

すると丁度食器を洗っている最中だった食堂のおばちゃんが振り返りもせずに飛んできたスプーンを掴み、流れるような動作で他の食器と一緒に洗ってしまう。掴んでから洗うまでの時間、僅か〇・五秒……サプリが止める暇もなかった。

その光景を見てサプリは崩れ落ちた。

「…………」

「…………」

ベルネルとレイラは無言で互いの顔を見る。

これからまさに激突という所で唐突に終わってしまったので、不完全燃焼のような状態になってしまったのだ。

しばし見詰め合い、やがてレイラは剣を収めた。

「……よし！」

何がよしなのかは分からないが、とにかくヨシ！　レイラは思考を放棄した。

まあ、変態は滅びたし騒動の元凶であるスプーンも綺麗になったので変態に渡さないという当初の目的は達成出来ている。なのでヨシ！

やや強引ながらもレイラは勢いとドヤ顔で乗り切り、そして勝者のような顔をして食堂を立ち去った。

哀れなのは後に残されてしまった常識人のベルネルだ。

彼はどうしていいか分からずその場で硬直しており、そんな彼の肩をジョンが優しく叩いた。

「ベルネル……聖女様の使ったスプーンを取り合うのは……その、友人として正直どうかと思うぞ」

ベルネルは少し泣いた。

第十二話　大魔

エテルナの勘違い騒動から数日が過ぎた。

あれからは特に語る事もない日々が過ぎ、俺はそれなりに学園生活を満喫していた。

一時期はぼっち化が進行していたベルネルはエテルナの他にフィオラ、モブＡと仲良くなって今ではよく四人で一緒に行動している。

ただし、自由行動時は相変わらずほとんど自主練しているらしい。マジでどこ目指してるのこいつ。

かくいう俺はというと、毎日周りからチヤホヤされつつ、王様気分を味わっていた。

モブ共の羨望と尊敬の視線が気持ちいい。

俺ってやつは基本的に承認欲求の塊だから、こうして周囲から『ＳＵＧＥＥＥＥ！』されるのは大好きである。

そんなに見たくば好きなだけ見るがいい。俺様の美貌に酔いな。

ただし変態クソ眼鏡、テメーは駄目だ。

お前の視線だけなんかスライムみたいにネバネバしててキモイんだよボケ。

なので気分直しに俺はエテルナを始めとする美少女達をウォッチングした。

ダブスタうざい？　じゃかましいわ。

それと……ふふ。やはり学園に来て正解だったと俺は確信している。

俺には無駄に広い個室が用意されていて、そこに専用の風呂などもある。

が、お分かりだろうか？　俺は今、中身はどうあれ身体は女である。

つまり……入れるんだよなぁ。堂々と！　女湯に！

たまには騎士達の立場に立つべきだとか、交流を深めるだとか、適当に理由をでっちあげて週に一回くらいのペースで怪しまれない程度に、女湯に入る。

んで、堂々と見る。これが俺の最近の楽しみ。性欲を持て余す。

いやー、この世の天国ですわ。

どこを見ても桃色パラダイス。俺の見ている光景を絵にすれば確実に成人指定待ったなし。

しかも俺が女湯に入ると、何故か入浴しに来る女生徒が増えるのでとても嬉しい。

我が世の春がキタァァァァァ！

「おいそこのお前！　エルリーゼ様を不埒な目で見るな！　お前もだ！　ジロジロと邪な視線を向けるな、斬るぞ！　……くそっ……何故見習い以下の連中にエルリーゼ様の肌を晒さねば……」

不満があるとすればスットコが何か毎回ついてきて、せっかくの女生徒を追い払ってしまう事だ。

おかげで俺は見るだけで我慢するしかなく、直接触れる事が出来ない。

スットコさえいなければ女湯あるあるの『きゃーでっかーい』とかやって、思う存分に色々なチチ、シリ、フトモモをこの手で堪能したのに。

それとスットコに言われて、風呂に入る時は必ずタオルを巻くように言われた。

しかしアニメとかでよくあるけど、それはマナー違反だ。タオルを湯に浸けてはいけません。

そう説明したのだが、何故かスットコさんは納得してくれなかったので、仕方なく自分に光魔法をかけて肝心な場所は見えないようにしておいた。

光魔法の究極防御、その名も『謎の光』。これを使う事でどの角度であろうと、俺の肝心な場所は誰（だれ）にも見えない。

……女湯でこんな事する意味はないと思うけどな。でもやらないとスットコが許可出してくれないし、しゃーないわ。

そんなこんなで学園生活を満喫していると、あっという間に第一回中間試験がやってきた。

ちなみに俺は免除。

そりゃそうだ。聖女を守る為（ため）の騎士になる試験に聖女（偽）本人を参加させちゃ本末転倒だろう。

まあ俺もテストとかは嫌いなので、これについては何も文句はない。

その後は楽しい夏季休暇。要するに夏休みだ。

学生の皆は課題やら何やらを出されていたが、俺にはない。

ベルネルは攻略中のヒロインと個別イベントでイチャコラする事だろう。

さて……暇だ。何をして暇を潰（つぶ）そうか。

最近では訓練すら半自動化してしまったから、やる事がない。

魔力を上げる訓練っていうのは周囲の魔力を限界一杯まで身体（からだ）に蓄積させてから外に出してと、循環させるのが基本だ。

まあ肺活量を上げる訓練と同じようなものか？　あれも何度も空気を大きく吸って吐いてってやってれば鍛えられるだろ。多分そんな感じ。

で、俺はこれをオートで出来るように魔法を組んだ。

イメージ的にはあれだ。病院の人工呼吸器。

この魔法は目には見えないが俺の全身に被(かぶ)さり、自動で魔力を吸って吐き出してくれる。

なので魔力を鍛えたくなった時はこれを使って、訓練を止(や)める時は解除すればいい。

そんなわけで俺は楽してズルしてパワーアップが出来るようになった。

やっぱ人間努力したら負けですよ。時代は効率よくいかに怠けるかだね。

うーん、俺ってダメ人間。

しかし要するに、物凄(ものすご)い暇であった。

なので暇潰しにコッソリ遠出して、何かこの学園目指して移動していた魔物の大群を苛(いじ)めておいた。


はい光魔法ドーン！　相手は死ぬ。

どうせ魔女が魔物をこっそり呼び寄せていたんだろうが甘い甘い。

ゲームを最後までプレイした俺にはとっくにお見通しなのよん。

この魔物の軍勢は放置すると終盤近くになって学園に到着するのだが、その際に進路上にあった国を一つぶっ潰してしまう。

で、学園まで来たところで全生徒が迎え撃ち、大勢の死人が出る中でエテルナが遂に覚醒(かくせい)して聖女パワーで軍勢を蹴散(けち)らすというイベントが待っている。

ところがどっこいぎっちょんちょん。

そんな面倒なイベントは前倒しに潰すに決まってるでしょーよ。

というわけで光魔法ドーン！　もう一発ドーン！

おまけに火魔法とか水魔法とか雷魔法とか、とにかく色々ドーン！

たまには身体を動かさなければいけないので魔法で作り出した光の剣を振り回して無双プレイ。

イヤッホォォォォウ！　ふははははは！　怯えろ！　竦め！　何も出来ずに死んで行け！

何か敵が命乞いをする振りをして不意打ちを仕掛けてきたりもしたが、それも返り討ちにしてやった。

逆に騙されたと分かった時の魔物の顔は傑作だったな。

あー、スッキリした。やっぱこの世界での娯楽は魔物フルボッコに限るわ。

そんじゃ進路上の国の皆さん、後片付けはよろしく。

◇

ルティン王国は王都の他に七つの都市、十五の地方と百の村を抱える東の王国である。

海に面し、いくつかの山も所有するこの国は豊富な海産物と山菜を目当てに訪れる旅人も多い。

普段ならば多くの人々の活気で賑わう王都の城下町……だがその日に限っては、いつもと様子が違っていた。

多くの民が持てるだけの荷物を持ち、我先にと逃げようとしている。

その理由は、驚くべき速度で進軍してきた魔物の軍勢を恐れてのものだ。

既に王都から少し離れた場所で国の存亡をかけた決戦が始まっており、兵士達が必死に奮闘している。

城の抱える全兵士を動員し、魔法師団を動かし、周辺都市からも続々と領主や貴族に率いられた援軍が集まって来る。

義勇兵が集い、荒くれ者が我こそはと勇敢に名乗り出た。

普段はいがみ合っている者同士もこの時だけは愛する母国の為に、さあ行くぞと互いを鼓舞し合いながら背中を預け合い、味方の死を力に変えて有志達が剣を握る。

王族も自ら戦場に駆け付けて味方の士気を高め、皆が一丸となって脅威に立ち向かった。

「ホウ……下等ナ人モ少シハ頑張ルデハナイカ」

その抵抗を、巨大な三頭犬の上から見下ろしているのは、巨大な『鬼』であった。

身長三メートルを超える巨躯(きょく)は漆黒の毛皮で覆われ、頭部からは硬い角が二本伸びている。

よく見ればそれは猿のようにも見えるが、猿とは比較にならぬほどに禍々(まがまが)しく力強い。

この怪物こそが、この魔物の軍勢を率いている事は誰の目からも明らかであった。

これは一体何者なのか？　少なくとも普通の魔物ではない。

魔物は野生動物を魔女の力で変えたもの。しかし野生動物の中にこんな鬼などいない。

猿が魔物になってもこんなに巨大化はしない。こんなに強くはならない。

これは魔物であって魔物ではないもの。その規格外の魔物を人々は恐れを込めて『大魔』と呼ぶ。

大魔は魔女が作り出した、魔物を超えた魔物だ。

多くの動物を魔物へ変え、そしてそれらを同じ場所に閉じ込めて殺し合わせる。

そうする事で最後に生き残った魔物は他の魔物を喰(く)らい、従来の個体とは比べ物にならない強さを得るのだ。

その大半は以前にエルリーゼが蹴散らしたドラゴンのような、ただ強いだけの魔物となる。

御伽噺(おとぎばなし)で謳(うた)われるようなドラゴンには人語を解する者や人間よりも高い知能を持つ者もいるが、少なくともこれまでに人語を話すドラゴンが確認された事はない。

勿論(もちろん)ドラゴンを始めとする強力な魔物達は大魔ではない。戦闘力を言えば大魔に比肩、あるいは匹敵するが、やはり強いだけの魔物だ。

大魔とは、この不自然極まりない進化の中で知恵を手にした者を言う。

そして大魔になって知恵を手にする動物は、人に近いと言われる猿やゴリラに多い。

他には犬やイルカ、カラスなどが大魔になる事もある。

とにかく知能が元々高い生物だけが、大魔になる資格を有している。

尚(なお)、当然ながら人にそれは行えない。脆弱(ぜいじゃく)な人間は魔物化する事もなく、魔女の力に耐え切れずに死ぬからだ。

大魔の誕生は、手順は単純なれど難しい。

百回挑戦すれば九十九回は確実に失敗する。

何故(なぜ)なら先述したように、魔物化した猿というのは本来それほど強くはない。

つまり、まず殺し合いの時点で脱落してしまう。

余程運に恵まれた個体だけが、他の魔物に相手にされなかったり、隠れ続けたりする事で生き延びて漁夫の利を手に出来るのだ。

そうして生き延びても、その個体が耐えられるかが分からない。

大魔になる前に大半は耐え切れずに、人と同じく死に至る。

誕生の確率は恐ろしく低い。

だがその過酷な低確率の門を抜けた先にこそ、従順で魔物の指揮も任せられる優れた魔女の片腕が誕生するのだ。

「恐れるな！　前に出ろ！　気持ちで負けるな！」

「俺達ならば勝てる！　諦めるな！」

「我等が負ければ国が蹂躙される！　ここが踏ん張り所ぞ！」

人間達はこの苦境の中でも希望を捨てずに戦う。

だが悲しいかな。力が足りない。数が足りない。

この軍勢を前にしてはいくら頑張ろうと消化試合でしかなく、滅ぼされるのが遅いか早いかの違いしかなかった。

「諦めるな！　せめて民が逃げるまでの時間を稼げ！」

大魔――鬼猿とでも呼ぼうか。その怪物は、思わず噴き出してしまった。

人間の中の隊長格の一人と思われる男の言葉が可笑しくて仕方ない。

こいつらは阿呆なのだろうか？

ほんの短い台詞の中で、もう言葉が矛盾している。

諦めるなと言ったその口で、直後に『民が逃げるまでの時間を稼げ』ときた。お前が一番諦めているではないかと鬼猿は嘲笑してやりたい気分だった。

時間稼ぎ――嗚呼、何と惨めな敗者の言葉。

既に目的がすり替わっている。勝って国を守るのではなく、もうそれは無理だからせめて犠牲を減らそうと勝利を放棄している。

勝つ事を諦めた言葉だ。負けを受け入れた可哀想な鼓舞だ。

「ドレ……俺モ少シ遊ブトシヨウ」

鬼猿が三頭犬の背から飛び降り、兵士達の中央に着地した。

数人の兵士を下敷きにし、そして手に持った棍棒を振るう。

するとそれだけで、周囲にいた兵士達が枯れ木のように吹き飛び、身を守るはずの鎧はビスケットのように砕け散った。

「う、うわわわ……」

「恐れるな！　あれが敵将だ！　討ち取れ！」

単身で降り立った鬼猿に兵士達が挑む。

「あいつを倒せば敵は崩れる！」

だが鬼猿はその決死の抵抗を嗤い、棍棒でまたしても兵士達を殴り飛ばした。

鎧が砕ける音が響き、何人もの人間が原形を失って空を舞う。

大魔の戦闘力はドラゴンに比肩する。

そのパワーは城の城壁を容易く砕き、強靭な皮膚は剣も槍も通さず、馬鹿げた生命力は魔法にも平然と耐え抜く。

聖女を守る為に狭き門を潜って特別な訓練を受け、そして認められたエリート中のエリートである『魔法騎士』……一人が一個小隊に匹敵すると謳われるその者達ですら単騎討伐は出来ない。

複数人がいて、ようやく打ち倒せるというそれと、この鬼猿は互角に戦える。

雑兵が何人向かっても、勝てる相手ではない。

飢えた野生の大熊を前にして、素手の幼子が百人で挑んでいるようなものだ。

作戦を考えて罠（わな）を張り、武器を調達して戦えば勝てるかもしれない。決して絶対勝てないわけではない。

だが正面から挑んで勝てるか？　いや、無理だ。

幼子の腕力と柔らかな拳（こぶし）でいくら叩（たた）いても、熊の毛皮は貫けない。筋肉には通らない。

それと同じで、兵士の攻撃は鬼猿には通じない。その上で向こうの暴力だけが一方的に死者を量産し続ける。

兵士が全滅し、国が踏みにじられるのはもはや時間の問題だった。

だが、その問題の時間を稼いだからこそ。

彼等が命を盾に、勝利を諦め……それでも逃げずに稼いだ時間があればこそ。

——彼等の戦いは、報われる。

「Fortune favors the bold.（幸運は勇者に味方する）」

鈴の鳴るような声が全員の鼓膜を震わせた。

それと同時に天から降り注いだのは、幾千、いや、幾万もの光の剣だ。

輝く剣は近くの魔物を斬り裂き、そして兵士達の前で待機した。

取れ——という事なのだろう。

手にすると不思議な事に傷が癒え、そして戦う力が湧き上がって来る。

体が軽く、今ならば何にでも勝てそうだ。

これならばいける！　光の剣を手にした勇者達は一層士気を高め、魔物の軍勢を次々と斬り裂いた。

そして彼等の後ろでオーロラが天から差し込み、光のカーテンの中から黄金に輝く少女が下降してきた。

「おお……あのお方は、まさか……」

「ああ、間違いない。あの方こそは」

その姿に兵士達が沸き立ち、何人かは戦いの最中という事も忘れて魅入った。

しかしそんな周囲の視線など意に介さないように少女は鬼猿を見下ろし、静かに語る。

「なるほど……大魔でしたか。魔女が隠れて何か企てているだろう事は薄々分かっていましたが、これほどの数とは」

「貴様……ソウカ、貴様ガ聖女……！」

鬼猿は自らを見下ろす少女こそが人類の希望である聖女であると理解し、棍棒を握った。

ここで聖女を仕留めてしまえば、魔女の勝利が決まる。

登場は予想外だったが、しかしこれは考えによっては好都合。

護衛の近衛（このえ）騎士も連れずに出て来てくれたこの好機を逃す手はない。

「ノコノコ出テ来ルトハ、愚カナ奴（やつ）。貴様ヲ倒シ、ソノ死骸（しがい）ヲ磔（はりつけ）ニシテ晒（さら）セバ、人類ノ士気ハドレダケ落チルダロウナァ」

「さて……考えた事もありません。しかし言える事は、私などを仕留めても人の心を折る事は出来ないという事だけです。私が倒れようと、希望は必ず残ります。そして……」

聖女――エルリーゼが手の中に光を生み出した。

それを胸の前に抱き、両腕を広げる。

「私が倒れるのは、少なくとも〝今〟ではありません……Cut your coat according to your cloth.（自分の持っている生地に合わせて服を裁て）」

光が刃と化して、全包囲へ飛翔（ひしょう）した。

次々と魔物を断ち切り、瞬く間にその数を減らしていく。

これに慌てた鬼猿は魔物達へ号令をかけた。

「アイツヲ撃テ！　堕（お）トセ！」

三頭犬が炎を吐き、遠距離攻撃が出来る他の魔物も同時に攻撃に移る。

炎は進路上にあった鉄の盾や剣を融解させ、そこに他の魔物の攻撃が続く。

遅れて飛行可能な魔物が殺到するが、先行していた炎がエルリーゼの翳（かざ）した手に触れた瞬間に捻（ね）じ曲がり、倍加したカウンターが魔物達を撃ち落とした。

以前に学園でも使用した三倍返しのバリアだ。

続けてエルリーゼは人差し指を立て、それを口元に運ぶ。

「Out of the mouth comes evil.（口は災いの元）」

魔法発動。

それと同時に何が来るのかと魔物達は身構えた。

……だが、何も起こらない。

まさかの不発だろうか？　そう思い、魔物のうちの一体が思わず笑い声をあげた。

――瞬間。空から迸った雷が、ピンポイントでその魔物を撃ち抜き、絶命させる。

「ギ⁉　――ガァァ！」

一体何事かと声を上げた別の魔物が更に撃たれる。

それに動揺して叫んだ魔物が。更に混乱が伝染して騒いだ魔物から次々と、撃ち抜かれていく。

「な、何だ……？　一体何が起こってるんだ？」

人間の兵士の一人が疑問を口にするが、彼は雷に打たれない。

味方は攻撃対象にはならないようだ。

それからも、攻撃条件が分からないままに何かを口から発した者から順に焼き殺されていく。

正解は『声』。口から声を発した敵に問答無用で雷が落ちているのだ。

休む事なく雷が落ち、悲鳴が上がり、悲鳴の下に雷が落ちる。

一度始まれば止まらない悪循環で魔物がどんどん黒焦げ死体へと変わった。

そこに今度はエルリーゼ自らが飛び込み、魔法で生み出した光の剣を手にして薙ぎ払った。

それだけの事で前方にいた魔物が一斉に真っ二つにされ、本来ならば剣が届かない遠くにいる魔物すら構わず切断される。

それを二振り――三振り――四、五。驚くべき剣速と技の冴えで魔物が斬り裂かれ、とうとう残されたのは鬼猿だけとなってしまった。

「…………ッ」

鬼猿は憎悪の形相でエルリーゼを見る。

声は発せない。声を出せば雷に撃ち抜かれてしまうから。

それを理解出来たが故に彼はまだ生きている。

だが理解してしまったが故に何も言えず、味方に指示を飛ばす事すら出来なくなってしまった。

『声を出すな、打たれるぞ』。そう伝えようにも、伝えようとした瞬間にこちらに雷が飛ぶのだ。

恐るべき指揮官封じであった。

どんな優れた指揮官や参謀であっても、どんなに優れた作戦があっても、声を出した瞬間死ぬのでは、何も出来ない。伝えられない。

出来るのは精々筆談くらいだが、急を要する戦場でそんな呑気(のんき)な事をしている暇はない。

「――――！」

無言で鬼猿がエルリーゼへ殴りかかる。

だが彼がエルリーゼへ到達するよりも先に、光の剣を携えた兵士達が前に出て鬼猿を次々と突き刺した。

その間エルリーゼは微動だにしておらず、涼し気な顔を崩しもしない。

「…………ッ」

鬼猿は地面に倒れ……そして、跪(ひざまず)いてエルリーゼに向けて頭を下げた。

祈るように手を前で組み、その姿はまるで許しを乞(こ)うようだ。

いや、実際にそうなのだろう。彼は今、命乞いをしているのだ。

そんな鬼猿の前へエルリーゼが歩み出る。

「聖女様、近付いてはなりません！」

「そうです！　情けなど不要！」

「油断させるつもりに決まっています！　離れて下さい！」

兵士達が騒ぐが、それでもエルリーゼは鬼猿の近くまで向かってしまった。

そしてゆっくりと屈(かが)み、手を差し伸べる。

きっと彼女はどこまでも聖女なのだろう。

慈悲深い彼女は、どれだけ罪深い存在であろうと許しを乞う者を見捨てられないに違いない。

しかしやはりそれは間違いだ。

どれだけ慈悲をかけようと、救いようのない者というのは存在する。

情を踏みにじり、勝てば何をしてもいいと開き直る。

救いようのない、下劣外道。犬の糞(ふん)にも劣る卑劣。

それが立ち上がり、そして救いの手を差し伸べていた聖女をその手に捕えた。

「聖女様！」

「待て、撃つな！　聖女様に当たる！」

鬼猿の巨大な掌(てのひら)が、小柄なエルリーゼの身体(からだ)を握りしめる。

このまま握(にぎ)り潰(つぶ)そうというつもりだろうか。

バキバキと嫌な音が響き、鬼猿の顔が勝利の喜びから醜く歪(ゆが)んだ。

しかし喜びは一瞬。次の瞬間鬼猿は、腕から伝わってきた激痛に表情を崩した。

折れたのは、鬼猿の両指であった。

エルリーゼは既に自らに防御魔法をかけていた。

それは与えられた攻撃を三倍にして相手に全(すべ)て返す絶対反撃だ。

鬼猿はエルリーゼではなく、自らの指をへし折っていたのだ。

激痛からエルリーゼを手放してしまった鬼猿は、震えながら、忌まわしそうに言う。

「貴様……騙サレタ……振リヲ……」

エルリーゼは困ったように僅かに……注視しなければ分からない程に僅かに笑い、そして背を向けた。

今のは何の笑みだったのだろう。

騙したつもりで騙されていた鬼猿への嘲笑だろうか？

いや違う。きっと、本当は信じたかったという、そんな悲しみが表情に出たものに違いないと兵士達は思った。

あるいは信じる事の出来なかった自分への自嘲か……。

どちらにせよ、優しすぎるが故に出たものである事だけは確かだろう。

そのエルリーゼの後ろで、鬼猿が雷に撃ち抜かれ――国の存亡をかけた戦いは、幕を下ろした。

第十三話　共犯

存分に魔物をサンドバッグにしてストレスを発散した俺は、コソコソと隠れるように学園内を歩いていた。

ここから俺はレイラに見付からないように自室に戻り、ずっとそこにいましたよと取り繕う必要がある。

護衛役であるレイラに一言の相談もなしに外でヒャッハーしてたなんて知られたら、またガミガミ言われるに決まってるからな。

俺は他人に的外れなSEKKYOUするのは好きだが、自分が正論で説教されるのは大嫌いなんだ。

マウントを一方的に取りたいんだよ。

オレは上！　きさまは下だ‼

「エルリーゼ様……？」

ファッ⁉　見付かったあ⁉

ままま待て、スットコ！　まずは落ち着いて話し合おう。

俺は別に外に出てヒャッハーしていたわけではない。

ただちょっと散歩をしていただけだ。

……と、慌てて振り返ったが、そこにいたのはレイラではなくベルネルであった。

何だお前か。驚かせるなよ。

「何をしているんですか？　まるで誰かから隠れるように……もしかしてレイラさんですか？」

はい図星です。

くそ、こいつ案外鋭いな？

というかこいつこそ何でこの時間に学園内をウロついてるんだ。今は日が沈みかけていて、何より夏季休暇中だぞ。

俺の場合は自室が女子寮じゃなくて学園内にあるからやむを得ない。

この学園は五階建てなのだが、五階部分は主に来客……まあ王族とかが来た時の為に用意された豪華な居住空間になっていて、普段は使われていない。

俺としては別に、そんな所じゃなくて普通に女子寮でいいと言ったし、むしろ女子寮に行きたかったのだが、それは駄目だとゲスト部屋を自室に強制決定されてしまった。

護衛であるレイラは基本的にドアの前でスタンバイしており、部屋の中までは入らない。

（護衛が休む為の詰所も外にある）

というかずっとそこに立ってなくていいぞマジで。もっとその辺散歩したり外に行って食べ歩きしたりしてこい。

もういい……休め……休め……っ！

俺はそのレイラの目を盗み、何とか部屋に戻らなくてはならない。

出る時は簡単だった。

レイラだって人間だ。ずっと同じ場所に立っている事は出来ない。

具体的に言えばどうしても仮眠を取る時間がある。

学園までついてきた護衛はレイラ一人だけで、後はレイラが仮眠を取っている時だけ代理で学園から選ばれた成績優秀な騎士候補生が数人見張りにつく。

ちなみに護衛は本当はもっと多くの近衛騎士がついてくるはずだったが、俺が強権発動で止めさせた。

騎士っていうのはこの世界では貴重な戦力で、それを俺一人の為に学園に数人連れて行くのは人材の無駄でしかない。

原作でもエルリーゼ（真）が無駄に自分の護衛として騎士をゾロゾロと連れてきたせいで、色々な場所の守りが手薄になっていたらしい。

そもそも俺に護衛自体がいらないし、しかもここは騎士を育てる学園なのだから候補生とはいえ全員が戦闘要員だ。ハッキリ言って城より安全まである。

それでもレイラだけは断固として聞かずについてきたのだが……まあ一人でずっと護衛をするのは無理なので、レイラが仮眠をとって代理の候補生が見張りをしている時間というものが必ず出来るわけだ。

なので俺はレイラが仮眠を取っている時間を見計らって脱走をした。

勿論前述の通りに見張りはいるが、レイラに比べればザルだ。

まず、見張りは基本的にドアの方向ではなくて、その反対側を向いている。

これは当然の事で、ドアの中の護衛対象を守ろうとしているのだから、当然向くのはその反対側だ。

要人護衛とかでドアの前に立っているＳＰが通路の方に背中を向けてドアの方に顔を向けていたらただの間抜けだろう。

なのでドアを開ける音は風魔法で見張りに音が届かないようにしつつこっそりドアの外に出れば、まず気付かれない。

（レイラならばこの時点でバレる。魔法で空気の振動とかが伝わらないようにしても何故か勘でバレる）

次に光魔法で光の反射をあれこれ弄ってステルスし、ドアに魔法をかければ後は堂々と見張りの横をすり抜けてしまえばいい。

ドアにかけた魔法は俺オリジナルの『自動返信』魔法で、レイラの質問……例えば『いますか？』などの問いに『はい、いますよ』と俺の声で返してくれる。

そして緊急事態でもない限り側仕えの騎士が勝手に主の部屋に入る事はない。

だが問題は帰りだ。この時間は代理ではなくレイラがガッチリ見張りに立っているので、これを搔い潜って自分の部屋に戻るのはなかなか難しい。

ちなみに窓から飛んで出て行くってのは無理。

窓は確かにあるのだが、外からの侵入対策として面格子がある。ちょっとお洒落なデザインのやつ。

なので窓からは出れない。

ていうか今は俺よりベルネル、お前だよ。

何で夏季休暇中に学園内ウロついとんの君。

「俺は借りていた本を返しに図書室へ行って、その帰りです」

へえ、そりゃまた実に学生らしい理由で。

夏季休暇中でもやってるんだ、それ。

まあ課題とか出てるわけだし、その為の資料集めとかに使うだろうから図書室が開放されてるのは当たり前か。

「エルリーゼ様は何を？」

ギクゥ。

俺は……ほら、あれだよ。

ちょっと散歩みたいな？

たまには一人でウロウロしたくなる時とかあるじゃん？　じゃん？

そんなわけでどうやってレイラに気付かれずに部屋に戻るかを考えてるところだ。

そう教えてやると、ベルネルは思わぬ提案をした。

「だったらそれ、俺も手伝いますよ。レイラさんの気を引けばいいんですよね？」

おおマジか！　助かる！　お前いいやつやな！

さすが主人公は格が違った！

そうと決まれば早速ゴーだ。うまくレイラの気を引いてくれよ。

なあに、でえじょうぶだ。レイラって雰囲気有能っぽいけど、割とスットコだから。

駄目でした。

結論から言えば俺とベルネルは仲良く見付かって二人でお叱りを受けた。

くそ、こんな時だけレイラしやがって。もっとスットコしろよ。

作戦は悪くなかったんだ。

ベルネルが会話で気を引いて、それで少しドアから離れさせた隙に俺が部屋に戻る。そういう手はずだった。

……まあなんだ、うん。俺専用って事になってる五階に一般の生徒であるベルネルが入って行ったら、その時点で不審人物認定待ったなしだった。当たり前だよなあ。

でもなあ、ゲームではレイラはもっとガバガバ警備だったはずなんだよ。

ゲームでもエルリーゼ（真）が学園に何度もちょっかいをかけてくるっていうのは前も話したけど、俺と同じように学園に一時滞在してこの五階に住む期間がある。

で、その間は当然五階にレイラもいるわけだが……ゲームだと自由行動時にベルネルが五階に行っても、普通にレイラと仲良く会話出来るし、むしろ話すと好感度が上がってたくらいだ。

ともかく、このままではベルネルが不審者としてレイラにお仕置きされてしまいかねないので、止むを得ずに俺が飛び出してネタばらし。そうする事で何とかベルネルは無罪放免になったが、代わりに俺と一緒にお説教を受ける事になってしまった。

すまんベルネル……完全に俺の巻き添えだ。許せ。

でもまあ、何だ。こうやって共謀して馬鹿やるっていうのはガキっぽいが楽しいものだ。

友達とアホな事ばかりしていた前世のガキの頃を思い出す。

男同士の馬鹿な友人っていいよなあ。

……思えば俺って、いつからぼっちになってたんだっけか。

子供の頃はまだ友達とかもいたんだが、成長するにつれてだんだんと皆も俺のおかしさに気付き始めて…………まあいいか。

ま、ありがとよベルネル。今回は楽しかったぜ。

次はバレない範囲で……あ、いや。怒られない範囲で何かやろうぜ。

あ、でもそれはそうとして見付かったからお前の呼び名降格な。

今までは内心はともかく実際呼ぶ時はベルネルさんって言ってたがこれからはお前なんかベルネル君だ。

次はよろしく頼むよ、ベルネル君。

――それはベルネルにとっては、あまりに嬉(うれ)しい偶然だった。

魔法学園の生徒は、夏季休暇中に多くの課題を出される。

騎士の心得、過去の聖女の名前、その歩んできた人生、歴史……過去の魔女の悪行の数々、過去の戦闘記録。

読み書きに算術、礼儀作法、女性のエスコートのやり方にテーブルマナー。従者の心得。

それらを頭に叩(たた)き込(こ)む事を要求される。

実技に優れていなければならないのは最低限のラインとして、騎士を志すならばこうした高い教養を求められるのだ。

騎士とはただ戦うだけの存在ではない。聖女を守り、支える存在。

故に騎士には、王族に仕える召使い以上のものを求められ、実技と合わせてこれらをたったの三年間で身に付けなければならない。

そして何より求められるのは、生徒自身の向上心であった。

夏季休暇とは決して、長い時間休んでいいという学園側の計らいではない。

これで本当に休むような奴(やつ)は容赦なく騎士候補から外すという、ふるい落としである。

騎士が守るのは人類にとって最も大事な存在である聖女だ。

故に甘えは許されない。ちょっと気を抜いた隙に魔物や魔女に暗殺されましたでは絶対に済まされない。

そうなってしまえばエルリーゼから見て二つ前……先々代の聖女が死んだ時と同じように、人類の暗黒期が無駄に伸びてしまう。

だから夏季休暇だ……などと喜んで気を抜く輩(やから)は論外。

出された課題など全(すべ)て終わらせて当然だし、それすら出来ないならばその場で学園から追放される。

その上で自由時間をどう使い、周囲との差を広げるか。学園はそこを見ている。

無論ベルネルはそんな裏事情など知るはずもないが、元より彼の目的は聖女の側(そば)に在れるほどに強くなる事だ。それ以外には興味もない。

ましてや彼が並ぼうとしているのは歴代最高の聖女と称されるエルリーゼだ。

ならば、並大抵の努力でそこに辿り着けない事など覚悟の上である。

だから課題など夏季休暇初日に、図書室から資料を借りられるだけ借りて素早く終わらせた。

残りの時間全てを修練に費やしたかったからだ。

そして用の済んだ資料を学園の図書室へ返し、いざ特訓だと寮に帰るその帰り道で……何やらコソコソしているエルリーゼを発見した。

「エルリーゼ様……？」

「ふぁっ⁉」

声をかけると、余程驚いたのか普段あまり聞かないような可愛らしい声を発した。

基本的に落ち着いているこの聖女のこういう姿は新鮮だ。

他の者達がきっと見た事もないだろう姿を見られた事で、ベルネルは少しだけ優越感を覚えた。

「あ。ああ、ベルネルさんでしたか。驚いた……」

「何をしているんですか？　まるで誰かから隠れるように……もしかしてレイラさんですか？」

ベルネルがそう言うと、どうやら図星だったようでエルリーゼは硬直した。

それから話題を逸らそうとしたのか、ベルネルへ質問を飛ばした。

「ところでベルネルさんは何故ここに？」

「俺は借りていた本を返しに図書室へ行って、その帰りです。エルリーゼ様は何を？」

「私は……ちょっと散歩です。たまには一人で歩きたい事もあるといいますか……。それで今は、どうやってレイラに見付からずに戻れるかを考え中でして……出る時はレイラの仮眠中に抜け出したんですけど」

　ベルネルの問いにエルリーゼは視線を逸らしながら答えた。

　彼女は基本的にどこにいくにも必ず護衛がついてくる。

　それは彼女の重要性を考えれば仕方のない事だろうが、それでは息が詰まる時もあるのだろう。

　聖女と言えど、そういう一面もあるという事か。

　今まではずっと遠くにいたような気がしていた彼女も、同じ人間なのだと思うと途端に距離が縮まった気がしてベルネルは何となく嬉しくなった。

「だったらそれ、俺も手伝いますよ。レイラさんの気を引けばいいんですよね？」

「えっ？　いいんですか？　……いやでも、悪いですよ。それにレイラって結構冗談通じないところありますし……」

「大丈夫。やらせてください。聖女様が困っていたら手を貸すのも騎士の務めですから。……まあ、まだ候補ですらない学生ですけど」

　それから二人は周囲に誰もいないかを気にしつつ、階段を上って五階へと到着した。

　少し離れた場所には来賓用の客室があり、そのドアの前でレイラが直立不動の姿勢で警備を続けている。

　レイラ・スコット……彼女はある意味ではベルネルにとって、エルリーゼとは違う意味での憧れであった。

　レイラが今いる立ち位置こそはまさに、エルリーゼを信奉する誰もが目指す目的地だ。

　エルリーゼの最も近くにいて、そして守護を任される。全ての騎士が目指す最高の座。

そこにいるレイラをベルネルは尊敬していたが、同時に少し嫉妬もしていた。

今は彼女がいるその場所に、いつかは自分が立ちたいと思った。

とはいえ、それはまだ先の話。今の自分はただの学生に過ぎない。

ただ、最高の騎士を前にどうやってエルリーゼを部屋に到達させるかを考えるだけだ。

「エルリーゼ様。俺が今からレイラさんの注意を引いてドアから離しますから、その隙に……」

「はい、分かりました」

ベルネルの指示に頷き、それからエルリーゼは可笑しそうに笑った。

「エルリーゼ様？」

「あ、いえ。何だか少しおかしくて。こうして二人で悪巧みをするのって、なんだか子供の遊びみたいじゃないですか。友達とかがいれば、こんな感じなのかなって思ったら楽しくなってきて」

それは、普段は超然としていて神秘的な彼女が見せた、見た目相応の笑みであった。

ベルネルは咄嗟に顔を逸らし、前を見る。

……危なかった、と思う。

正直このまま呼吸と心臓が止まるかと本気で思った。

もう少しあの笑顔を見続けていたら、見惚れて何も考えられなくなっていただろう。

「で、では……行きます」

ベルネルはそう宣言し、前へと踏み出した。

しかし聖女とその護衛以外立ち入り禁止の区域に一般生徒が入り込んで怪しまれないはずがない。

ベルネルは問答無用で捕まりそうになり、それを庇う為にエルリーゼが慌てて姿を見せた事で事なきを得たが、作戦は見事に失敗に終わった。

そして二人はレイラに叱られる事となった。


「叱られてしまいましたねえ」

あれから二人はこってりとレイラのお説教を受ける事となった。

十数分にわたるお叱りからようやく解放されたエルリーゼはベルネルに視線を向けた。

「ごめんなさい、ベルネルさん。私の巻き添えでこんな事になってしまって」

「いえ。言い出したのは俺の方ですし……はは」

結局は何の役にも立てなかった。

その事実に少しばかりベルネルは気落ちするが、そんな彼にエルリーゼは小声で言う。

「でも、今回は楽しかったです。もし機会があれば今度は叱られない範囲でまた何かやりたいですね」

「また、ですか……？」

「迷惑でなければ」

「め、迷惑なんてとんでもない！　是非！」

慌てて言うベルネルにエルリーゼが満足そうに微笑み、そしてレイラに連れられて部屋に戻される。

そしてドアが閉まる直前に、もう一度振り返った。

「それじゃあ、また明日……ベルネル君」

その言葉を最後にドアが閉まり、エルリーゼの姿は見えなくなった。

しばし茫然(ぼうぜん)としていたベルネルだったが、レイラにしっしと手で払われた事で正気に戻り、階段を下りる。

最後の瞬間のエルリーゼの言葉が何度も脳内をリフレインする。

ベルネル君……今までは他人行儀でベルネルさんだったものが、ベルネル〝君〟になった。

これは明らかな前進だ。確実に自分と彼女の距離が縮まったのを感じる。

寮に戻る帰り道の途中……ベルネルは喜びのあまり、ジャンプしてガッツポーズをした。

第十四話　闘技大会

楽しい楽しい夏休みが終わり、学園が再開された。

まあその間俺はずっと暇だったわけだがな。

あった事といえばルティン王国から感謝状やらお礼の金銀宝石やら、それだけに留まらず王族ご家族揃ってお礼参りに来たりとかしたせいで、俺があの日に黙って外に出て魔物狩りでヒャッハーしてた事がレイラにバレたくらいか。

やっぱ悪い事ってのは必ずバレるもんなんやね。

仕方ないのでとりあえず反省しておいた。
一、二、三……はい、反省した。反省終わり。そのうちまたやるわ。
俺は自分に都合の悪い事は忘れる生き物なのさ。

魔物苛めはこの世界での数少ない娯楽だし、取り上げられたら退屈で死んでしまう。

夏季休暇が終わったので、この後のイベントは前も話したように学年別闘技大会だ。

闘技大会は一年に二回。前期に学年別、後期には全学年でやる事になるので学園生活中合計六回開催されるわけだ。

とはいえ、このゲームは一年間の出来事のみで構成されるので二学年に進級した後の事は考えなくていい。

よって、ゲーム中にプレイヤーが実際に参加する闘技大会はたったの二回である。

この闘技大会はイベントではなく普通に戦闘に入り、これまでプレイヤーがどれだけベルネルを鍛えて来たかが試される。

決勝ではマリーというめっちゃ強い娘と戦闘になるが、大半のプレイヤーはここで負けて準優勝になる。

一周目でマリーに勝つのは全ヒロインを放置して自由時間の九割以上を自主練に使う必要があるとまで言われる、とても強いキャラクターなのだ。

（しかし味方になるとベルネルより弱くなる。お約束だ）

言うまでもなくこのマリーも攻略可能ヒロインの一人だ。

青髪セミロングのクーデレで、ファンからの人気が高い。クーデレはいつの時代も強いのだ。

闘技大会が終われば、戦績に関係なく聖女を始末しようとした魔女の部下が襲撃してきて中ボス戦に入る。

この時出て来る奴は大魔のなり損ないの雑魚なので知能は低いし、実力もこの時点のベルネル達で十分倒せるレベルだ。

しかもこの戦闘ではマリーも味方に加わるので余程ベルネルが弱くない限りは余裕で勝てるだろう。

で、この中ボスなんだが……知能が低いので、本物の聖女のエテルナを無視してエルリーゼ（真）を狙う。

この大会では来賓としてエルリーゼ（真）が招かれており、特等席にいるのだ。

この時点ではエルリーゼ（真）は偽聖女と発覚していないのでベルネル達は騎士の義務で中ボスの前に立ちふさがり、エルリーゼ（真）を守る。

『ここで守らずに死なせておけば……』とファンは声を揃えて言う。俺もそう思ったがこれは強制イベントだ。

わざと負ける事でエルリーゼ（真）を何とか殺そうとしたプレイヤーも多い。俺もそうだ。

しかしこの戦闘で負けても、結局中ボスはレイラが倒してしまうし、しかも負けるとマリー関連のフラグが根本からへし折れて以後登場しなくなってしまうのでデメリットしかなかった。

つまり、この襲撃イベントはゲーム本編と変わらずに俺を狙ってくるのは間違いないだろう。

だが所詮（しょせん）は大魔にもなれない、なり損ないの雑魚助だ。俺の敵じゃあない。

ま、出てきたらソッコーでパパッと始末してそれで終わりよ。

朝のラジオ体操の代わりくらいにゃなるかな？　ってレベルだ。

いや、代わりにもならないか。ラジオ体操は健康にいいからな。

問題は……そうだな。一応、中ボスが初登場した時に演出でモブ騎士が何人か挑んで吹っ飛ばされて死ぬくらいか。本当、モブに優しくねーなこの世界。

「エルリーゼ様、そろそろ始まります」

レイラに言われて俺は一時思考を中断した。

あ、もうそろそろ行く時間？　そんならまあ、さっさと行こうか。

俺にとっちゃあドングリの背比べみたいな戦いだが、見て楽しめない事はない。

それに男の頃（ころ）はこれでも格闘技の試合とか見るのは嫌いではなかった。

今回やるのは格闘のみならず剣も魔法も何でもありの試合だが、台本ありのドラマとは違うガチのチャンバラを見れるので結構楽しめる。

余談だが俺はこの闘技大会には十歳くらいの時から来賓としてお呼ばれしており、もう何度も見ている。

レイラに案内されて着いた場所は、学園の運動場横に造られた特設闘技場だ。

正方形に切り出した石を並べて造り上げた四角いリングの広さは、端から端まで大体三十メートルくらいだろう。

やや高めに作られており、客席からは見上げる構図になる。

その周囲には塀が建てられ、塀の向こう側には椅子がズラーッと並べられていた。

イメージ的にはプロレスのリングとかに近いかもしれない。

で、一番後ろにはブロックを高く積み上げる事で作られた高所に、他の席よりも豪華な椅子が設置されていた。

あれが俺の座る特等席だが……ちょっと遠いんだよなあ。特等席って言ったら普通最前列だろ。何で最後尾にしてんの？　馬鹿なの？　嫌がらせなの？　どうせなら前行こうぜ前。

「申し訳ありません。これは安全上の問題でありまして。何かの間違いで魔法や、生徒の手を離れた剣が飛んでこないとも限りませんから、エルリーゼ様には安全な位置での観戦をしていただきます」

ブーたれてみたものの、あえなく学園長に諭されて撃沈。

ちなみに学園長は四十代後半のおっさん。

先代の聖女の筆頭騎士だった男で、それだけに周囲からの信頼は厚い。

実は裏で魔女と繋がっていて、後で戦う事になるボスキャラの一人だ。

要注意人物の一人だな。

名前はディアス・ディアス。ファーストネームがディアスで家名もディアスだ。

日本人で言えば山田山田みたいな名前である。

しかし変態クソ眼鏡といい、この学園にまともな教師はおらんのか？

かくして始まった闘技大会は、まあそこそこ楽しめた。

前世基準で言えば『人間の動きじゃねえ』ってくらいに全員が出鱈目な動きをしてビュンビュン動き回ってバンバン魔法撃って、かなり見応えのある試合だと言える。

しかし今の俺基準で言うと……どうにも、レベルが低く見えてしまうな。

俺が普段見る騎士って基本的にレイラとかの近衛騎士ばっかだから仕方ないんだけど、こういうの見るとレイラって普通にめっちゃ強いんだなと思うわ。

というかレイラは学生の時から結構凄かった。在学中は全部レイラが優勝してたからな。半端ねえわ。

おい誰だよ、この有能をスットコとか呼んでるの。

おうスットコ、お前はこれ見てどう思うよ。

「私ですか？　そうですね……今年はなかなかレベルが高い生徒が揃っていると思います。私もうかうかしていられませんね」

ええ？　ホントにぃ？

そりゃまあ、この前見たルティン王国の兵士とかに比べりゃ全員強いけどさ。

「特にあの四人……ベルネル、アイナ・フォックス、ジョン、そしてマリー・ジェットには光るものがあります。ベルネルは技術は粗削りですが基礎能力で優れており、アイナ・フォックスは突出したものはありませんがよく研磨されています。流石は騎士フォックスの娘といったところでしょうか。ジョンは確か元兵士でしたね。他の生徒よりも戦いというものを心得ているように見えます。最後にマリー・ジェットは剣と魔法のバランスがよく、パワーはありませんが技術ならば既に騎士レベルでしょう。私が思うに、今年は彼女が優勝候補ですよ」

レイラが名前を挙げたのは主人公のベルネルと、強キャラであるマリーの他に、最近すっかり忘れていたアイナ・フォックス（本来は俺を暗殺しようとする子だ）と……後はモブAだな。

あのモブ、強かったんだ……。

それにしてもここに、本物の聖女であるエテルナが入っていないのが何とも悲しい。

まあ聖女の力に目覚めるまではエテルナってダメージ受けないだけで大して強くないから仕方ないけど。

その後あれよあれよという間に大会は進み、準決勝まで進んだのはレイラの挙げた四名であった。

おう、やるじゃないかレイラ。

まず戦ったのはサブヒロインのマリーとアイナだ。

マリーは青髪セミロングで、アイナは赤髪のツインテールと見た目は対照的で、得意魔法も氷と炎で正反対である。

「アンタの試合は見て来たわ。見事な腕前ね……アンタなら優勝も狙えたかもしれないわね。ただしそれも、私がいなければの話よ」

「………………」

「私はアンタ達とは違う。誇り高き近衛騎士であるお父様の名に泥を塗らない為にも、こんな所で負けるわけにはいかないのよ」

「……そう」

おっと、これはいけません。

アイナ選手、いきなりでっかい負けフラグを立ててしまいました。

戦闘前に自分の生まれを自慢して相手を見下す奴って大抵負けるって相場が決まってるんだよなあ。

案の定マリーはあっさりアイナに勝ってしまい、握手を求めたものの拒絶されて落ち込んでいた。

その次はベルネルとモブAが戦い、少し苦戦したものの順当にベルネルが勝利。

そんなわけで決勝に進出したのはやはり、ベルネルとマリーだ。

まあ一周目でもここまでは来れる。

そして多くのプレイヤーがここで涙を呑む事になるのだ。

一周目のマリーを倒すのは本当に難しく、俺も初見プレイ時は負けたものだ。

TASプレイだと大根とかいうネタ武器で戦っても勝てるけど、あれは普通は無理。

まあこの世界でもベルネルは負けるだろうと思っている。

二周目以降のベルネルは前の周のレベルや技を全部引き継げるんだが、この世界のベルネルにそんなものを引き継いでいる気配はなかった。

この条件下でマリーに勝とうと思ったら、自由時間の大半を自主練につぎ込まなければならないが、そんな事をしていたらヒロインの好感度が全然上がらないし、イベントもスルーしてしまう。

………あ。

そういやこの世界のベルネルって、そのネタプレイやってたわ……。

「決まったァー！　優勝者はベルネルだ！」

実況の大声が響き、俺も流石にこれには驚いた。

ああ……勝っちゃうんだ、そこで。

筋力任せにでかい剣ブンブン振り回して、マリーの魔法で氷漬けにされても闇パワーと筋肉で強引に破って勝利って何なん？

マジであいつ、自主練ばっかしてたのな……。

そりゃそうだよな。普通にやってればこの時点で、五人か六人くらいのヒロインとフラグ立てて仲良くなってるはずなのに、未だにエテルナ以外の女が近くにいねえもんな。

フィオラ？　いや、あれはゲームに登場しないからノーカンだろ。

それにどう見てもベルネルに気があるようには見えない。むしろ何故かモブAと仲がいい。

ベルネル……お前ほんとに、どこに向かってるんだ。

お前このままじゃ『ボディビル♂エンド』だぞマジで。

ちゃんとヒロイン攻略しろよなーお前。

二股とか三股とかかけて、もっと色々な女の子にいい顔して八方美人やって惚れられろよ。

かァーッ、情けない。それでもギャルゲ主人公か。

リングの上でマリーと互いの健闘を称え合っているが、どう見てもフラグは立っていない。ただの性別を超えた戦友って感じだ。

お前ほんとさあ……そこはフラグが立つ場面じゃないの、普通？

まあいいや。これで闘技大会も終わったし、後はそろそろアイツが出て来るかな。
五、四、三、二、一……。
はい来たぁー！　ジャンピングで空から巨人が登場し、リングを踏み砕いて登場する。

「フゥー……聖女ハ何処ダ……聖女、殺ス……殺ス……。オデ……魔女サマニ、褒メテモラウ……」

第一声からして明らかに脳味噌足りてなさそうなこいつが、今回の中ボスだ。名前はポチ。

見た目は身長四メートルほどの狼男。ワーウルフってやつだな。

全身は黒い毛皮に覆われ、首から上が狼でその下は毛むくじゃらの人間体だ。正確には大魔化した事で狼っぽくなった犬なので狼男ではなく犬男である。

これだけならば強そうなのだが、言動が何もかもを台無しにしている。

こいつは以前に俺が苛めた鬼みたいな猿と同じく、多くの魔物を蟲毒のように殺し合わせる事で作られた大魔だ。

……なのだが、こいつはちっとばかり頭が足りなかった。

犬の忠誠心で魔女には絶対服従だが、逆に言えば魔女に褒めてもらう事しか考えていない。

その場限りの事しか思考出来ないから、後先なんて一切分からないし『自分がそうした結果後で魔女がどういう不利益を被るか』も一切考えない。

子犬の頃に甘噛みをしていたら飼い主が喜んでいたから、成犬になっても子犬の頃の感覚で人の手を噛んで怪我させる犬っているだろ。こいつはそんな感じだ。

要するに魔女は犬を躾けるのが下手くそで、その躾けられていない駄犬を魔物にした挙句に大魔の材料にしたら何かの間違いで生き残ってしまい、大魔のなり損ないが出来上がったわけだ。

しかも実力も明らかにあの鬼猿に及んでおらず、ちょっと強い魔物レベルでしかない。

身体中にはよく見ると傷痕があり、これは魔女からお仕置きされたり、他の大魔のサンドバッグにされたりしたせいである。

まあ要するにそれくらいしか使い道のない役立たずだって事だ。

それでもこいつは魔女に褒めてもらいたい一心で今回の独断専行に及んだ。

だが結果的にはゲームではこいつの登場が、『魔女は学園内にいる』疑惑を深めるんだよなあ。

魔女さんも大変やね。無駄にやる気だけはある無能な部下なんか持って。

そんな雑魚助が俺を見付け、そして大股で歩いてきた。

「聖女……殺ス……オデ、褒メテモラウ。オデ……ゴミ、ジャナイ……」

はっ。バァーカが。お前如き雑魚助が俺に勝てるかよ。身の程ってやつを知れや。

既に魔力強化は済んでいる。お前如きがいくら攻撃しても俺にゃ効かんよ。

というかバリアも既に張ったから、攻撃したら死ぬのはお前だ。

俺は余裕を見せ付けるように椅子に座ったまま、負け犬を見るような目で雑魚助を見てやる。

ふん……哀れな奴め。

「ヤメロ……ソンナ、哀レムヨウナ目デ……オデヲ見ルナアアア！」

雑魚助が騒ぎ、拳を振り上げる。

レイラが剣に手をかけるが、その必要はない。バリアに触れた瞬間カウンター発動でジエンドよ。

「エルリーゼ様！」

しかし拳が届く寸前……ベルネルが飛び出し、雑魚助の顔面を剣でぶっ叩いた。

雑魚助は怯んだものの、顔は斬れていない。

ちょ……ベルネルお前それ、試合用の刃先を潰した剣じゃねーか。

そりゃいくら相手が雑魚助でも斬れないって。

「邪魔ヲ……スルナアアア！」

雑魚助が叫んでベルネルに拳を振り下ろそうとするが、その腕をマリーの発射した氷魔法が氷漬けにした。

さらにベルネルを援護するようにエテルナとフィオラとモブAと変態クソ眼鏡が駆け付け、六人で雑魚助と向き合った。

何か『皆……！』とか『お前一人にいい恰好はさせないぜ』とか『私達でエルリーゼ様を守ろう』、『私を忘れていないかね？』とか盛り上がってるけど……あの、俺、別に守られなくても自分で自分の身くらい守れるからね？

てゆーか君らが邪魔しなきゃ、もうそいつ死んでるはずだったからね？

何か俺が守られなきゃいけない雑魚みたいな扱いされてるようで、腹が立ってきた。

もう空気読まずにあいつぶっ倒したろかな。

あ、それいいな。そうしよう。

というわけではい光魔法ドー……。

「お待ちくださいエルリーゼ様。ここは彼等にやらせてやっては頂けませんか？」

えー……。

スットコちゃん何言ってんの？　正気？

「彼等は今、騎士としての役目を果たそうとしています。ここでエルリーゼ様が終わらせるのは容易いでしょうが……ここは、どうか彼等の心意気を汲んでやっては貰えないでしょうか。彼等は今、騎士として大きく成長しようとしている……そんな気がするのです」

それ気のせいだよきっと。実際このイベントが終わっても、特にパワーアップとかなかったしさ。

むしろプレイヤー的には『いいからそんなクソ見殺しにしろ』と思っていた。

でもまあ他ならぬスットコちゃんのお願いだし、一応待ってやるか。

といっても、このままじゃどう考えてもベルネルがやばいな。だって武器、試合用だし。

ゲームだと設定上だけ試合用の武器を使ってる扱いでデータ的には普段使っている武器をそのまま使えるから全く問題なかったんだが、その辺はゲームと現実の差ってやつかね。

つーわけで、武器くらいはプレゼントしてやるか。

はい土魔法ドーン！　地面の中の成分やら何やらをチョイチョイと弄って、硬くて軽い金属にして、それを剣の形に変えた。

ほれ使えベルネル！　十秒で適当に作った玩具だから返さなくてもいいぞ！

「ありがとうございます、エルリーゼ様！　これなら……いける！」

剣を手にしたベルネルは凄い勢いで雑魚助を追いつめていく。おおすげえ。

感心しながら見ていると、何故かこちらを見ているレイラの視線に気が付いた。

ん、何？　どしたん？

「あ、いえ……何でもありません」

何だ、変なスットコだな。

それはそうと、戦いはどうやら終わったようだ。

ベルネルと愉快な仲間達は見事に雑魚助を倒したようで、雑魚助が倒れている。

「魔女様……オデ……魔女様ノ為ニ、ガンバル……頑張ルカラ……。マタ……オデヲ、抱キシメテ、クダ……サ……」

いや無理だろ。

だってお前モフるにはでかすぎるもん。

悪いな。俺、小型犬は好きだけど大型犬は怖いから嫌いなんだ。

ギリギリで柴犬が限界かな。それより大きいのはもう無理。

とか思っていたら雑魚助が何故か俺の方に身体を寄せて来て鼻をピスピスと鳴らし始めた。

おい、俺はお前の大好きな魔女様ちゃうぞ。

しかし意外というか、案外こいつモフモフしてんのな。大型犬も案外悪くないかもしれん。

「エルリーゼ様……この怪物は……」

レイラが不思議そうにしているが、恐らく『大魔にしてはこいつ弱過ぎね？』と思ったのだろう。

なので俺は皆に、こいつは大魔のなり損ないのようなものだと教えてやった。

ついでにこいつが元々はただのワンコロで、ただ褒められる事しか考えてないアホって事もバラしてやった。

勿論俺が元々知っているとおかしいので、推測という形で話したけど。

「魔女……サマ……」

あ、お前まだ起きてたの。

もう寝てていーよ。寝ても誰も怒らんから。

というか起きてると『こいつ魔女様やないやん！』て気付いて噛み付いて来そうで怖いので寝てくれ。

はいおやすみ、おやすみ。

そう言うと、でかいわんこは静かになった。

さて、周囲の目もあるしそろそろモフるのは止めておくかな。

第十五話　ポチ

——彼はただ、主人の事が大好きだった。

この世界において、犬は家畜として広く知られている。

群れを重んじる彼等は馴らせば人に従順で、優れた嗅覚は狩りの供とするのに最適だ。

しっかりと教えれば魔物の匂いも嗅ぎ分け、遥か遠方から迫る脅威を事前に吠えて教えてくれるようにもなる。

いつどこで魔物に襲われるか分からないこの世界において、犬は人にとって手放す事の出来ない存在だった。

故にこの生物が軍事利用されるのも当然の成り行きで、魔物を嗅ぎ分ける為に訓練された犬がどの小隊にも一匹は配備される。

彼もまた、そんな軍用犬になるべく訓練を受けた子犬のうちの一匹だったのだが……残念ながら、他の犬と比べて成績はそこまで振るわず、正式採用に届かなかった彼は捨てられる運命にあった。

残酷な話だが、犬の餌代も無料ではない。

魔女と魔物達が荒らし回るせいで食料が足りずに毎日餓死者が出るような世界において、使わない犬をわざわざ手元に残す意味などないのだ。

今でこそ、聖女エルリーゼがジャガイモや大豆といった荒れ地でも育つ作物の価値を見出して世界中に広めた事で食糧難は緩和されているが、当時は誰もが切り詰めてギリギリの中で生きていた。

これも、エルリーゼから見て二代前の聖女が使命を果たせずに死んでしまい、暗黒期が長引いたせいだ。

そのままならば捨てられる運命にあった彼を救ったのは、当時の聖女――アレクシアであった。

彼女は言った。自分だけの犬が欲しいと。

これに対し、当時の筆頭騎士であるディアスはもっと優れた犬がいると答えたが、彼女はそっと小さな犬を抱き上げて、笑顔で話した。

『私は、この子がいい』

それが、彼にとって最も強く……今でも色褪（いろあ）せない大切な思い出だった。

撫（な）でてくれたあの手の温かさを忘れない。

抱きしめてもらえた時の喜びを覚えている。

だから――だから……どうか、もう一度……。

ベルネルとマリーが手を握り合い、互いの健闘を称（たた）える。

その光景に生徒達が沸く中、それは突然に現れた。

空に影が差し、二人の周囲だけが暗くなる。

この異常にマリーが気付く前に、ベルネルは咄嗟（とっさ）に彼女を抱えてその場から跳び退いた。

直後にリングを砕いて降り立ったのは、四メートルはあろうかという巨大な怪物だ。

頭は犬で、首から下は黒い毛皮に覆われているものの人間に近い。

その怪物はまるで散歩を前にした犬のように荒く呼吸しながら舌を出し、鼻先を動かして周囲の匂いを嗅ぐ。

「フゥー……聖女ハ何処ダ……聖女、殺ス……殺ス……。オデ……魔女サマニ、褒メテモラウ……」

怪物は今しがた殺しかけたベルネル達などまるで眼中にないかのように聖女を探し、そして特等席にいるエルリーゼへ視線を向けた。

「聖女……殺ス……オデ、褒メテモラウ。オデ……ゴミ、ジャナイ……」

ズン、ズン、と音を立てて怪物が大股で歩き、進行方向にいた生徒達は慌てて避難した。

怪物はエルリーゼしか見えていないようで、他の生徒の事など気にもかけていない。

エルリーゼの危機にベルネルは慌てて剣を手にするが……彼が今持っているそれは試合用に刃を潰された物だ。

勿論これでも殺傷力はあるが、魔物相手では頼りない。

だがやるしかない。聖女の危機を前に何もしないのでは、それこそ騎士失格だ。

だが飛び出そうとした彼の制服の裾を、マリーが掴んで止めた。

「待って……あれは多分、『大魔』……私達が勝てる相手じゃない」

「大魔？　大魔っていうと……授業で聞いた、複数の魔物を殺し合わせて作り出すっていう……」

「そう。行っても……勝てない」

大魔は熟練の騎士でも一人で倒すのは不可能とされている。

そんな相手に、まだ生徒に過ぎない自分達が……しかも、こんな試合用の武器で挑んでも無駄死にするだけだ。そうマリーは考えた。

そうしている間にも怪物はエルリーゼへと近付いていく。

対し、エルリーゼは逃げる素振りも見せずにただ座っているだけだ。

エルリーゼはまず、怪物の全身の傷を見て、次に怪物の孤独な目を見た。

「ヤメロ……ソンナ、哀レムヨウナ目デ……オデヲ見ルナアアア！」

エルリーゼの目にあったのは、ただ純粋なまでの哀れみであった。

敵意も、恐れもそこにはなかった。

だがそれが、この怪物には何より辛（つら）いのだろう。

怪物は錯乱したように拳を振り上げ、咄嗟にベルネルは跳躍して怪物の顔に剣を叩き付けた。

ダメージは、勿論浅い。少し怯ませただけだ。

「邪魔ヲ……スルナアアア！」

怪物が激昂（げきこう）し、ベルネルに殴りかかる。

だがその腕が氷漬けになった。

それを為（な）したのは、こちらに手を向けているマリーだ。

「……無謀。死んでもおかしくなかった」

「すまない、助かった！」

マリーの援護で何とか命を拾ったベルネルは距離を一度取り、剣を構える。

だが繰り返すが、これは試合用の玩具のような武器だ。

こんなものでは、怪物には通じない。

そこに、エテルナが駆け付けてベルネルの隣に並ぶ。

「エテルナ！　どうして来たんだ！」

「あんたが一人で無茶しようとしてるからでしょ！」

エテルナが愛用の武器である杖を手にする。

彼女は元々、近接しての戦闘ではなく遠距離での魔法戦を得意とするタイプだ。

それ故にこの闘技大会との相性はそれほどよくなかったが、前衛がいればその本領を発揮出来る。

とはいえ、これでも三対一。この怪物相手には不足している。

そこに、今度は弓矢が続けて飛来して怪物を怯ませ、飛び込んできたジョンが怪物の顔に一撃を浴びせて離脱した。

「へっ、お前一人にいい恰好をさせるかよ！」

「私達も戦う！　一緒にエルリーゼ様を守ろう！」

駆け付けてきたのは、友人であるジョンとフィオラだ。

どちらも試合用の武器だが、それでも臆する気配はない。

騎士を目指す者が、眼前に迫った聖女の危機を前に何も出来ぬのでは名折れもいいところだ。

勇敢である事は間違いないだろう。だが同時に無謀でもある。

履き違えた者には死あるのみ……そう告げるように怪物が前に踏み出すが、そこに今度は岩が弾丸となって飛来し、怪物を痛烈に攻撃した。

「おやおや……何やら随分と盛り上がっているようだが、避難もせずに戦いを始めるとは感心出来んな。君達全員減点だ。しかし聖女を守ろうと立ち上がるその勇気はよし。補習だけで手打ちとしよう。

正直、戦いなどという野蛮な行為は好きではないのだが……我が聖女を守る為の戦いとあれば見過ごすわけにもいかん。微力ながら、私も手助けするとしよう」

「先生！」

言いながら、魔法で植物の根を生やして怪物を足止めしたのは学園教師の一人でもあるサプリ・メントだ。

軽薄な笑みを張り付けた男は眼鏡を妖しく輝かせ、何ら気負う事なく前へ歩み出る。

「それと、これは間に合わせだがよかったら使いたまえ。

試合用の武器よりは幾分かマシだ」

そう言ってサプリは、ロングソードをジョンに。杖をエテルナに。そして矢をフィオラへと渡した。

ベルネルの武器は……残念ながら大きすぎて代わりがないらしい。

かくしてここに六人。役者は揃った。

するとエルリーゼが手を翳し、地面から一本の剣が現れる。

恐らくは今、まさにこの場で地面の様々な物質を材料にして剣を土魔法で創り上げているのだろう。

たったの十秒で出来上がったそれは――ベルネルの為の剣であった。

「グオオオオオオ‼」

「ベルネル君、使ってください！」

ベルネルを噛み殺そうと怪物が迫り、エルリーゼが叫ぶ。

咄嗟にベルネルはエルリーゼの創った剣を手に取り、そして薙ぎ払った。

すると怪物の腕が宙を舞い、ベルネルは驚愕する。

……軽い。

まるで金属とは思えない軽さだ。

それでいて強く、簡単にこの怪物の腕を切断出来てしまった。

「ありがとうございます、エルリーゼ様！　これなら……いける！」

大剣を、まるで重さを感じさせずに頭上で回転させ、振り下ろすようにして構えた。

二本の足を地面にしっかりと固定し、右足を前にして半身と刃を敵に向ける。

柄を両手で握り、刀身は少し上を向くようにした。

刀身が陽光を反射して煌めき、怪物を怯ませる。

その姿に、レイラは僅かな嫉妬を感じた。

聖女から直々に武器を授けられるというのは、騎士の名誉だ。

レイラが持つこの剣も、近衛騎士になった日にエルリーゼの手から賜った物であるが、それは形式的なものでしかなかったし、エルリーゼが創った剣ではない。

言ってしまえば元々近衛騎士筆頭に渡す予定だった剣を、一度エルリーゼに渡して儀礼として改めてレイラに渡しただけだ。

しかし、自分も欲しいなどと子供のように言うのは憚られる。

そんな思いからエルリーゼを見たのだが……。

「？　どうしたのですか、レイラ」

「あ、いえ……何でもありません」

……残念ながら、気付いては貰えなかったようだ。

恐らく彼女にしてみれば、授与だとかそんな事を考えずに、ただ武器のないベルネルを心配して剣を渡した程度の感覚でしかないのだろう。

勿論言えば、この聖女ならばすぐにでも与えてくれるだろうが……しかし、それは何か玩具を強請る子供のようではないか。

そんな複雑な思いをレイラが抱いている間にも戦闘は続く。

「オオオオオオオッ!!」

片腕となった怪物が地面を叩き、ベルネル達の足元が噴火するように爆ぜた。

全員が一斉にその場から跳び退き、まずマリーが指先から魔法を放った。

それは怪物の胸に当たり、凍結させる。

しかしその程度では怪物は止まらない。構わず前進し、大口を開けた。

口から巨大な火の玉が吐き出され、エテルナが杖を前に突き出す。

「ライトシールド！」

光の壁が炎の玉の前に出現し、その威力を弱めた。

それでもなお炎は前進し、エテルナに迫る。

だが今度はサプリの魔法で土の壁が出現し、炎を更に弱めた。

そこに間髪を容れずにマリーが氷魔法を発射してようやく炎を相殺し、その隙にベルネルとジョンが飛び込み、両足を斬り付ける。

更に顔には弓矢が殺到し、怪物を牽制し続けていた。

「グオ……！」

ベルネルの剣で足を深く斬られた怪物が体勢を崩す。

だがこの程度では終わらない。

口から炎を吐き、今度は地面を爆破する。

瓦礫が四散してベルネル達に命中し、怯んだ瞬間に怪物自身が弾丸となって飛び込んだ。

その巨体とパワーに全員が吹き飛ばされ、地面に倒れ込む。

ジョンとフィオラはリングから落ちて気絶し、サプリは空中で錐揉み回転して客席に頭から埋まった。

マリーはかろうじて意識を繋ぎとめているものの、立つ事すら出来ない。

ダメージが浅いのはエテルナとベルネルの二人だ。

エテルナは何とか身体を起こしてベルネルに杖を向けて、彼の傷を癒す。

そしてベルネルは剣を支えに立ち上がり、怪物と相対した。

「うおおおおおおッ！」

咆哮して走り、怪物へ正面から挑む。

これに対して怪物も正面から飛び掛かった。

だが衝突の直前にマリーが発射した魔法が怪物の目を撃ち、一瞬のみ怯ませる。

それが勝敗を分けた。

ベルネルの剣が怪物の喉（のど）を貫き、怪物が力なく崩れ落ちる。

血が止めどなく溢（あふ）れ、立とうとしても立ち上がれない。

「か、勝った……」

ベルネルは脱力したように座り込み、怪物を見る。

本当に恐ろしい相手だった。

六人がかりで挑んで、それでも危うく負けるところだった。

だがそんな怪物も、死を前にしては、哀れなだけだ。

「魔女様……オデ……魔女様ノ為ニ、ガンバル……頑張ルカラ……。マタ……オデヲ、抱キシメテ、クダ……サ……」

理性を感じさせない瞳（ひとみ）から涙を溢れさせ、怪物はここにいない主（あるじ）を求めた。

恐ろしい怪物だったが、その姿には哀愁すら感じられる。

そんな怪物の前にエルリーゼがゆっくりと近付く。

すると怪物は、もう目も見えていないのかエルリーゼに顔を擦り寄せた。

きっと敬愛する魔女と勘違いしているのだろう。

エルリーゼはそんな怪物を拒否する事もなくゆっくりと、慈しむように怪物の毛に触れ、優しく怪物の顔を抱擁する。

すると怪物は瞼（まぶた）を落とし、まるで飼い主の腕に抱かれた子犬のように静かになった。

「エルリーゼ様……この怪物は……」

「……恐らく、大魔になり切れなかったのでしょうね。元々は、ただ魔女の事が大好きなだけの犬だったのでしょう。きっと彼は、ただ魔女に抱きしめて欲しいだけだった。褒めて欲しい一心で、その他の事は何も考えていなかった……。けれど魔女は……きっと彼を愛さなかったのでしょう」

エルリーゼの言葉を肯定するように、怪物の全身には傷痕があった。

この怪物が魔女からどのような扱いを受けていたかは分からない。

ストレスを発散する為に痛めつけられていたのかもしれないし、他の魔物の強さを試す為の試験相手だったのかもしれない。

どちらにせよ、魔女から辛い仕打ちを受け続けていた事だけは間違いなかった。

「魔女……サマ……」

怪物が鼻を鳴らしながら、甘えるように主を呼ぶ。

きっともう、自分を抱きしめているのが誰なのかも分かっていない。

ただ、いつかあった優しい夢を見ているだけだ。

そんな彼に、子供を寝かしつけるようにエルリーゼが言う。

「もう、いいんです。貴方はよく頑張りました……もう、休んでも誰も怒りません。だから……もう、おやすみ」

「……アア……」

エルリーゼがそう言い、優しく撫でる。

すると怪物は安心したように瞼を落とし――。

『……ポチ』

それは、今でも忘れない大切な思い出。

今際の際に、彼は……ポチは、変わってしまう前の在りし日の主人の姿を見た。

彼女は腰を下ろし、そして昔のような優しい笑顔で両手を広げる。

『おいで』

ポチはその声に、一も二もなく駆け出した。

どれだけ変わってしまっても、それでもこの人の事が大好きだから。

最期に垣間見た幸せな夢の中でポチは子犬だった頃の姿に戻り、最愛の人の腕の中に抱かれ――。


――そして動かなくなった。

そんな哀れな怪物をもう一度エルリーゼは撫で、そしてゆっくりと離れる。

ベルネルはその悲しい光景を前に、知らず拳を握っていた。

恐ろしい怪物だと思ったし、こいつを殺したのも自分だ。

だからこんな事を思う資格などないだろう事くらいは分かっている。

それでも……。

「……許せないな」

「……うん」

エテルナが、泣きそうな声で同意する。

この怪物はただ、魔女に従順なだけだった。魔女の事が大好きなだけだった。

どんなに要らないものとして扱われても、酷い扱いを受けても、それでも魔女が好きだった。

ただ褒めてほしくて……撫でて欲しくて、抱きしめて欲しくて。
そんな彼の本当の姿を知り、そして最後を見たからこそ強く思う。
「絶対に……魔女を倒そう……。こんな事をする奴を……許しちゃいけない……」
こんな悲しい事をいつまでも続けさせてはいけない。
終わらせなくてはいけない。
ベルネルは魔女をいつか必ず倒す事を誓い……そして哀れな怪物に黙祷を捧げた。
きっと最後の瞬間だけは、彼にとって救いになっていたと信じながら……。

第十六話　夢か現実か

視界がボヤけて霞（かすみ）がかっている。

現実感がなく、まるで雲の中にでもいるようだ。

ああ……こりゃいつもの夢だな。

そう思っていると、俺がまだ起きようともしていないのに夢の中の不動新人（おれ）はノソノソと起き上がり、台所へ向かった。

あれ？　今回は俺の意識と無関係に新人（おれ）が動くのか。

まあ所詮（しょせん）夢だからな。いつも同じってわけでもないか。

そう思いながら俺はいつも通りにパソコンを立ち上げようとするが、触れない。手がすり抜ける。

くそ、何だこの夢。今回はやけに不便だぞ。

そうしていると、台所から戻ってきた新人（おれ）がこちらに気付いた。

おお、丁度いいところに来た、俺。パソコン見せろ。ほれ、早く。

バンバンとパソコンを叩いてジェスチャーで指示を飛ばすと、新人（おれ）は面倒くさそうに椅子に座り、パソコンを立ち上げた。

よしよし、とりあえず言う事は聞くな。

まずはとりあえず動画サイト見よう。動画サイト。コメ付きのやつ。

ああいうのの第三者目線のコメントっていうのは意外と参考になる部分も多い。

少なくともゲームの中の俺が外にどう思われてるのかが分かる。

動画一覧にあるのはエルリーゼルートにレイラルートと色々あるが、今回見たいのはエテルナルートだ。

何故なら最近かなりコースアウトしている気がしないでもないが、俺が目指すものがそれだからである。

俺は最終的にベルネルとエテルナがくっつく、そのハッピーエンドが見たい。

なので『俺がエルリーゼになっている世界のエテルナルート』こそが俺の目指すべき世界であり、それを見る事が今後のヒントになるだろう。

そしていざ再生してみたエテルナルートは……何と言うか、俺の知る展開と全然違った。

まずエルリーゼが本来のエルリーゼ（真）じゃなくて、外面だけは一応聖女として名声を高めている俺にちゃんと変わっている。

だが俺のいる世界ともかなり展開が違う。

例えばファラさんによる監禁イベントは起こらず、ファラさんが『エルリーゼ』を暗殺しようとしていることを突き止めたベルネル達がファラさんに戦闘を仕掛けて撃破し、エテルナが聖女の力で切り抜けてファラさんを正気に戻した。

これは暗殺対象が変わっているものの、俺が知る本来のエテルナルートに近い流れだ。

監禁イベントが起きなかった理由は多分、こっちの世界の俺は学園を訪問とかしなかったからだろう。

あるいは訪問しても、ベルネルがちゃんとヒロインの好感度を上げているので安心してそのまま帰ってしまったのかもしれない。

ファラさんがベルネルを監禁した理由がそもそも、俺がベルネルに会いに行ったせいだからな……それがなければ、監禁もしないわけか。

その後『エルリーゼ』は学園に転入して来ないし、魔物の暴走イベントも本来の流れ通りにモブが何人か死んでベルネルとエテルナ、その他好感度を上げて仲間にしたヒロイン達で協力して解決していた。

エテルナの自殺未遂イベントも起こらず、本来のゲーム通りの流れにかなり近い感じだ。

ただ、違いはある。

まず、エテルナ達が『エルリーゼ』を偽物として告発しようとしていない。

というかずっと、『エルリーゼ』が本物の聖女と思ったまま物語が進んでしまっている。

よって断罪（ざまぁ）イベントが起こるべきタイミングにさしかかっても何も起こらなかった。

そのままパートが進んで魔女戦まで至っても、まだ『エルリーゼ』を偽聖女として告発していない。

変態クソ眼鏡（めがね）によるストーキング＆誘拐イベントもなしだ。

俺が加わった事で変化した物語の中では変態クソ眼鏡は『見るからに裏切りそうで怪しいけど何もしない変な先生』という感じに落ち着いていた。

物語は更に進み、どうやらこの世界線の『エルリーゼ』が痺（しび）れを切らしたのか、魔女戦前夜で限られたメンバー（ベルネル、エテルナ、レイラ）のみに真実が告げられた。

その後、ベルネルとエテルナ二人だけで会話するシーンに入るが、会話内容も完全に俺の知るゲームから逸脱している。

『私が本物の聖女なんて急に言われても……無理だよ！　怖いよ、ベル……。

私、エルリーゼ様みたいに立派じゃない……聖女なんて私には出来ない……』

ここの会話は俺の知る流れでは違った。

本当はここは、『私がやるしかないんだよね……だって私が聖女なんだから』という、聖女の自覚と決意を固める会話のはずだった。

その後の決戦シーンでは『エルリーゼ』が魔女と戦う作戦だったが、『エルリーゼ』が地下に入った時点で何と魔女がビビッて逃げ出してしまい、戦闘終了。

その後、魔女を見付けられぬままに学園入学三六五日目を迎えて、強制的に最終決戦イベントに突入した。

このゲームでは魔女を倒さないまま入学してから三六五日目を迎えると、タイムオーバーで後は最終決戦からエンディングまで一直線となる。

また、この時点で『エルリーゼ』の寿命が限界に近付いていたらしくほとんど動けなくなっていた。

……マジか。後数年くらいは持つと思ってたんだが俺の想定以上に寿命縮まってたのな。

更に『エルリーゼ』の死による世間の混乱を恐れた国王が『エルリーゼ』を幽閉してしまって、戦線から完全に離脱。

これによって『エルリーゼ』は最後の力を振り絞って魔女を道連れにするという選択肢すら取れ

なくなった。

画面には『幽閉なんてしなければ……』とか『国王マジ無能』とか、そういったコメントで溢れている。

その後、『エルリーゼ』を欠いた状態で魔女戦になり…………魔女を倒して、エテルナも相打ちになって、ベルネルの腕の中で看取られながら死亡した。

おい俺えええええ!? ベッドで寝てないでそこは止めろよおいいい！ この無能うううう!?

それ一番やらせちゃ駄目な展開だろうがあああ！

コメントでは『せめてエルリーゼが幽閉なんてされなければ……』、『どのみち無理。エルリーゼが近付いた時点でこいつはテレポートする』、『どのルートでもこいつ、エル様から逃げ回るからな』、『エルリーゼが戦って倒していれば違ったんだろうな……』とコメント欄が沸いている。

とりあえず……うん。俺が突入すると魔女は逃げる。これはしっかり覚えておこうか。

後、俺の寿命も俺が思っているほど長く残っていないようだ。こりゃあ三六五日目が過ぎたらアウトと思っておいた方がいいな。

しかもテレポートって……お前それ、使うとめっちゃ弱体化する最後の手段だろ……。

この世界のテレポートは一度身体（からだ）をバラバラの分子にして移動して再結合する荒業だから、使うと魔女だろうが死にかけるという危険すぎる技だ。

メタ的に言うとルートや周回数で魔女の強さが変化する理由がこれなわけだが、戦いもせずに逃げる為（ため）にそれ使うってあんた……。

そこまでして俺との戦いを避けるのか魔女よ……。

あー、とりあえずエテルナルートはもういい。もう分かった。

俺がエルリーゼになった状態でそのままエテルナルートに入っても大局は変わらない。そういう事だな。

となると……やばいな。目指しちゃ駄目じゃん、エテルナルート。本末転倒じゃん。

だがまだ望みはある。俺のいる世界は今見た動画とは随分と違う。

まず、俺が学園にいるし何より今、俺は未来の知識を得た。

ならばそれを活かせるはずだ。

よし、新人。次はエルリーゼルートを見せてくれ。

ああ、そうそう。『エルリーゼ』が転入してきた辺りからな。

こちらは俺の知る、俺の世界と同じ流れだった。

レギュラーメンバーが大分変わって、他のルートでは登場しないモブAやフィオラ、変態クソ眼鏡といったキャラクターがベルネルの友人や仲間として戦闘メンバーに加わっている。

学園での魔物暴走イベントはエテルナルートと違って『エルリーゼ』がいるので一瞬で鎮圧され、その後はエテルナの自殺未遂イベントに入って、『エルリーゼ』とベルネルが海に落下した。

そして……そうそう、この時怪我してたのをベルネルに見られたんだよな。

動画の中の俺は腕の傷を糸と誤魔化しているが……俺はコメントを見て自分のミスを今更になってようやく悟った。

『布がほつれた……？』

『エルリーゼ様、この場に赤い布使ってる人いません』

『パンツの色かもしれん』

『ベルネル君のフンドシの色に一票』

『俺とも繋がっている』

『よかったな。お前等同士で繋がってるぞ』

『想像したら地獄絵図で草』

『やらないか』

……やっべ。

そういやそうだ。俺は咄嗟に布がほつれて出た赤い糸が腕にくっついたと言ったが……ねえじゃん、あの場に。赤い布。

ベルネルは学園制服の黒と青。エテルナは白と緑で俺も同じ。どこにも赤がねえ。

あちゃー、やっちまった。

ただ、動画を見る限りではベルネルは騙されてくれているので、よしとしよう。

その後は夏季休暇に入り、個別イベントだ。

動画を見ていると、夕方の時間で学園内に『エルリーゼ』の顔アイコンが表示され、プレイしているUP主が操作する矢印が学園へ向かって行き、タッチした。

するとイベントが始まって、学園でコソコソしている『エルリーゼ』をベルネルが発見する。

ああ……あの時の……。

………あれ、個別イベントだったのか。

展開は俺の時と全く同じだ。二人してレイラに見付かってお説教を受けて、そんで最後に『エルリーゼ』のベルネルへの呼び方が変わる。

『それじゃあ、また明日……ベルネル君っ♪』

…………。

…………。

あっるえええええ⁉　俺こんな言い方してたっけえ⁉

いやしてねーよ。誰だよこいつ⁉

もっとこう、違うニュアンスで言ったダルルォ⁉

俺の中では会社の同僚が呼ぶような感じで、イメージ的には「やあ、ノリ◯ケ君」みたいな男同士の気さくな呼び方のつもりだったんだよ。

『ここ何度もリピートして聞いてるわ』

『もう二十回繰り返し聞いてるけど全然中毒じゃない』

『ここ最高にお茶目で可愛い』

『初めての友達にウッキウキのエルリーゼ様可愛い』

『かわいい』

『尊い……』

『エル様すごい嬉しそう』

『ここデフォルトネーム以外だとどうなるの？』

『デフォルトネーム以外だとボイスが付かない』

おおう……コメ欄を見て俺は思わず手で顔を覆った。

そういうこと……俺の外見と声でやると、そうなっちゃうのね。

……うわあ、大惨事。

穴があったら入りたい。いや、ブチ込みたい。

でも今の俺にはモノはないんだよなあ……。

その次のイベントは闘技大会だ。

マリー戦も苦戦しつつ何とか優勝し、雑魚(ざこ)助が乱入してきた。

それと戦闘に入る直後に『エルリーゼ』がベルネルに剣を造って寄越(よこ)すので、メニュー画面で装備する。

その性能は……あれ？　適当に造った玩具(おもちゃ)だったんだけど、こんなに強かったんだ。

画面に表示されている武器名は『聖女の大剣』となっており、装備した際の攻撃力上昇値が終盤の最強武器レベルだ。加えて大剣だと本来はダウンする命中値とスピードがほとんど下がっていない。

『ＴＵＥＥＥＥ！』

『この時点で入手していい武器の性能じゃない……』

『これバランス大丈夫か？』

『エル様ルートは一周目限定だから、その分の救済措置だと思われる』

『これ、主人公の武器が大剣以外だとどうなるの？』

『ちゃんとその時装備してる武器と同じ種類のものをくれる。俺の時はめっちゃ強い双剣だった』

『俺はロングソードをもらった』

『俺はトンファーもらった』

『何ももらえなかったんだけど……』

『お前さては素手でプレイしてたろｗｗｗ素手だと何も貰(もら)えないぞｗ』

『マジか……』

『ネタで大根装備してたら、大根ソードとかいう変な武器くれた。超強かった』

『サンマ装備してたらサンマ貰ったわ』

『エル様造れる武器の幅広すぎだろｗ』

ベルネルの武器が大剣以外でも『エルリーゼ』はちゃんと対応した武器をくれるらしい。

まあそりゃ、試合用の武器で戦わせるわけにはいかんからな。

造るのもそんな手間じゃないし、余程変なものじゃなきゃ、造るさ。

素手は……まあ、ベルネルの戦闘スタイルが素手だったら、確かに俺も何も造らなかったかも……。

戦闘後は負け犬が死ぬのだが、何か悲し気なＢＧＭが流れて、『エルリーゼ』が負け犬の顔を抱きしめてやっている一枚絵が表示された。

ほうほう綺麗(きれい)なもんやなー。

……あれ、傍(はた)から見るとこう見えてたのか。

そんな事を思っていると、思わぬところから感想が出て来た。

「どうせこん時、本当は『まだ起きてたのかこいつ。はいはいおやすみ』とか、そんな感じの事思ってたんだろ？　表面だけ見ると変にヒロインっぽいから笑いが止まらんわ」

そう言ったのは……俺だった。

不動新人（男の俺）がまるで、俺に語りかけるように声を発したのだ。

新人（おれ）は俺の方を向き、ニヤニヤと笑う。きっしょ。

いやしかし、これはどういう事だ？　何で新人（おれ）が俺と別に動いてるんだよ？

まあ、所詮（しょせん）夢なんてこんなもんなのか？

「あー……その口調なんだが、普段やってるみてえに敬語口調に出来ねえ？　正直その外見で俺みたいな話し方してんの、めっちゃ違和感あるわ」

は？　何言ってんだこいつ。

向こうにいる時なら聖女ロールもするが、今は必要ないだろ。

だって今の俺はエルリーゼじゃないんだから。

「ああなるほど。気付いてないのか。ちょっと待ってろ……っと、鏡どこだったっけな」

そう言い、新人（おれ）は部屋を探し始めた。

馬鹿め、鏡は机の引き出しの中だ。

「お、そうだったそうだった。ほれ、これが今のお前だ」

そう言って新人（おれ）は俺に鏡を向ける。

果たしてそこに映っていたのは——半透明の、幽霊みたいになっているエルリーゼだった。

なん……だと……。

『なっ、何ィィーーーーー!?　お、俺は！　夢の中で元に戻っていると思っていたら！　エルリーゼのままだったァー!?』

　驚きの余り叫んだ。

　そして気付く。自分の口から出ている声が、普段と全く同じ女の声である事に。

　驚く俺に、新人は勝ち誇ったように笑う。

「マジで気付いてなかったんだなお前。超ウケる。ちなみに前回と前々回と、その前もお前は俺に戻っていたわけじゃなくて、俺に取り憑いて動かしていただけで、ずっとその外見だったぞ」

『ま、マジで……？』

「マジマジ。一体いつから――自分が不動新人だと錯覚していた……？」

『うるせえ。お前がその台詞言っても全然恰好よくねえんだよ』

　何か今回の夢は随分おかしいな。まさか新人に馬鹿にされるとは思っていなかった。

『だが待て……そうなるとだ。じゃあ俺は何なんだ？　もしかして、お前の記憶を持ってるだけのエルリーゼ本人ってパターンかこれ？』

「いや、それだとこうしてこっちの世界と繋がって、意識のみ……だと思うんだが、行き来している理由が分からない。俺とお前の間には確かな繋がりがある。記憶だけじゃない。俺が思うに…………」

　そこまで新人が話したところで、視界が急速にぼやけ始めた。

　あ、やべ。これ夢から醒めて起きる前兆だ。

　新人もそれに気付いたのか、慌てたように話す。

「いいか、聞け！　お前はこれを夢だと思っているかもしれないが、これは夢であって夢じゃない！　こちらの記憶を持ち帰れるのがお前の強みだ！　夢だなどと思わず、ちゃんと覚えておけ！　いいな？　魔女はお前が近付けば逃げる！　そんでお前が死ぬまで隠れる！　だからまだ地下には向かうな！　奴（やつ）はまだ半信半疑……自分の居場所が正確には割れていないと思っているから学園に残っている！　だがお前が一歩でも踏み込めば、その瞬間に奴は迷わず逃げるぞ！　そしてどこにいるか分からなくなる！　そうなった世界（ルート）を俺は見た！　だからまずは――」

新人（おれ）が何か言っていたが、残念ながらその先は聞こえなかった。

くそ、何だよ。気になるじゃないか！

しかし無情にも夢は醒め、そしていつもの豪華なベッドの上で目を覚ましてしまった。

うーむ、おかしな夢だった。

夢の中で俺が俺と会話していた。

しかも向こうの俺は夢だけど夢じゃないとかわけのわからん事を言っていたし……。

そんなわけがあるかい。夢は夢だろ。

……と言いたいところだが、一応魔女の事は気にしておくか。

あの夢が正しいならば魔女は俺が近付くと速攻で逃げる。弱体化しようが構わずテレポートまで使って逃げて行方不明になる、と。

確かにそいつは厄介だ。

俺が現在、魔女の位置を把握出来ているのはゲームの知識で魔女が学園地下にいる事を『知っている』からだ。

決して、魔女の位置が分かる能力とかがあるわけじゃない。

あくまで俺が魔女の位置を知っているのは知識によるものである。

なので移動されてしまうと、もう何処にいるかは分からない。

海を挟んだ向こう側の大陸の森の何処かに地下室でも作ってそこに潜まれたりしたら、見付け出すのはほぼ不可能だ。

一応魔力反応を追うとかはこの世界でも出来る。

エテルナの自殺騒動の時には変態クソ眼鏡がそれをやっていた。

だが俺は馬鹿魔力でのゴリ押しスタイルだからそんなスニーキング技術なんて持ってないし、変態クソ眼鏡であっても距離が開き過ぎれば追跡は出来ないだろう。

なので移動させてはいけない、というのはもっともだ。

逃げるが勝ちとはよく言ったものである。

勝ち目がない相手とはそもそも戦わない。近付かない。

チキンだが正しい戦法だろう。

……一応ラスボスなのにそれはどうなのよ、とか思わないでもないが。

現状、奴は（多分）まだ学園地下にいる。

それは、テレポートが危険っていうのもあるが、この学園にいる事が奴にとってのメリットだからだ。

自分に敵対する騎士候補生達を育てている学園に潜めば、将来厄介になりそうな奴が分かるし、何より騎士側の情報がどんどん魔女に流れていく。

スパイも学園長だけではなく、他にも教師や生徒の中に数人いると思った方がいいだろう。

そうでなければ、俺が近付いた瞬間に逃げるっていうのが説明つかない。

俺の動きを近くで見張り、魔女に連絡している奴がいる。

それが可能なのは……やはり近衛騎士か？

俺の護衛が、一番俺に近い位置にいる。

ならばレイラか？　……いや、レイラはないな。そんなに器用じゃない。

確かにレイラはゲームでエルリーゼ（真）を裏切ったが、それは『聖女に仕える一族』という誇りがあるからだ。

だから正確に言えば裏切っているわけではない。今まで偽りの主に騙されていたのが、ようやく本当の主を見付けているべき場所に戻るだけだ。

他に俺に反発を抱く可能性のある近衛騎士といえば、フォックス子爵辺りだろうか。

こいつはアイナ・フォックスのパッパで、ゲームだと横暴の限りを尽くすエルリーゼ（真）に進言して不興を買い、一族自殺に追い込まれた可哀想なおっさんだ。

レイラが来る前の近衛騎士筆頭でもあり、俺の世話役でもあった。

しかしこの世界では反発される理由があんまりないし、第一、こいつは現在学園までついてきた近衛騎士はレイラ一人だけだ。

だからフォックス子爵も考えにくい。

となると……後は学園の教師や生徒になるが、そうだとすると分からんな。

正直ゲームでのネームドキャラ以外なんかほとんど記憶にない。

俺が顔も覚えていないモブとかがスパイだと、ちょっと探すのに苦労しそうだ。

……うーん、駄目だ。分からん。

とりあえず保留にして、地下にはまだ近付かないようにしておこう。

次にあの夢を見る事が出来れば、その時にネットで調べる事も出来るはずだ。

物語もまだ中盤だし、無理に今急ぐ必要はないだろう。

俺の寿命はベルネルが入学してから一年で尽きる事が判明してしまったが、逆に言えばそれまでの猶予が保証されたとも言える。

ならばまだ焦る時間じゃない。

よし、そろそろ出発の準備するか。

鏡の前で魔法を使い、しっかりと髪や肌をケアして魅力ドーピングをする。

中身のクソさを隠す為の金メッキコーティングは大事だ。俺の生命線である。

まあメッキで塗り固めてもクソはクソなんだけど。

これは食べられないオソマです。

んで、授業。生徒に交じって授業を受けている間は、常に最もよく見える微笑みの表情をキープする。

勿論自力でそんな事をやるのは無理なので、これも魔法でインチキをしているのは言うまでもない。

雷魔法でちょいちょいと電気信号を弄って、いくつか用意した表情パターンに自然となるようにしているのだ。

これをやらないと俺はあっという間に素が出て、仏頂面になってしまう。

というわけで偽聖女スマイルは今日も絶好調。ボロを外に出さない。

「……というわけで、このゴメンナサイと戦う時の注意点は、相手が身を屈めた時に前に立たない事です。一見戦意喪失しての降伏に見えるこの姿勢は擬態であり……」

教師の説明を聞き流しながら、今後起こるイベントについて考えを巡らせる。

闘技大会から次の冬季休暇までが物語中盤だが、この中盤は主にエルリーゼとのいざこざと断罪に費やされる。

つまりこの中盤での敵はエルリーゼだ。

あの闘技大会でベルネルに守られたエルリーゼはベルネルを気に入って、学園に押しかけて来る。

そしてベルネルに付きまとうのだが、その際にベルネルと仲のいいヒロインに嫉妬して嫌がらせを連発しまくり、部下をけしかけ、暴行指示まで出し、挙句暗殺者まで雇う。

勿論このゲームは全年齢対象なのでそうした胸糞シーンは全部未遂で終わるのだが、とにかくエルリーゼへのヘイトが溜まり続ける。

そしてアイナによる暗殺未遂事件でエルリーゼが怪我をした事で偽聖女疑惑が浮上し、ベルネル達が色々と情報を集めたり過去の悪行を調べたり、レイラがエルリーゼを裏切って味方サイドに来たりしてエルリーゼは断罪され、聖女から一転して聖女を騙っていたクズに成り下がる。

エテルナルートだとファラさんとの一件でエテルナが真聖女と発覚しているので、このイベントが少し早く発生する。

最後は主人公達との戦闘で、意外な才能を発揮して実は強かった事が判明するも才能だけでは勝てずにボコボコにされて学園から逃げ出し……最後は貧民町でゴミを漁りながら生きていたところを、彼女に恨みを持つ者達に発見されて原形を残さずブチ殺される。

しかしこの世界では俺は特に悪事を働いていないので、これらのイベントは多分起こらないだろうと思われる。

つまり中盤は平和が続くと思っていいだろう。

あの夢で見たエテルナルートでも、俺は偽聖女バレせずに終盤まで普通に偽聖女を続行していたわけだし、余程下手踏まなきゃ大丈夫だろ多分。

まあ一応、以前の失態（ベルネルの前で怪我）から反省して魔力強化は欠かしていないので万一ゲーム通りの暗殺イベントが来ても大丈夫だ。

つまり冬季休暇までは暇が続く。

中盤に主にトラブルを起こすのが俺なのに、その俺が何もしないんだから暇なのは当たり前だ。

勿論ヒロインごとの個別イベントなどはあるのだが、これに関しては……この世界のベルネルがあれだからなあ……。

一応この前の闘技大会でマリーがベルネル一行に加わったが、二人の関係は恋愛というよりは良きライバルって感じだし、多分マリーの個別イベントは起こらない。

…………。

うん、やる事ねーな。

どうすっべ。いっそ暇潰しにスパイ確定の学園長でも苛めて遊ぶか？

こいつボコボコにして情報吐かせれば他のスパイも芋づる式に引っ張り出せるだろうし。

ただ仮にも学園長の座にある者を何の理由もなく襲撃しては俺のイメージが悪化する。

証拠が出ればいいのだが、すぐに見つかるような場所にそんなもん残すほどアホじゃないだろう。

ならば現場を押さえるのが一番いいが、それが簡単に出来りゃ苦労しないわけで……。

駄目だ、どうすりゃいいか分からん。

誰か都合よく俺の所に何かいい情報持って来てくれないもんかね。

第十七話　不穏分子

闘技大会が終わって一回り大きく成長したベルネルだったが、慢心する事なく日々己を鍛え続けていた。

あの闘技大会で得たものは大きい。

強力な魔物との実戦経験に、エルリーゼから授けられた剣。

魔女を必ず倒すという決意。

そして新たな仲間。

あの大会で優勝を争った相手であるマリーは、今ではベルネルの友人であり、ライバルだ。

共に切磋琢磨(せっさたくま)し、腕を磨き合っている。

技量の近いライバルがいて、そんな相手といつでも模擬戦をする事が出来る。

それはベルネルを今まで以上に成長させてくれた。

以前エルリーゼに言われた言葉を思い出す……人は、一人の力では限界がある。

その意味がようやく、分かってきた気がした。

他にもエテルナがいて、ジョンがいて、フィオラがいて……生徒ではないがサプリ先生も頼もしい仲間だ。

それぞれが長所を持ち、短所を持っている。そしてそれぞれが補い合える。

一人一人の力は聖女には遠く及ばない。だがこの六人で力を合わせれば、誰にも負けはしないとすら思えた。

そんな充実した日々を過ごしていたある日。

その日も授業が終わった後に、校舎の外の運動場でジョンやマリーと模擬戦をしていたベルネルだったが、マリーが何やら遠くの生徒を眺めている事に気が付いた。

マリーは表情があまり変わらないので感情が読めないが、基本的には優しい子だ。

その彼女がどこか、寂しそうな顔をしていたのが気になってしまった。

「どうしたマリー。何か気になるものでもあるのか？」

「……ん。あの子の事……少し」

そう言ってマリーが視線で示したのは、離れた場所で剣の素振りを繰り返していた赤毛の少女であった。

あの子は確か、準決勝でマリーと戦って敗れた子だったはずだ、とベルネルは思い出す。

「アイナ、だったっけ？　あの子がどうかしたのか？」

「……私、嫌われてる。会うといつも、睨まれる」

話を聞き、なるほどと思う。

そういえば試合の時もマリーの差し出した手を払い除けていた。

正直なところ、あまりいい態度ではない。

あまりアイナの事は知らないが、プライドが高そうだという事だけは何となく分かる。

きっとあれからずっと、マリーに敵愾心を燃やしているのだろう。

「そりゃマリーのせいじゃねえよ。負けて悔しい気持ちは分かるけど、マリーを恨むのは筋違いってもんだ」

「そうね。あまり気にしない方がいいわよ」

ジョンとフィオラがマリーを慰めるように言う。

マリーは別にあの試合で何か卑怯(ひきょう)な事をしたわけではない。

正々堂々戦い、そして実力で勝利した。

アイナが負けたのは単純にマリーよりも彼女が弱かったからだ。

「でも気にしないって言っても、会う度に敵意いっぱいに睨まれたらあまりいい気分じゃないわよね」

「確かにそうだな」

エテルナの言葉にベルネルも同意した。

いくらマリーに落ち度がなくて気にしないようにしても、一方的にそんな態度を取られ続けていい気分のする人間はそういないだろう。

しかしだからといって、注意しても恐らく逆効果だ。

あの手のプライドの高い人種は正論を言えばいいというわけではない。

むしろ変に正論で言い負かすと、余計に腹を立てるかもしれない。

「あれ？　ねえ、あれって学園長先生よね？」

フィオラが何かに気付いたように声を出す。

その視線の先では、アイナの前に何故かこの学園の学園長が現れて何かを話していた。

やがて二人は連れ立ってその場を去ってしまい、ベルネル達は首をかしげる。

「何だろう？　成績に関する事かな」

「でも、学園長自身が声をかける事か？」

エテルナが不思議そうに言い、ジョンも疑問を口にする。

とはいえ、いちいち詮索するような事ではない。

教師が生徒に声をかける……それは学園内ならば当たり前の事だ。

そうして疑問を捨てようとしていた彼等の耳に、別の人物の声が聞こえた。

「妙だな。わざわざ学園長が一人の生徒に自分から会いに来るなど」

全員が振り返ると、そこにいたのは何故か地面をスコップで掘っているサプリであった。

妙だなと言いつつ、更に妙な事をしている教師に全員が疑問を顔に浮かべずにはいられなかった。

だがそんな視線を気にせずにサプリは掘り出した……というよりは崩さぬように切り出した地面を魔法で固定化させて持参した袋に投入している。

「それも、闘技大会の優勝者であるベルネルや準優勝者であるマリーではなく、何故アイナ・フォックスなのだ……？　確かに見込みがないわけではないが順番がおかしいだろう。直接的な知り合いでもなければ親族でもない。意味が分からん」

「あの……先生はそこで何を？」

「私か？　ああ、ここに我が聖女が通った足跡があったのでね。他の無粋な者がその価値も解さずに踏み荒らす前に保護・回収しに来たのだよ」

「…………」

——変態だ。全員が一瞬でそう確信した。

もしかしてこの教師は聖女にとって最も危険な男なのではないだろうか。

騎士を志すならば、魔女よりも先にまずこいつを今ここで斬ってしまうべきなのではないだろうか？

そんな思いを全員が共有するが、サプリは自分の行動に何の疑問も抱いてないように話す。

「どうにも最近の学園長はおかしい。違和感のある行動を繰り返している」

お前が言うな。全員がそう思った。

「例えば夜間の警備を何故か外し、自分でやり始めた。学園長室の掃除を断り、これまでは一つしかなかった鍵（かぎ）を突然五つに増やした。窓も頑丈なものに替え、格子を付け、誰にも中を見せん。まるで見られては困るものを所持しているようではないか」

お前が言うな。全員がそう思った。

たった今回収しているそれは見られて困るものではないのだろうか……。

「そんなにおかしな行動とは思えませんが……俺だって、自分の部屋はあまり他人に見られたくないですし……」

「確かにそうかもしれん。一つ一つの行動は違和感を覚えれど、気に掛けるほどのものではない。『まあそういう事をする時もあるだろう』と納得してしまえるような些細（ささい）なものだ。普段は石など蹴（け）らぬ者が唐突に石を蹴っていても、『そういう気分の時もある』と言われてしまえば言い返す事は出来ん。だが毎日石を蹴り続ければそれは確かな変化であり、変化する何かがあったという事だ。私はどうにも、ここ最近の学園長にそうした変化を感じずにはいられんのだ。上手（うま）く説明は出来んし、今説明したように『そういう事もある』と言われればそれまでだ。しかし私には、学園長に何か変化があったように思えてならん」

言いながらサプリは袋の口を固く結び、大切そうに懐へ入れた。

少なくともこの男の行動は『そういう気分の時もある』では済まされない。

「どれ……折角だし、少し尾行してみようか。学園長の面白い姿が見られるかもしれん」

サプリはそれだけ言うと、まるで迷いなく動き始めた。

どうやら本当に尾行をする気のようだ。

学園長より先にこいつをどうにかしたほうがいいのではないだろうか……そう全員が思ったのも無理のない事だろう。

◇

アイナ・フォックスにとって父は幼い頃からの憧れで、そして誇りだった。

アイナは今を遡る事十七年前に、フォックス子爵家の長女として生を受けた。

彼女が生まれたフォックス子爵家は、貴族として下級に位置している。

僅かな領地といくつかの村を治める地方領主で、生活は十分に裕福ではあったが、貴族として考えれば貧しい部類に入った。

それでもアイナは惨めさを感じた事はなかったし、この家の娘である事が何より誇りだった。

それは、ひとえに偉大な父がいたからだ。

アイナの父は子爵ではあったものの、他の貴族達から一目置かれ、尊敬を勝ち取っていた。

人類の希望たる聖女……その聖女を守る使命を帯び、厳しい訓練を積んだ魔法騎士達は誰もが憧れる正義の味方だ。

その騎士達の中でも極一部の者しかなれない近衛騎士は全員合わせても十二人しかいないとされ、そして父はその近衛騎士の中で最も優れているとされる筆頭騎士の座に就いていた。

誰よりも近くで聖女を守護し、戦いになれば聖女の剣となり盾となって悪に立ち向かう。

まさに騎士の中の騎士。戦いに身を置く者全てが憧れ、尊敬を示す最高の存在。

そして今代の聖女エルリーゼは歴代最高の聖女と呼ばれており、その最も近い位置で彼女を守護する父はまさに人類の希望そのものを守る偉大な戦士だ。

聖女エルリーゼが活躍し、凱旋パレードをする時には必ずその側に父がいた。

誰もが父のその雄姿を称えた。

幼いアイナにとって父こそが、どんな物語の中の勇者よりも恰好いい勇者であった。

お姫様を守る誰よりも強くて誰よりも恰好いい守護者……アイナはそんな父が大好きだった。

だがその誇りが砕かれたのは今より一年前の事。

当時、学園を卒業したばかりのレイラ・スコットとの聖覧試合——年に一度、聖女の前で行われる近衛騎士の格付けを行う試合にて、父は十九歳の女に敗れてしまった。

これにより父は筆頭騎士の座をレイラに譲る事となり、近衛騎士序列二位へと落とされた。

家族と共にこの試合を特別に見学する事を許されていたアイナにとって、それはあまりに衝撃的で、信じられない出来事だった。

こんなのは嘘だと思った。きっと父の調子が悪かっただけだと思いたかった。

当の父本人は『自分よりも強い者が聖女を守ってくれる』と喜んでいたが……アイナはどうしてもこの結果が受け入れられなかった。

だから、自分こそが父の誇りを取り戻してやると誓った。

幸いにして幼い頃から父に剣と魔法の手ほどきは受けていたし、誰にも負ける気はしなかった。

学園の入学試験も容易く突破したたし、同学年を見渡しても自分の方が上だと思って優越感を覚えた。

アイナにとって、アルフレア魔法騎士育成機関はただの踏み台でしかなかったし、通過点に過ぎなかった。

首席卒業など出来て当たり前。

本当の戦いは卒業して近衛騎士になった後……レイラ・スコットを聖覧試合で倒し、そして自分が筆頭騎士になる事で父の名誉を取り戻す。

……そう思っていた。

なのに踏み台で、あっさりと躓いた。

学園で年に二度行われる闘技大会は、一度目は学年別で行われ、二度目は全学年で行われる。

アイナにとってはどちらも優勝出来て当たり前のものだった。

相手が上級生だろうと、負けるはずがないと信じていた。

アイナは幼い頃からずっと父に鍛えられてきたのだ。

他の連中とは年季も、背負っているものも違う。

「みんな頑張っていますね。レイラの目から見て、今年はどうですか？」

「私ですか？　そうですね……今年はなかなかレベルが高い生徒が揃っていると思います。私もうかうかしていられませんね」

聖女と怨敵が話している声がアイナの耳に入る。

というより、聞こえる位置に自分から赴いたのだが。

「特にあの四人……ベルネル、アイナ・フォックス、ジョン、そしてマリー・ジェットには光るものがあります。ベルネルは技術は粗削りですが基礎能力で優れており、アイナ・フォックスは突出したものはありませんがよく研磨されています。流石は騎士フォックスの娘といったところでしょうか。ジョンは確か元兵士でしたね。他の生徒よりも戦いというものを心得ているように見えます」

レイラの評価に、アイナは少しだけ気をよくした。

怨敵ではあるが、なかなか分かっているじゃないか。

そうとも、私は偉大なお父様の娘。他の雑魚共とは根本からして違う。

突出したものがないという評価は少し気に喰わないが、とりあえずは他の二人より高評価だ。

だが、次に聞こえた声によってアイナは気分を悪くした。

「最後にマリー・ジェットは剣と魔法のバランスがよく、パワーはありませんが技術ならば既に騎士レベルでしょう。私が思うに、今年は彼女が優勝候補ですよ」

何だそれは、と思った。

まるで私よりマリーとかいう奴の方が強いような言い方ではないかと不満を感じる。

マリー・ジェットの事は知っている。

何を考えているか分からない暗い奴で、地味な女だ。

騎士らしい華もない。

確かにちょっと腕が立つと思ったし、見直したが……それでも、自分より怨敵に評価されているのが気にくわなかった。

ならばいいだろう。すぐにこの後の試合で圧勝し、間違いを認めさせてやる。

勝つのは私だ。

そう思い、リングへと上がって——あっさりと負けた。

優勝出来て当たり前としか思っていなかった闘技大会……その全学年どころか、まさかの学年別大会での準決勝敗退。

優勝ではない。準優勝ですらない。

ベスト4。アイナは一位を争う場にすら出られなかったのだ。

差し伸べられた手を払い、アイナはその場から逃げるように走った。

惨めだった。

あまりに惨めすぎて、悔しくて涙が流れた。

そんな彼女に更に追いうちをかけたのは、彼女が走り去った後の出来事だ。

あの後マリーは決勝戦でベルネルとかいう男に負けて準優勝に終わり、そこに巨大な魔物が乱入したというのだ。

聖女を殺しに来たというその魔物に立ち向かったのは五人の生徒と一人の教師……優勝者のベルネルと準優勝者のマリー。ベスト4のジョンに、その友人というエテルナ、フィオラ。

最後に学園教師の一人でもあるサプリ。

彼等は苦戦の末に見事怪物を打倒し、その存在感を見せ付けて誰からも一目置かれるようになった。そこにアイナはいない。

まだ騎士ではないが、聖女を守ったその功績から生徒五人は大きく評価され、聖女エルリーゼからも直々に感謝の言葉を贈られた。彼等はまさに勇者だった。そこにアイナはいない。

ベスト４に残った生徒の中で、アイナだけが聖女の危機に何もしなかった。

『あれ、ベスト４のアイナさんよ』

『ああ……ベスト４に残った生徒の中で一人だけ何もしなかったっていう……』

『他の三人とはえらい違いだ』『父親はあの偉大なフォックス子爵なのにねえ……』

『普段、あんなに自信満々だったのに……』『怪物が来た時何してたの、あの人』

『ああ、俺知ってるよ。丁度その時俺はびびって校舎内に逃げ……いや、トイレに行ってたんだけど、向かう途中で教室の中にいたあの子を見かけたんだ』

『え？　じゃあ逃げてたって事？　うそでしょ？　フォックス子爵の娘が？』

『所詮（しょせん）その程度だったたってことよ』『試合に負けた時の態度も見苦しかったしな』

『普段から大口ばかり叩（たた）いてる奴ほど、いざという時はそんなもんだ』

その日を境に周囲の評価が一変した。

自分で戦いもしなかった連中から、陰口を叩かれるようになった。

アイナ自身が普段から周囲を見下し、それを隠そうともしていなかったのも悪評を加速させるのに一役買った。

私はお前達とは違う。私は筆頭騎士フォックスの娘だ。

そう吹聴していたわけではないが、それは誰もが知っている事実であったし、言葉でハッキリと『お前達は私より下』などと言ったわけではないが、その心情はしっかりと態度に表れていた。

アイナはその、良く言えば正直で悪く言えば配慮のない性格の為に敵を増やしてしまったのだ。

それでも今までは実力で周囲を黙らせていたのだが……その、彼女を支えていた『強さ』という地盤が崩れた。

こんなのは違う、おかしい。何かの間違いだ。

そうアイナは叫びたかった。

私がそこにいれば、私だって活躍出来た。

一人で怪物を倒して、聖女様を守り切っていた。私なら出来た。

そうならなかったのは運が悪かっただけだ。

偶然私がいない時に怪物が来たから、そうなっただけだ。

だがいくらそんな事を言おうと、実際に何もしなかったという現実の前では意味がない。

全てが空しい遠吠えだ。

アイナは、戦いすらしなかった臆病者になった。

その日から彼女は誰とも話さず、無心で訓練をするようになった。

誰といても、自分を軽蔑の眼差しで見ているような気がする。

何より、こうして何かに打ち込んでいないと……恨みで心がどうにかなってしまいそうだった。

マリーが憎かった。彼女に負けてから、転げ落ちるように全てが悪い方向へ向かって行った。

こうして訓練に打ち込んでいないと、喚き散らしてしまいそうになる。

お前のせいだ、お前がいなければ……そんな無様な怨嗟の声が喉を突いて出てしまう。

だから逃げるように訓練に没頭した。

試合に負けて逃げて、そしてマリーと向き合う事からも逃げた。


「私には分かる。君は不当な評価を受けているようだ」

全てから逃げていたアイナに声をかけたのは、この学園の長であった。

年齢は四十代後半にさしかかろうかという老体だが、背筋はしっかりと伸びていて身体も筋肉質でガッシリしている。

男の平均寿命が六十年に満たないこの世界では彼は既に老人と呼んで差し支えないが、しかし驚くほどの若々しさとエネルギーに満ちている。

白髪をオールバックにし、その瞳は肉食の獣のように鋭い。

身長は百八十八センチで、この世界の男の平均身長百六十五センチを大きく上回っている。

「運というのは残酷なものだな。

君のように、本来ならば筆頭騎士になれるはずの逸材が、ただ一度の調子が悪かった時の敗北で転げ落ちてしまう。間も悪かった。あの時に君がいれば、必ずや聖女を守るのに一役買えただろうに」

それは、アイナの心にスルリと入り込む甘言だ。

アイナの心は今、罅割れている。砕け散りそうなほどに傷付いている。

その隙間に、彼の言葉は優しく侵入する。

「あまりに惜しくて見てられん。君は必ず偉大な騎士になれるとずっと見込んでいたのだ。その才能がこうして潰れようとしているのは、大きな損失だ。それとこれは未確認なのだが……どうにも、あの時マリー嬢は汚い手を使っていたようだ。試合開始前……妙に冷えたと思わないか？　心当たりはないか？　私が思うにあの時、マリー嬢は試合前から君に、気付かれない程度に攻撃を仕掛けていたのだ。身体の動きが、鈍くなるように……本来の力を発揮出来ぬように」

結論から言えば、そんな事はなかった。

いくら何でも、そんなに身体能力が下がるような事があればアイナはその時点で気付ける。

そんなに寒かったなら、寒かったという記憶くらい残る。

そしてアイナにそんな記憶はない。

だが……人は、自分の都合のいい方に物を考える生き物だ。

ましてやそれが過去の事となれば、尚の事。

言われてみればそうだった気がする。

一度そう思ってしまうと、まるでそれが真実のように思い込んでしまう。

疑惑と真実がひっくり返り、その者の中では根拠のなかった疑惑が真実にすり替わる。

悪い事をしてしまった時、最初に『私だけが悪いわけじゃない』と思う。

次に『もしかしたら私は悪くないかもしれない』になり、やがて『私は悪くない』になり、『何故悪くない私が責められている』となってしまう。

こういう思考をしてしまう人間は、確実に一定数以上存在するのだ。

「ほら、やっぱりあの時寒かったんだろう？　だが君は、気付けなかった。それはマリー嬢の手口が巧妙だったからだ」

まるで洗脳のように学園長の言葉が耳に入る。

そうか、そうだったのかと思う。

私は正々堂々の戦いで負けたわけではなかった。

卑怯な事をされて負けたのだ。

そう理解すると、ふつふつと怒りの炎が湧き上がる。

ずるい、許せない。そんな想いが頭を支配する。

そうして思考力の落ちた彼女へ、学園長が提案を持ちかける。

「私は君こそが今年の最も優秀な生徒だと確信している。だから君を信じて、打ち明けたい。……ここだけの話、実はこの学園には魔女の手の者が潜んでいるんだ」

「なっ⁉」

「私はずっと、信頼出来る者を探していた。誰が敵か分からず、孤独な闘いをしていたんだ。だが君ならば信じる事が出来る。君が今、こうして辛い環境に置かれているのも、もしかしたら君を脅威と思った敵の策略によるものなのかもしれない」

アイナは、学園長の言葉に驚いた。

同時に暗い喜びも感じていた。

こんな重大な話をマリーではなく自分にしてくれたという事に、優越感を覚えてしまったのだ。

「分かるだろう？　あの大会でもまるでタイミングを計ったように怪物が現れて、そして打ち合わせたような活躍劇が繰り広げられた。魔女の手の者は既に、大勢いる。どこに目があるか分からない。そんな魔境に、聖女様は知らずに来てしまったんだ」

「た、大変！　すぐに知らせないと……」

「いや、それは駄目だ。知らせても私達の方がおかしな事を言っていると思われてしまう。それにこれはチャンスなんだ。敵を泳がせて、その尻尾（しっぽ）を掴（つか）める好機だ」

学園長は屈（かが）みこみ、アイナに視線を合わせる。

そして彼女の手を握り、静かに頼み込んだ。

「アイナ・フォックス……どうか私と一緒に戦ってくれ。私達で聖女様を守るんだ」

「は、はい……！　私でよければ、喜んで……！」

「いい返事だ。君を選んでよかった……。

ならば君は、普段通りに生活しつつ聖女様の行動を監視して私に報告して欲しい。

特に、聖女様が人目を避けるように動き始めたら要注意だ。

……数カ月前、聖女様がファラ先生に呼び出された事件は知っているね？

もしも聖女様が単独で行動を始めたら、敵に同じように呼び出され、危機に陥っている可能性が高い。すぐに救援に向かう必要がある。だからその時はすぐに私に報告するんだ」

学園長の甘い誘いに、アイナは搦（から）め捕られていく。

人は自分が正しい事をしていると思うと、そこに疑問を抱きにくくなる。

ましてやそれが、心に罅の入った少女ならば尚の事。

元々の性格も相まって、アイナの心には既に疑いなどというものは存在していなかった。

「報告用の手段を渡そう。こいつは人の言葉をよく聞き、そして真似をする賢い鳥だ。そして天敵から逃れる為に、周囲の景色に同化するという特徴を持っているから肩に乗せていても誰も気付かない。報告の時はこいつに話しかけて、そして飛ばしてくれ。そうすればこの鳥は私の所に来て、君の言葉をそのまま伝えてくれる」

そう語りながら学園長が渡して来たのは、一羽の小さな鳥だ。

人に慣れているようで、抵抗なくアイナの手に乗った鳥はあっという間に色をアイナの皮膚と同じ色にしてしまい、まるでそこにいないようだ。

「何か言ってごらん」

「え、えと……それじゃあ……こんにちは」

アイナは学園長に促され、鳥に挨拶をした。

すると鳥は小首をかしげ、嘴を開く。

「エ、エト、ソレジャー、コンニチハ」

「うわあ……可愛いかも」

「ウワー、カワイイカモ」

アイナの言う言葉をそのまま鳥が真似る。

それが嬉しくなり、アイナは指先で鳥の頭を撫でた。

フワフワしていて触り心地がいい。

「それじゃあ、頼むよ。勿論これは極秘任務だからね。他の誰かに言ったりしないように」

「はい！　任せて下さい！」

学園長に、自信満々にアイナが返事をする。

そんな彼女に優しそうな笑みを向けて、そして学園長はその場を歩き去った。

だが歩きながら徐々に温和そうな笑みは歪み、口の端が吊り上がる。

それは、愚かな小娘を嘲笑うような、悪意に満ちた笑みであった。

そして物陰で話を聞いていたベルネル達は、とんでもない事を聞いてしまったと顔を見合わせた。

第十八話　一網打尽作戦

やる事がないのでとりあえず訓練をしておく事にした。

イベントの無い時はとりあえず自主練しておけっていうのがこのゲームの基本なのだが、まさか俺がその状況になるとは思わなかった。

オート魔力訓練の魔法で周囲の魔力を循環させつつ、魔法の玉を七つくらい生成して部屋の中を適当にお手玉のように飛ばす。

火、水、土、風、雷、氷、光……っと。まあ俺が使える属性魔法全部だ。

それを更に妖精（ようせい）やら精霊やらの形に変えて、遊ばせる。

こうする事で魔法の精度やらコントロールやら同時操作やらを磨く事が出来るのだ。

今の俺が同時に扱える魔法は十個くらいが限度だが、歴史書を見るに過去の魔女や聖女でも二つ以上の魔法を同時行使出来た奴（やつ）ってそういないらしいし、これでも上出来だろ。

いやしかし、本当にマジで何も思いつかん。

地下に調べに行けば魔女が逃げて詰み。

俺の行動を誰が見張ってるか分からないし、仮に一人で行ってもバレる可能性は十分ある。

例えば地下室の入口付近に魔女の使い魔とかがいて、そいつが『聖女が来た！』とか叫んだらそれだけで魔女が逃げるかもしれない。

つまるところ、魔女のテレポートを何とかしないと駄目なんだよな。

学園全部バリアで覆ってみるか？

魔女の使うテレポートって要するに身体を分子まで分解して、その状態で高速でぶっ飛んでいくっていう、闇の力に無理矢理生かされている魔女以外がやったら即死待ったなしの荒業なので分子すら通れないほどのバリアで学園を閉じ込めてしまえば魔女は逃げられないと思うんだよな。

けどそこまで隙間なく遮断しちまうと、空気まで遮断するわけで……学園と寮合わせてかなりの人数がいるのに、そんな事をするのは流石にやばいと思う。

短期決戦で決めようにも魔女だって瞬殺はされてくれないだろうし、それに火魔法なんか使われたら最悪だ。

魔女を閉じ込めるはずが、逆にこっちが酸欠に追い込まれて本来絶対勝てるはずの戦いに負けかねん。

なら先に全員を避難させてからバリア……全員避難させたその時点で学園長や、他にもいるだろうスパイにバレて避難前に魔女が逃げるな。

ならば先に学園長をフルボッコ……何の大義名分もなしに実行したら、こっちが悪者になるだけだ。

んー……。駄目だ、いい案が思いつかない。

『いけるかもしれない』程度のアイデアなら出て来るんだが、確実にこれというのが思い浮かばないな。

やっぱまずは、学園長と他のスパイだよなあ。

何とか言い逃れ不能の証拠を見付けて、そいつらを全員捕まえないと駄目だ。

けど、それをどうするかが問題だ。

全員集めて異端審問でもしてみるか？

ゲームでのエルリーゼの好き放題ぶりを見るに俺の権力なら出来ると思うが……やったら絶対イメージ悪くなるしなあ。

「エルリーゼ様、少しよろしいでしょうか？」

ドアがノックされ、レイラの声が聞こえてきた。

何だろう？　まあ、今は手も空いてるし、駄目だという理由もない。

というわけで入っていーよ。

そう言うと、ドアが開いてレイラと……ベルネルと愉快な仲間達も入ってきた。

ポチと戦った時の六人だ。ああ……このルートだとマジでそのメンバーでストーリー進めるの？

そんなネタパみたいな構成で大丈夫か？

ちなみに本来は五階に上がってきた時点で捕縛案件だが、あの一件もあってベルネルだけは来ても話くらいは聞いてやれとレイラに伝えてある。

「……レイラ？」

何を話すのかと思っていたが、レイラ達は茫然（ぼうぜん）として部屋を見ていた。

何よ。話す事あるから来たんじゃないの？

……ああ、この部屋を飛び回ってる奴？　これが邪魔で話せない？

そんじゃ引っ込めて、と……これでいいだろう。ほれ、さっさと話せ。

「レイラ。無言では何も分かりませんよ」

「あ……は、はい。この者達が何やらおかしな話を持って来まして……一度お耳に入れるべきかと」

ほーん。おかしな話？

そのメンバーだとおかしくない話をする方が珍しい気もするけどな。

まあええわ。一応聞いたる。

ほれ、百文字以内で簡潔に答えてみせよ。

「話してください」

「はい……実は先程……」

そうしてベルネルが話し始めたのは、運動場でアイナと学園長が怪しい密談をしていた、というものであった。

学園長がアイナに近付き、『マリーは反則をしていた』だの『君は認められるべきだ』だの甘言で惑わし、途中から論点をすり替えて『この学園にはスパイがいる！』とか『信じられるのは私と君だけだ』とか言って、俺の学園内での行動をウォッチングして学園長につぶさに報告するように指示したらしい。

うわあい真っ黒。

しかしなるほど？　エテルナルートとかで俺が近付くとすぐ魔女がそれを察知して逃げてしまうのはアイナのせいだったってわけか。

本来のゲームでは俺を恨んで暗殺しようとし、そんでこの世界では敵に踊らされてスパイと。

何か、どう足掻いても俺と敵対する運命にあるのかね、あの子は。

そのうち学園長に『あの聖女偽物だから殺していーよ』とか言われたら疑いなく剣を持って斬りかかってきそう。

まあ実際偽物なんだけどさ。

「何と愚かな……騎士フォックスの娘ともあろうものが、そんな簡単な嘘に騙されるなど。どう見てもマリー嬢は間違いなく、正々堂々と戦っていた。アイナ嬢が負けたのはただの実力不足だ。己の未熟を棚に上げ、相手を卑怯者呼ばわりとは……これでは騎士フォックスも悲しむだろう」

レイラは失望したように言うが、流石にこれは哀れな気がする。

つーわけで、ちょっとフォローしておこうか。

俺は可愛い女の子には優しいのよ。野郎は基本どうでもいいけど。

「レイラ。そう言うものではありません。騙される者というのは、自分は大丈夫と思っている時ほど騙されてしまうものです。聞いた話ではアイナさんはずっと貴族の屋敷で世俗に揉まれる事もなく成長してきたようですし……加えてその時は心が傷付き、焦っていたと見えます。ましてや相手は学園長……信じたくなってしまうのも無理のない事でしょう」

それに学園にスパイがいるっていうのはマジだ。学園長本人とかな。

上手い嘘っていうのは事実を混ぜる事ってどっかで聞いた覚えがある。

まあアイナの心理状態や置かれていた環境などから考えれば、心理的に学園長の甘言から逃れる道はなかっただろう、と俺は思うよ。

まあとりあえず、学園長は魔女の手先確定やね。

「アイナさんのその時の心理状態から思うに、甘言から逃れる術はなかったでしょう。そして、魔女の手先とは他ならぬ学園長自身の可能性が極めて高い。何故なら、私の動向を逐一報告されて一番喜ぶのは、他ならぬ魔女だからです」

「な、なるほど……流石はエルリーゼ様。見事な慧眼です……このレイラ、感服致しました」

おうスットコ、もっと褒めていいぞ。

そんでベルネルとエテルナと、フィオラとマリーと、その他二名もよくやった。

これで学園長を、大義名分をもって捕まえる事が出来る。

学園長さえ捕まえちまえば、後は芋づる式だ。スパイを全員引っこ抜いてやれる。

「それにしても、まさか学園長が……先代の聖女アレクシア様の筆頭騎士で、共に魔女を討伐したほどのお方が魔女の手先になるなど……」

むしろ、だからこそなんだよなあ。

だって今の魔女が、その先代聖女アレクシアだもんよ。

そう、魔女の本名はアレクシアだ。ここテストに出るからメモしといて。

つまり学園長は別に裏切り行為とかはしていないわけだ。

最初から最後まで一貫してアレクシアだけの騎士なのよ、そいつ。

聖女が魔女にジョブチェンジしたから、聖女の騎士も一緒に魔女の騎士にジョブチェンジしたという、それだけの話。

とはいえ、どのみち敵は敵だ。

俺にとっては魔女共々、フルボッコにするべき相手って事に変わりはない。

そんじゃま、俺が出向いてパパッと学園長をとっ捕まえましょーかね。

学園長は元筆頭騎士だけあって、実力的にはレイラと互角の傑物なのだが、俺の敵じゃあない。

はいバリア&魔力強化、効きません。カキーンで終わる。

そんで捕まえて他のスパイの名前も纏めて引っこ抜けば後が大分楽になる。

「お待ち下さい、聖女よ」

しかしそこにストップをかけたのは、変態クソ眼鏡だ。

相変わらずいつか裏切りそうなオーラが漂っている。

「学園長を今捕えても、全てのスパイを吐くとは思えません。確実に何人かは隠される事でしょう」

む……なるほど、確かにそうかもしれん。

変態クソ眼鏡のくせにマトモな事言いやがって。

「そこで、この件は私にお任せいただけないでしょうか？　学園長の周辺を探り、奴と通じている者を全て白日の下に曝け出してみせます」

そんな事出来るのかね、と正直なところ疑いが先行する。

だってこいつ、ゲーム本編だと小物だし。そんな有能描写ないし。

どうせすぐ見付かって、逆にこっちの情報抜かれるだけじゃねーの？

でもまあ、万一上手く行ったら儲けものだし、失敗してこいつが敵さんにやられてもそれはそれで儲けものだ。

だってこいつの視線キモイし。

それとお前気付かれてないと思ってるかもしれないけど、この前俺が学生食堂で使ったスプーンを食堂のおばちゃんから盗んで袋に入れてたろ。

正直キモすぎて声かけられなかったけど、俺の中でのお前への評価はゼロを通り越してマイナスだからな、この野郎。

「分かりました。ならばこの件は貴方に一任します。貴方の活躍に期待しています、サプリ・メント先生」

まあこいつならどうなってもいいや。

よし行ってこい。骨は拾……いや、拾わないで海に捨てるけど。

「おお……聖女様の愛らしい口から私へ『期待しています』と……！　おお、おおおおぁぁ……！この言葉だけで、十年、いや、百年戦える！　お任せ下さい我が聖女よ！　必ずやこのサプリ・メント、貴女のご期待に応えてみせます！」

うわあ、キメェ……。


そしてそれから待つ事二週間……変態クソ眼鏡はやり遂げたような顔で一枚の羊皮紙を俺の元へ運んできた。

「お待たせしました、聖女よ。これが、私がこの二週間で調べ上げた不届きもの達を記したリストでございます」

渡された紙を何となく触りたくないのでレイラに取らせ、名前を読み上げさせる。

大半は全く知らない名前だが（そもそもモブの名前なんてゲームにも出ないし覚えないわそんなもん）、その数は実に二十四人にも上る。

勿論その中に学園長とアイナがいるのは言うまでもない事だ。

大半はアイナ同様に騙されているだけの阿呆なのだろうが、中にはガチで魔女に従ってる奴もいるんだろうな。

このリストが正しいならば、なかなかの働きだと評価しなくもない。

変態クソ眼鏡のくせにやるじゃないか。

しかしレイラは納得いかないようで、リストを読み上げるほどにその表情は険しくなっていく。

「これは……何の冗談だ、サプリ教諭。正直に言うが私はこれを読んで、むしろ貴方の方が魔女の手先なのではないかと疑い始めている。虚偽の報告で、疑うべきではない相手を疑わせ、人類の戦力を削ろうとしているのではないか？」

「これは心外だ。私が心を捧げるのはエルリーゼ様以外にありえない」

「ならばこれは何だ？　貴方が裏切り者として並べたこの者達は……先代の聖女と共に魔女を討った、あるいは貢献した……偉大な騎士ばかりではないか！」

レイラの怒りに満ちた声に、変態クソ眼鏡は挑発するように肩をすくめた。

だが俺にとっては、今のレイラの言葉で逆にこの『リスト』の信憑性が増してしまった。

あー、なるほどね。先代の聖女と共に戦った騎士やそのお友達の皆様と。

まあ俺もその辺は怪しいかなと思ってたけど、それをこうして躊躇なく出して来るという事は、変態クソ眼鏡の調査は良くも悪くも本物だという事だろう。

「彼等は年齢によって引退した後も、後進を育てる為に学園の教師となった立派な、尊敬すべき者達だ。貴方は我等騎士を愚弄する気か！」

「愚弄するつもりはない。だが先代聖女の近衛だろうが何だろうが、人類を裏切るならばその程度の輩だったという事。騎士の誇りとやらも、君が思う程のものではないという事ではないのかね、レイラ君」

「貴様……」

レイラが剣に手を伸ばし、変態クソ眼鏡も魔法を準備する。

おいお前等、こんな所で喧嘩すんなや。

「落ち着きなさい、レイラ。悲しい事ですが、既に学園長という前例がある以上、他の元騎士も同じように敵に回っている可能性を頭ごなしに否定する事は出来ません。学園長を慕っていた者も少なくはないはずです」

「それは……そうですが」

そう諌めると、レイラは渋々剣から手を離した。

それから変態クソ眼鏡を見た。

うえ、こいつ俺が顔を向けるだけで嬉しそうにするからあんまり見たくないんだよな……。

「サプリ先生、これはどのように調べたのですか？」

「よくぞ聞いて下さいました。彼等は共通の連絡手段として、ある鳥を使用しています。今から八十年前に冒険家によって発見され、発見者スティールの名前をそのまま取ってスティールと名付けられたこの鳥は変わった機能を持っています。天敵から逃れる為に羽毛の色を周囲の景色と同化させて透明化し、他の生物の唸り声を真似ることで天敵を追い払うのです。この習性に目を付けて家畜化されたのが五十年前の事。透明になる習性から頭や肩に乗せていても注視しない限りは気付かれず、言葉を真似る習性から優れた伝言役として重宝されるようになりました」

俺の質問に、変態クソ眼鏡が嬉しそうにどうでもいい事まで話し始める。

うん、発見された時期とかどうでもいいわ。

とりあえずメッセンジャーとして実に都合のいい鳥だって事ね。

「私は彼等が飛ばしたスティールを全て捕え、私が調教した別のスティールとすり替えました。こうする事で彼等の秘密の密談は全て私の所へ入って来るという仕組みです。無論一気にすり替えるのではなく、間を空けて少しずつ……ですがね。情報が入れば、動きも見えます。彼等が直接話す場所に先回りして盗み聞きし、あるいは誰もいない隙に寮室に忍び込んで持ち物を調べ……そうして二週間をかけ、じっくりしっかり、完璧に彼等の繋がりを把握したというわけです」

……思ったより結構有能だった。

なるほど、連絡手段をすり替えたわけか。

現代で言うなら通信傍受みたいなものだろうか。

ネットどころか電話もない世界だからこそ、通信は原始的な手段に頼るしかない。

こういうのを見ると電話っていうのがいかに偉大な発明だったのかがよく分かる。

「このリストに間違いはないのですね？」

「自らの意思で行っているか、それとも利用されているだけかはさておき……結果として魔女の密偵になってしまっているという意味ならば間違いありません。全員、捕えてしまうべきかと」

「他にまだ密偵がいる可能性は？」

「ゼロとは言えません。どんな事柄も確定するまではゼロではありませんので。この二週間で誰からも情報を貰っていない密偵が隠れている可能性は僅かながらあります」

ゼロじゃない、か。

その辺ちょっと失敗フラグくさくもあるが、これ以上は実際やってみないと分からないって事なのだろうな。

出来るのは、無いと信じて動く事だけだ。

……つーわけで、そんじゃまあ、もうやってしまいますかね。

念を入れてもっと調査させてもいいんだが、アイナみたいに利用される奴が増えて人数が膨れ上がったら面倒くさいし。

だがスパイを一網打尽にしては、流石に魔女もやばいと思って逃げるかもしれない。

なので……癪(しゃく)だが、この変態クソ眼鏡の協力は必要不可欠だ。

「ならば、早期に解決させてしまいましょう。しかし、魔女の手先を全員捕まえてしまえば、連絡が来なくなったことで魔女が警戒してこの学園から逃げる可能性もあります。そこでサプリ先生、貴方には……」

「心得ております。学園長が魔女との連絡に用いているスティールをすり替えればよろしいのですね？

そして学園長を捕えた後は私が学園長のふりをして、スティールを用いて魔女と連絡を取り合う……これが最善でしょう」

「話が早くて助かります」

なるほど、予想してたか。

あれ……こいつ、本当に変態クソ眼鏡か？

ゲーム本編だと無能な小物だったのに、えらい役に立つな。

そんじゃまあ、魔女の手先一網打尽大作戦。

はりきっていってみよう。

作戦の手順は簡単だ。

奴等が連絡手段にしているステルスバード（すり替え済み）を使って、全員に学園長の名前で一か所に集まるように指示を送る。

逆に学園長には、他の奴らからの連絡と偽って『話したい事があるから来てくれ』と誘い出す。

するとノコノコと密会（笑）の為に馬鹿共が訓練室に集まった。

訓練室は校舎の隣にある施設で、体育館を思わせる広い施設である。

ちなみにゲームだと体育館のような、というのを通り越して完全に体育館だった。

学園ものだからって何で騎士を育成する学園にそんなものがあるんですかねえ……。

あれ、絶対製作者が面倒でフリー素材の体育館の背景とか使ってただろ。

とか、そんな事を考えつつ俺達はカーテンの裏に隠れて待機中だ。

「どうした。何故こんなに集まっている」

「何を言うのです。学園長が集めたのでしょう」

「私が？　馬鹿を言うな。こんな目立つ集会など私が提案するはずが……」

おーおー、アホ共が混乱しておるわ。

とりま、ここでバリア発動！　部屋に全員閉じ込めた。

「しまった！　罠だ！」

学園長が騒ぐが、もう遅い！　脱出不可能よッ！

貴様等はチェスや将棋で言う『詰み』に嵌ったのだッ！

閉じ込めた所でカーテンを開けて前に踏み出す。

ふん、おるわおるわ。雑魚が雁首並べてアホ面を晒してやがる。

「せ、聖女様……!?　これは一体……」

アイナが混乱したような顔をしているが、まあ利用されていただけの子は分からんよね。

彼等の前で変態クソ眼鏡がドヤ顔で指を鳴らす。

するとアホ共の肩や頭に乗っていたステルスバードが一斉に、彼等が交わしていたであろう話を勝手に話し始めた。

その中には『エルリーゼには気付かれるな』とか『馬鹿な小娘は騙しやすい』とか『我等が魔女様の為に』とか、『エルリーゼを誘い込んで全員で叩いては？』とか、決定的な証言が混ざっていた。

　するとこれに何人かが騒ぎ、学園長へ敵意の籠った視線を向ける。

「学園長、これはどういう事です!?」

「今の言葉は……エルリーゼ様を害すると聞こえましたが……！」

「我々は聖女様の為に団結していたのではなかったのか!?」

ああ、この人達は騙されて協力してた皆さんかな。

あっという間に派閥が二つに割れ、ガチで魔女の手先派と利用されてただけ派が対立して睨み合った。

「落ち着かんか！　スティールの言葉などいくらでも操れる！　これは濡れ衣だ！　……聖女様、騙されてはなりません。その男、サプリこそは魔女の手先！　貴女は騙されております！　信じてください！　私の行動、言葉、その全てが聖女様の為です！」

ほうほうほう、なるほどなるへそ。

全てが聖女の為に行動ね。

そうだな、それは信じてもいいだろう。確かにその通りだ。

全部、お前の聖女の為なんだよなァ？

第十九話　騎士VS騎士

「ええ、信じていますよ。確かに貴方の行動は全て貴方の聖女の為でしょう。だからこそ、私は貴方が魔女の手先と確信しています」

学園長の言葉に、エルリーゼが落ち着いた声で話す。

だがその意味はベルネル達にはよく分からなかった。

学園長の行動が全て聖女の為である事を信じながら、しかしだからこそ魔女の手先？　意味が分からない。

だが学園長には伝わったようで、彼は顔色を変えた。

「聖女の秘密も魔女の正体も、私は全て知っています」

「なるほど……知っていたか……。ならば誤魔化しは利かんな……」

エルリーゼの言葉を聞き、学園長は剣を抜いた。

一体今の言葉にどんな意味があったのかはベルネルには分からない。

だが、何か核心に触れる言葉なのだろうという事だけはかろうじて理解出来た。

「聖女の秘密……？　魔女の正体……？　エルリーゼ様、それは一体……」

「レイラ、それは後で話します。まずは目の前のことに集中して下さい」

どうやら筆頭騎士であるレイラすら知らない秘密があるらしい。

それは一体何なのかと考える暇もなく、学園長がエルリーゼへ斬りかかった。

速い――と素直に思う。

もう老体だろうに、まるで風が通り抜けたかのようなスピードだ。

かつて筆頭騎士として聖女を守っていたのは伊達ではない。

しかしエルリーゼの近くにいるのは今の筆頭騎士レイラだ。

素早く抜剣して学園長の剣を受け止め、弾いた。

「ディアス殿！　貴方と言えどエルリーゼ様に剣を向けるならば許さん！」

「レイラ・スコットか……」

レイラと学園長。過去と現在の筆頭騎士同士の戦いが始まった。

振るわれる高速の剣は白銀の残像となり、甲高い金属音が断続して響き渡る。

十字を描くように二人の剣が衝突して火花を散らし、離れたと思ったら直後に剣閃が奔って幾度も衝突した。

速すぎてまるで複数の斬撃を同時に繰り出しているのではないかと錯覚するほどの剣戟だ。

達人同士の戦闘だからこそ、互いにまるで示し合わせたかのように剣がぶつかり合う。

ベルネルが授業で剣を学んだ時に、あえてゆっくりと木刀を相手に向けて、それを受ける側もあえてゆっくり受けて攻守を交代しながら最善の動きを探すというものがあった。

技や身体の動きを確認する為に行われるこの鍛錬は、動きから無駄を削ぎ落とす目的をもって行われる。

攻撃側の動きに対し、守備側もゆっくりと受ける。

この時に無駄な動きがあると、動きがゆっくりであるが故に『見えているのに防御が間に合わない』という事態が発生し、己の動きの無駄を肌で感じることが出来るのだ。

そして繰り返す事で無駄が削ぎ落とされ、いくら続けても両者の攻撃が当たらない『動き続ける膠着状態(こうちゃくじょうたい)』という矛盾した状態が完成し、そうなった時にこの授業は一つの区切りを迎える事となる。

レイラと学園長の戦いはまさにそれだ。互いに一切の無駄がない故に互角の戦いとなっている。

ただし――恐ろしく速い。

あの二人には世界が止まって見えているとでも言うのだろうか。

あれだけの速度で攻撃されれば、それを受けるのに要する時間は瞬(まばた)き一瞬ほどの間もないだろうに。

だが恐るべき事に二人ともが、その短い時間で最善の動きを瞬時に判断して受けきっている。

そして攻守を激しく交代しながら繰り返している。

まるであの二人だけ時間を加速でもさせているかのように、戦いのレベルが違う。

全員がレイラと学園長の戦闘に呆気(あっけ)に取られる中、エルリーゼだけは別のものを見ていた。

ベルネルがそれに気付いたのは、アイナの声が聞こえてからだ。

短剣が落ちる音と、泣き崩れるアイナ。その前に立つエルリーゼ……その姿を見てベルネルはようやく、アイナが罪悪感に耐え切れずに自害しようとした事に気が付いた。

ベルネルは彼女の事を気にかけてさえいなかった。だがそれは決してベルネルが薄情というわけではない。

この動き続ける戦場で、一人の少女の事を見ている余裕など誰にもない。

誰もが自分の事で精一杯だ。

そんな当たり前の心の動きから、アイナを見なかった。

そして悲劇というのは、いつも『今はそれどころではない』と視線を外した時に起こるのだ。

それでも、彼女だけは……いつも、どんな時も彼女だけは、誰もが見落としてしまう小さな嘆きを見落とさない。

それどころではなくても、それでも抱きしめる。

「聖女様……放して下さい……。私……こんな、こんな事に手を貸してしまって……。もう、お父様や皆に合わせる顔が……」

涙で顔をグシャグシャにしたアイナを、あやすようにエルリーゼが抱きしめ、背中を叩く。

いくら歴代最高の聖女であっても、全てを救う事などは出来ない。

どれだけ優れていても、人は神ではないのだから。

それでもせめて、手が届くならば救う。

救う事が出来る位置にいるならば絶対に見捨てない。

その、あの日から変わらぬ尊い精神をベルネルは再び目の当たりにした。

「大丈夫です……ちゃんと分かっていますから。貴女は私を守ろうとしてくれた。ただ少しだけ、失敗してしまっただけです」

「でも……私……許されない事を……魔女の片棒を担ぐなんて……」

「許します」

彼女はきっと、自分に向けられたどんな罪でも許すのだろう。

エルリーゼの声にはほんの僅かなアイナを咎める感情もなく、包むような優しさだけが感じられる。

やがて堰を切ったようにアイナが声を上げて泣き、エルリーゼは自らのドレスが涙で濡れるのも気にせず抱きしめ続けた。

「大丈夫ですよ。みんな分かっていますから。皆、許してくれます。そうですよね？　ベルネル君」

エルリーゼがベルネルに同意を求めた。

それにベルネルは慌てて頷き、仲間達も頷く。

そして先程まで学園長派と戦っていたはずのサプリ先生は床に這うようにしてエルリーゼの姿を見て「尊い……」などとほざいていた。早く戦いに戻れや変態クソ眼鏡。

「勿論ですよ」

「ええ。そもそもそんな悪い事してないですしね」

「大丈夫だよ、アイナさん。失敗した分はきっと取り戻せるから」

ベルネル、ジョン、エテルナが笑顔で言う。

「……うん……これから、一緒に頑張ろ……？」

「そうね。貴女が仲間になってくれれば心強いわ」

マリーとフィオラも、心から同意するように答えた。

特にマリーは一度手を払い除けられ、卑怯者と誤解されたが、それに対する怒りは一切ない。

ベルネルとマリーが揃って手を差し伸べる。

するとアイナは、あの日に一度は振り払ったその手を……今度は、戸惑いながらもしっかりと掴んだ。

「よし、行くぞ！」

アイナを加えたベルネル達は、他のアイナ同様に利用されていただけの者達と共に学園長派を怒涛の勢いで蹴散らした。

勢いは完全にこちらにあり、加えて敵はいくら過去に活躍した元騎士といえど、もう歳だ。

その実力は全盛期の半分にも満たないだろう。

だがそれ以上に勝敗を分けたのは、学園長派はどこか……戦いに消極的な事であった。

きっと彼等も本当は自分の過ちにとうに気付いているのだ。

かつては世界を守る為に戦った男達だ。心の何処かで止めて欲しいと思っていたのかもしれない。

だから、まだ生徒に過ぎないはずのベルネル達でも勝つ事が出来たのだろう。

だが最後の一人だけは違う。

学園長……ディアスだけは、まるで衰えぬ実力でレイラと切り結んでいる。

「何故です！　何故、アレクシア様と共に魔女を打ち倒した貴方が！　どうして魔女に魂を売り渡してしまったのですか！」

「売ってなどいないさ、これが私だ。私が守る者は昔も今も変わらない。私はずっと私の聖女を守っている」

「裏切り者が戯言を！」

ベルネルの今の実力では、剣の残像を追うのがやっとの戦い。

銀の閃光が唸り、剣が衝突する金属音が鳴り響き、円を描くように二人が何度も立ち位置を入れ替える。

僅か一秒の間に三度……いや、四度は衝突音が聞こえ、それがリズムを変えながら鳴り響く。

休む事なく、衰える事なく、響き続ける。

もう何合斬り合った？　何度剣をぶつけた？

少なくとも既に百は超えているだろう。

だというのに二人のスピードは衰えるどころか、ますます加速し続けている。

「レイラ殿！　援護します！」

ベルネル達以外の、利用されていた者達がレイラの援護をしようと走る。

だがこの戦いのどこに割り込める余地などあるというのか。

もしここで、あの戦いに割り込める者がいるとすれば、それはエルリーゼくらいのものだろう。

「ふん、雑魚共が……引っ込んでおれ！　貴様等など何人いようが物の数ではないわ！」

ディアスが剣を薙ぎ払い、雷が訓練室を舐めるように迸った。

近付いていた全員が纏めて吹き飛んで失神し、離れた位置にいたベルネル達も衝撃で尻もちをついてしまう。

そんな中にあってエルリーゼだけはしっかりと立ったまま己の騎士の戦いを見守っていた。

ディアスの薙ぎを跳躍する事で避けたレイラが剣を両手持ちに切り替えて、力任せに振り下ろした。

訓練室の床に剣が刺さり、回避していたディアスがもう一度横薙ぎを放つ。

だがレイラはあろう事か床ごと斬り裂いて、ディアスの剣と自身の剣を衝突させた。

一際大きな金属音が鼓膜を震わせ、レイラとディアスも僅かによろける。

しかし強靭な足腰で床をしっかりと踏みしめ、正面から剣をぶつけて鍔迫り合いの姿勢に入った。

「裏切りだと？　笑わせる。私達が世界を裏切ったのではない。世界が私達を裏切ったのだ。君もいずれ知るだろう。そして世界に絶望する」

「何をわけの分からぬ事を！」

「分からぬならばそれでいい。私はただ、アレクシア様をお守りするだけだ」

互いの剣を挟んでレイラとディアスの目が交差する。

ディアスはレイラの瞳に烈火の如き激しさを。

レイラはディアスの瞳に大木の如き静けさを、それぞれ見た。

鍔迫り合いを止めて一度剣を離し、ディアスとレイラが同時に己の獲物に掌を向ける。

ディアスの剣には雷が宿り、レイラの剣には業火が宿る。

雷の剣と炎の剣がぶつかり合い、雷光と熱気が迸った。

レイラの横薙ぎの剣をディアスが身を屈めて避ける。すると訓練室の壁に焼け焦げたような傷が刻まれた。

ディアスの振り上げの剣をレイラは横に避ける。

雷が天井を打ち、白かった天井の一部が黒く染まった。

衝突の度に雷光と火炎が撒き散らされ、訓練所の温度が上がり続ける。

だが二人は退かない。相手の動きを学習して誤差を修正し、より鋭くより正確な攻撃を放ち続ける。

「血迷っているのか？　アレクシア様は魔女を倒した時に……」

もう死んでいる相手を守るという矛盾した発言に、レイラが難色を示す。

守るも何もない。既に先代聖女のアレクシアはいないのだ。

名誉を守るという意味かもしれないが、それならばディアスの行動は完全に逆効果だ。

まるで意図が読めない。

「死んだとでも言いたいのかね？　いいや、違う。アレクシア様は生きている。死んだことにされただけだ！」

「な、何だと⁉」

「そしてアレクシア様に守られた愚民共は、その恩も忘れてあの方を殺そうとした！　だから！　近衛騎士である私が守らねばならぬのだ！　たとえ世界を敵に回そうと！」

ディアスの口から出たまさかの事実にレイラの動きが一瞬硬直した。

それは一瞬と呼ぶのも烏滸がましい、本当に僅かな一瞬だ。
○・一秒ほど硬直してしまったという、本来ならば隙になるはずもない隙。
しかしそれすらがこのレベルでは大きな後れとなる。

ディアスの剣を咄嗟に受け止めるも、弾かれて壁に叩き付けられてしまった。

そこにディアスが迫り、力任せに剣を叩き付ける。

これをレイラは剣で受けるも、じりじりとディアスに押し込まれていく。

「そ、それは一体どういう……」

「フン……お前の聖女はもう知っているようだぞ？　エルリーゼよ、教えてやってはどうだ？　お前の可愛い騎士に真実を話してはやらんのか⁉」

更に押し込まれ、剣がレイラの額に近付く。

震える腕で何とか防いでいるものの、体勢は明らかに不利だ。

しかしレイラはディアスの腹を蹴って距離を無理矢理開けさせ、壁際からの脱出をかろうじて成功させた。

そんな彼女に追撃をする事なく、ディアスは眉を下げた薄ら笑いを浮かべている。

それは真実を知らぬ彼女を嘲笑うような笑みであったが……どこか憐れんでいるようにも見えた。

「無理ならば私が教えてやる！　よいか、魔女の正体は――先代の聖女だ！　聖女アレクシア様こそが、お前達の倒そうとしている魔女の正体だ！」

ディアスのその言葉に、今度こそレイラは凍り付いた。

いや、彼女だけではない。ベルネルも、エテルナも。あのサプリすらも。

エルリーゼ以外の全員が、信じられないかのように凍り付いた。

――魔女の正体は先代の聖女。

ディアスから告げられた信じがたい事実に全員が、疑うよりも先に心の中で否定した。

いや、否定したかったのだ。

そんな事はあり得ないと思いたかった。嘘であって欲しかった。

聖女とは人類の希望だ。光の象徴そのものだ。

それがもし本当ならば……最悪の未来が想像出来てしまう。

「……で、出鱈目を言うな！　アレクシア様が……先代の聖女様がそんな……そんな事……」

「だがもしかしたら、と思っている。違うか？」

「……ッ」

レイラはディアスの言葉を否定するように叫ぶが、声に力がない。

ディアスの言う通りだ。

ずっと前から、本当は違和感を抱いていた。

魔女は倒されても、しばらくすると別の魔女が現れる。何故だ？

魔女と戦った聖女は必ず死ぬ。何故だ？

聖女が誕生する瞬間を目撃した者は何人もいる。引き離されて育てられるが両親だっている。

だが魔女が誕生する瞬間を目撃した者は一人もいない……何故だ？

その答えが、今のディアスの言葉で説明出来てしまう。

「そ、それは……アレクシア様だけの例外……なのか？」

「言われねば分からぬほど、君は馬鹿ではあるまい？　だがあえて教えてやる……全員がそうだ。かつて私とアレクシア様が倒した魔女も先代の……いや、正確には私達の前の聖女は魔物に殺されてしまっていたから、更に一つ前の……とにかく、聖女の成れの果てだった」

レイラは無意識のうちに一歩後ずさっていた。

考えないようにしても最悪の想像がどうしても脳裏を過ってしまう。

あの心優しいエルリーゼが魔女と化して世界を恐怖に陥れる……そんなあってはならない未来が、どうしても脳裏を過る。

そしてその時、自分はどうするのだろうと考えた。

ディアスのように主（あるじ）が魔女になっても守るのか？　それとも……エルリーゼに剣を向けるのか？

「ショックか。無理もない……私もこの事実を知ったのは前の魔女を倒した後の事だった。魔女が死ぬと同時に魔女の蓄えていた闇（やみ）の力がアレクシア様に流れ込んだ。それでも最初はまだ、アレクシア様はアレクシア様のままだった。私には何が起こったかも分からず、ただ慌てた。それでも私はすぐに治療するべきだと考え、大急ぎで聖女の城へ帰った。アレクシア様を医師団に預けた私は国の王に魔女を倒した報告をして……どうなったと思う？」

「……それは……勿論、全力でアレクシア様の治療を……」

レイラが希望的観測を、祈るように口にした。

そうであってほしい、いやそうであってくれ。

そんな願いを込めた予想は……当然ながら、大外れであった。

「私はその場で、何が何だかも分からぬままに拘束された」

「な……」

「その数日後、私は国の大臣に真実を教えられた。魔女の正体や聖女の末路……そして、アレクシア様を殺そうとして逃げられたという事……。奴等は言ったよ。『君は優れた騎士だ。前の聖女の事は忘れて次の聖女を守る為（ため）に力を貸して欲しい』とな……。私は……あえてその提案に乗り、この学園の教師となった……」

そこまで語り、ディアスは八つ当たりをするように壁を殴った。

語っているうちに、怒りが込み上がってきたのだろう。

生まれた瞬間に聖女としての使命から両親と引き離されて、魔女を倒す為だけに育てられ……そして使命を果たしてやっと普通に暮らせると思った矢先に、守ったはずの人間達に裏切られる。

ディアスは、己の愛した聖女に向けられた仕打ちが許せなくて仕方がなかった。

「私はアレクシア様を守る。たとえ何を敵に回そうともだ」

強い決意を言葉に乗せ、ディアスが剣を構える。

だがレイラには構える事が出来なかった。

ディアスから告げられた事実に、自分が何をすればいいのか分からない。

魔女を倒して、エルリーゼがエルリーゼでなくなってしまうなら……このまま、魔女を倒さない方がいいのではないかと……そう思ってしまう。

そうだ。今だって魔女はいるがエルリーゼがいる事で魔女のいない時と大差ないほどに平和が続いているのだ。

だったらこのまま魔女を残して、エルリーゼにも聖女を続けて貰った方がいいのではないだろうか……そう、浅ましく思ってしまう。

「戦意を失ったか……無理もない」

ディアスが感情を感じさせない声で言い、そしてレイラを仕留めるべく剣を薙いだ。

だが直後に剣閃が奔り、ディアスの剣が根本から切断されて宙を舞う。

やったのはエルリーゼだ。

魔法で創った光の剣で、ディアスの剣を受けるどころか切って落とした。

「エルリーゼ……！」

第二十話　不安

あっぶね～。

危うくレイラがやられそうになったので、慌てて割って入って何とか学園長の剣をぶった切る事に成功した。

アイナが自害しかけた時もビビったが、今のもやばかった。

俺、胸糞展開って嫌いだから美少女の自害も、美女がおっさんに切り殺されるのも見たくはないぞ。

おいおい何ボサッとしてんのスットコ。

ちゃんとしゃっきりしてくれよ。

「エルリーゼ……様……彼の言った事は……」

「……事実です。魔女の正体は、前の魔女を倒した聖女……それが、繰り返される魔女と聖女の戦いの正体。聖女が魔女を倒す限り、決して終わらない循環です」

スットコの質問に答え、キリッと顔を引き締めた。

終わらない循環って言葉格好よくね？

まあ俺、そもそも偽物だから循環しないんだけどね。

俺が魔女倒すと循環せず終わるんだけどね。

「聖女エルリーゼ……歴代最高の聖女か……。なるほど……私の剣をこうも容易く切ってのけるとは。その前評判に偽りはないらしい」

どーも。達人に褒められると嬉しいね。

まあお前はボコるけどな。

てめえよくもうちのスットコちゃん殺そうとしやがったな？　あ⁉

生意気にヒゲなんか生やしやがって。このナイスシルバーが。

「どうやらお前は真実を知っていたらしいな。では、何故戦う？　戦いの先の末路を知っているだろうに何故」

お？　何？　今度は俺に精神攻撃？

ほーん、へー。なるほどねえ。そっちがやる気なら、そんじゃ受けてやりましょうか。

うちのスットコをレスバで追いつめて戦闘不能にしてくれたみたいだし、じゃあ今度は俺がレスバでお前追いつめたるわ。

「それは、貴方が止めて欲しいと願っているからです」

「……何？」

必殺、論点すり替え&なすり付け！

全部お前のせいだYO！　と暴論をブチかましてみる事にした。

ついでにこの際だからゲームの時気になってた事聞いたろ。

「貴方は何故、この学園で騎士を育てたのですか？　魔女を守ると言いながら、その一方で魔女にとって不利となる優秀な騎士を貴方は育て上げている。授業の内容に手を加えて生徒の質を落とすわけでもなく……レイラのような優れた騎士を輩出している」

これね。ゲームやってた時から突っ込み所満載だったのよ。

ゲームでもこいつ、魔女を守るとか言って敵になるんだけど、それなら騎士を育てるなよって話じゃね？

授業のカリキュラムに手を加えて、わざと生徒の質を落としまくるとかさ、いくらでもやりようはあったわけじゃん。

なのにそれをせず強い騎士が沢山学園から出てんの。こいつ馬鹿じゃね？

もうね。やられたいとしか思えませんわ、こんなの。

「貴方は魔女を守りたかった。しかし一方で、愛していたからこそ……アレクシア様がこれ以上魔女として自分を見失うのを見るのが辛かった。アレクシア様を誰かに止めて欲しいと願っていた。……違いますか？　ディアス学園長」

「…………」

あれ？　黙っちゃった？

なになに、図星？　図星？

ほれ何か言い返してみろよおっさん。

「その通りかもしれん……確かに私は、アレクシア様がアレクシア様でなくなるくらいならば……誰かに、止めて欲しいと願っていた」

やったね、大当たり。

俺ってもしかして探偵の才能あるんじゃね？

身体（からだ）は聖女、頭脳はクソ！　その名は……いや、頭脳クソじゃ駄目だろ。

無理じゃん、探偵。

「魔女として悪事を積み重ねるくらいならば……聖女に討たれる方がまだ幸せなのではないかと……確かに、心のどこかで思っていた。ああ、認めよう。きっと私は、アレクシア様を次の聖女に止めて欲しかったんだ」

お、素直になったな。

そんじゃ、俺等（ら）の邪魔はもうするなよな。

俺等は魔女を倒したい、お前は魔女を倒して救って欲しい。

利害は一致しているわけだし、もう戦う意味はないな。

「ならば……」

「だが！」

うお、いきなり大声出すな。びっくりするだろ。

「だが、駄目だ。お前だけは駄目だ！　確かに聖女に討たれる方がアレクシア様は救われるかもしれない。だが！　お前だけにはアレクシア様を討たせるわけにはいかない！」

えー、何よそれ……。

他の奴（やつ）はいいけどお前だけ駄目って、普通に傷付くんだけど。

何？　差別？　俺だけハブ？

そういうの、よくないと俺は思うなー。

「裏切られはしたが……それでも、俺とてかつては世界を守る事を誇りにしていた騎士だ。だから……必ず世界が滅びると分かっている道に進ませる事は出来ない。聖女エルリーゼ……お前は確かに史上最高の聖女なのだろう。俺にとっての最高の聖女はアレクシア様以外にありえないが……客観的に見て、お前がそう評価されるだけの存在である事は十分分かっている」

　言いながら、折れた剣を構えた。

　そして雷の魔法が折れた部分を補い、雷の剣となる。

　なにそれカッケェ。

　それで切れるのかとか無粋な突っ込みは思い浮かぶけど、とりあえずカッケェ。

「だからこそ、お前だけはアレクシア様を倒してはならない！　お前がアレクシア様を倒して次の魔女になってしまえば……もう誰にも止められない！　誰も勝てない！　倒せない！　次の聖女も……その次も！　絶対に勝てない無敵の魔女が生まれ、そして人類は滅ぼされる……。今のお前にその気がなくとも、必ずそうなる！　魔女になるとは、そういう事だ！　お前だけは、絶対に魔女になってはいけない存在なんだ！」

　なるほどねえ、と俺は納得した。

　まあこいつ視点だとそうなるか。

　こいつ、俺が偽物って事知らないもんな。

　斬りかかってきた学園長の剣を素手で掴んで止め、そして胸に手を当てた。

　はい魔法ドーン。

　学園長は派手に吹っ飛び、壁に叩き付けられた。

「が……は……ッ。強……すぎる……！　だ、駄目だ……これでは本当に……世界が滅ぶぞ……」

壁にもたれて座り込んだ学園長だが、彼はこの後きっと捕まって牢屋行きだろう。

そう思うと、少しばかり哀れに思えてきた。

どうせ捕まって退場する奴だし、少しくらいなら救いをやってもいいかな？

まあおっさんに抱き着く趣味はないのでアイナとかみたいな救い方はしないけど。

「滅びませんよ。私は魔女になりませんから」

「愚か者め……そういう問題ではないのだ……。お前がどれだけ、そう思っても……平和を望む心の持ち主でも……。聖女である以上、魔女を倒せば魔女になる……そして、魔女になればどれだけ耐えても、最後には…………。アレクシア様も、そうだった……」

息も絶え絶えに言いながら、それでも気絶しない。

何だかんだでこのおっさんも騎士だったって事だろう。

これだけの差を見せ付けられても、世界の滅びだけは必死で避けようとしているのだ。

俺はそんなおっさんに近付き、そして耳元でカミングアウトをぶちかましてやった。

「本物の聖女は、あそこにいるエテルナさんです。私は取り違えられてしまっただけの、偽聖女なんですよ。これ、皆には秘密にして下さいね」

「なっ⁉」

これには流石に仰天したようで、ディアスは俺をまじまじと見た。

「ま、まさか……そんな事が……。信じられん……！　歴代最高の聖女とまで言われたお前がそんな……まさか……！」

どうやらまだ疑っているようなので、俺は先程雷ソードを受け止めた掌をコッソリ見せてやった。

魔力ガードはしていたが、あれはなかなかの威力だった。

俺があえて加減してたってのもあるが、少しばかり掌に火傷を負っちまった。

聖女が自傷か、魔女以外の力で傷を負う……この意味を、こいつなら分かるだろう。

「聖女の力抜きでも魔女を倒す方法も既に見付けています。勿論私がアレクシア様を倒しても、私が魔女になる事はありません。だって私、偽物ですから」

そう言って渾身の聖女スマイルで笑ってやった。

するとディアスは放心したように俺を見詰め、やがて大声で笑い始めた。

「ふ、ふははは……ふはははははははッ！　これは驚いた……驚いたぞエルリーゼ！　まさか、こんな事があろうとは！　お前はとんでもない奴だ！　本当に大した奴だ！　確かにこれならば変わるかもしれん……続いてきた魔女と聖女の循環が！」

心底嬉しそうにディアスは笑い、そして完全に力を抜いたように崩れ落ちた。

おい、今倒れるな。

お前の耳元で話す為に俺は今お前の前に座ってるんだから、お前が倒れたら俺の膝の上に頭が落ちるだろ。

おいやめろ、おっさんに膝枕する趣味とかねーぞ。どけ、おっさん。

「……一つ、頼んでいいか？」

「何ですか？」

分かった、頼みを俺が聞ける範囲でなら聞いてやる。だからどけ。

「…………もし可能ならば、アレクシア様の事を、救ってやってくれないか。そんな事は不可能だと分かっているが……お前なら、何となく出来そうな気がしてしまうんだ……」

そう言い、おっさんは気絶した……俺の膝に頭を乗せたまま……。

おいどけって。重いだろう。

しかも最後に何か買い被り&余計な頼みまで残しやがった。

魔女を助けてくれって、何で俺がそんな事せにゃならんのや。

第一、そんな都合のいい方法なんて……。

……まあ、あるんだけどさ……。

学園長一派は全員取り押さえられ、駆け付けてきた兵士達によって連行された。

アイナを始めとする利用されていただけの者達も一緒に連れていかれてしまったが、こちらは簡単な事情聴取の後に釈放されるらしい。

これで事件は解決したが、学生寮へ帰るベルネル達の足取りは軽いものではなかった。

それは、今回の一件で知る事となった事実がどうしても頭を過るからだ。

魔女の正体は聖女……魔女を倒した聖女が次の魔女になる。

これはベルネル達にとっても十分ショックだったが、特に衝撃が大きいのはレイラやサプリといった大人の方だ。

レイラが生まれた二十年前は、丁度アレクシアが作り上げた束の間の平和の中にあった。

そのたった三年後……今から十七年前に魔女が誕生し……いや、アレクシアが魔女になって平和は儚く崩壊してしまうのだが、それでもレイラは生まれてから三年間は平和な世界で生き、豊かな心を育む事が出来た。

サプリが生まれた二十五年前はアレクシアよりも前の魔女が暴れていた時期で、この時期は本来魔女を倒すはずのアレクシアの前の聖女が魔物に殺されてしまった事もあって、暗黒期が四十年以上にわたって続いた地獄であった。

その地獄の最中に生まれたサプリだからこそ、たった五年とはいえ平和な世界を取り戻してくれた聖女に憧れ、心酔したのだ。

彼が現在心を捧げているのはエルリーゼだが、彼の聖女信仰の始まりとなったのはアレクシアである。

その聖女が魔女になったという事実は……軽くない。

そしてエルリーゼは、僅か十歳の時に聖女としての活動を開始し、疑似的にではあるが魔女がいない世界に近い平和を築き上げた。それが七年前の事だ。

過去、どんな聖女でも平和な時は五年程度しか作る事が出来なかった。

今にして思えば、魔女にならずに耐えていられる年月が五年ほどだったのだろう。

しかしエルリーゼは既に、その並外れた力で平和を七年間も維持している。しかも他の聖女と違って本人が存命したままでだ。

これだけでも、なぜ彼女が歴代最高と呼ばれているかが分かるというものだろう。

だが歴代最高は歴代最悪になり得る。

これだけの力を持つエルリーゼがもしも魔女になってしまえば……ディアスの言った通りに、もう誰も勝てない。

次の聖女が生まれようが関係なく暗黒期が続き、そして終わらない。

人類が滅びるまで続く闇(やみ)の時代の幕開けだ。

だからこそベルネルには不思議だった。あれだけ頑(かたく)なにエルリーゼにだけはアレクシアを倒させまいとしていたディアスが何故(なぜ)、最後の最後で態度を急変させたのだろう。

変わったのは、エルリーゼが彼に何かを耳打ちして掌を見せた時だ。

その瞬間、彼は笑い出して、魔女と聖女の循環が終わるかのような事を言いながらエルリーゼの膝の上で意識を手放した。

サプリはそれを酷(ひど)く羨(うらや)んでいて、ベルネルも羨ましいと……いや、違う。今考えるべきはそれじゃない。

何だ？　一体ディアスは何を見た？　何を聞かされた？

聖女は魔女になる。エルリーゼが魔女になれば誰(だれ)にも止められない無敵の魔女になってしまう。

だから止めようとしていたのに、何故突然考えを変えた？

……分からない。

エルリーゼに直接聞いても『秘密です』とはぐらかされてしまう。

だが少なくともエルリーゼは、ディアスを納得させる『何か』を聞かせて、そして見せた。

それだけは確かだろう。

学園長一派を捕えた事で、この学園から魔女の目はなくなった。

何処(どこ)かに潜んでいるかもしれないが、連絡手段に使われていたスティールはサプリが押さえたので、今後はサプリが学園長のフリをしながら魔女と連絡を取り合ってその情報をエルリーゼ達に流すだけだ。

そうなれば後は、魔女の場所を割り出して突入するだけだ。

そしてエルリーゼならばきっと、必ず勝てるだろう。

だが……エルリーゼの勝利は、後の絶望を意味している。

本当にこのままでいいのか？

エルリーゼに魔女を倒させてしまっていいのか？

倒さずに、現状を維持している方がいいんじゃないのか？

そんな、言葉に出してはいけない思いが全員の中に蔓延(まんえん)しつつあった。

書き下ろし　豊穣の聖女　～エルリーゼ十歳～

もう我慢出来ない！

……と、いきなり昔の朝食の王様のＣＭのフレーズみたいな事を内心で叫んでこんにちは。エルリーゼです。

この世界に転生してより五年。精神年齢はともかくとして肉体年齢的には十歳となった俺は我慢の限界を迎えていた。

何が限界って、食事の限界だよ。この世界の食べ物への不平不満だよ。

一応俺ってこの世界での希望の象徴の聖女の立場にいるわけじゃん？　偽物だけど。

で、聖女っていうのは立場的には貴族どころか王族よりも尊ばれるべき存在で、いい暮らしが出来るわけじゃん？　俺偽物だけど。

なのに、食事のレパートリーというか、メニューに工夫がなさすぎると思うのよ。

食卓に並ぶものは何ていうか……どれも塩味がきっつい。

魔物が年中暴れ回っていたせいでこの世界は全体的に食料不足であり、故に少しの食料も無駄にしないようにと頑張って保存をしている。

で、その保存方法というのが塩漬けだ。胡椒は貴重であまり使えず、なら魔法のある世界なんだから氷の魔法で保存しろよと思うが、それが出来るのは魔法を使える一握りの人間だけ。

貴族ともなれば食料を保存する為だけに氷魔法の使い手をお抱えで雇っているものだが、平民はそうもいかないだろう。

だからとにかく塩漬けだ。農民の中に氷魔法の使い手がいればまた話も変わるんだろうが……まあ、氷魔法なんて使える有能な人材はいつまでも農民暮らしなんかしないだろう。

貴族などに自分を売り込んで雇ってもらう方がどう考えてもいい生活が出来る。あるいは貴族の方から接触してきてスカウトする。ちなみにこの時、拒否権は無いに等しい。

だからやはり作物を育てる平民には氷魔法の使い手が残らず、人々は食料を保存する為に塩漬けにする。

野菜ならばザワークラウトやピクルスにし、肉は燻製か塩漬けにし、魚も燻製か塩漬けにする。

とにかく塩漬け&塩漬け&塩漬けだ。そしてそれを税として貴族や王族に納めて、晴れてその塩漬けフルコースが俺の食卓に並ぶわけだ。

そりゃね？　転生した当初はそこそこ美味いと思ったよ。そこに嘘はない。

だがそれは結局のところ、物珍しさからくる感想でしかないのだ。

塩漬け料理も思ったよりは美味い。時々なら悪くない……その程度のものだ。

だが最初はそうでも、毎日これでは流石に気が滅入る。

幸いにして飲み物は昔のドイツのようにほぼビールなんて事もなく水がメインだが、これは水魔法という便利なものがあるからだろう。

平民階級は……まあ、普通におビール様を飲んでいると思われる。

水飲むのなんか雨降った時くらいじゃないかな。井戸水とかは魔物に何されてるか分からんし……下手すりゃ毒とか流されてる可能性まであるし……。

まあとにかく、全体的に飯が塩っ辛い。五年ほど我慢したけど、流石にこれはキツイわ。

後、やっぱヤバイのは農民が冬を越せずにガンガン死んでいる事だと思う。

農民っていうのはいわば、食料を生産する為の一番大事な縁の下の力持ちなわけで。彼等が頑張って農作物を育ててくれないと食料不足に陥って、それで結局僅かな食料を少しでも保存しようとして塩漬けフルコースになるわけで。

極論、王族と貴族がいくらいようと農民が全滅してたら、それはもう国として終わってるわけで……。

だからまず農民の皆さんをどうにかしないとヤバイと思うんだよね。主に俺の食卓の為に。

税とかで彼等の食料の半分以上を奪って餓死させてる場合じゃないのよ、本当。

そんな事をしてたら結局最後に巡り巡って餓死する羽目になるの、俺等よ。

俺、嫌だよ。異世界に転生して、餓死するとか。

と、嫌だの我慢出来ないだの贅沢を言うのは俺みたいな馬鹿でも出来るが、言っているだけじゃ何も変わらない。

しかし……ここで賢い異世界転生人ならば『お前頭の中にスマホでも入ってんの？』と言いたくなるような博識ぶりでＮＡＩＳＥＩして色々するんだろうけど、ハッキリ言って俺にそんな賢さなどない。

だからここから食事情を改善するグッドアイデアなんて出るわけもなく、精々俺にある知識なんてジャガイモとかサツマイモとか大豆は痩せた土地でも育ちやすいとか、昔のドイツはジャガイモが入って来た事で一気に変わったとか……そんな、誰でも知っているような知識しかないわけで。

『ジャガイモがあれば解決するよ！』なんて言うのは簡単だが、そもそもこんな異世界に都合よくジャガイモがあれば誰も苦労しないんだよなあ……。

「エルリーゼ様。新しい観賞用の花はここで大丈夫ですか？」

「ああ、はい。ご苦労様です」

俺が考えていると、近衛(このえ)騎士の一人がせっせと観賞用植物を運んできた。

その花は割と綺麗(きれい)なもので、白い花弁と柱のように盛り上がった黄色い中心部が印象的だ。

それはまるでジャガイモの花のようで……花のようで………。

——あったよジャガイモ！　でかした！

おいィ！　普通にあるじゃねえかジャガイモ！　何飾ってるんだよ！

部屋から騎士が退室すると同時に花を掴(つか)んで引っこ抜き、根本を確認する。

そこには案の定、ジャガイモがくっついていた。

やばいなこれ。普通にジャガイモだわ。もしかしたらよく似た別の花かもしれないと考えたけど、そんな事もなくジャガイモだ。一応後で自分で食って確認もするけど、多分ジャガイモだわこれ。

あー……こりゃ何とかなるかもしれんぞ。ジャガイモ一つあれば出来る事は格段に増える。栄養があるから増やして育てる方法を農民に教えれば単純に餓死者は減るだろうし、確かこれ食っておけば壊血病にもならないんだっけ。

後、ジャガイモって単純にバリエーションの幅が鬼なんだよな。

そのまま食ってもいいし、バターを載せて食ってもいい。ポタージュにするのもありだし、卵と混ぜてオムレツとかもいい。薄く切って揚げればチップスにもなる。

ちょっと一手間かければケーキにもなるし、マジで応用性の鬼。

前菜、スープ、メイン、デザートの全部をこなせる万能選手だ。

何でそれが観賞用になっているのか、ちょっと意味分からない。

誰か一人くらい『ちょっと芽の部分取り除いて食ったろ！』とか思わなかったんだろうか。

俺の言っている事はそりゃ、前提知識があるからこそ言える事だが……でも、誰かは試してもおかしくないんじゃないか？　少なくとも『フグって魚めっちゃやばい毒あるし、毒に中(あた)ったら死ぬけど何とか毒を取り除いて生で食ったろ！』とか、『アザラシの腹に海鳥詰め込んで閉じ込めて、土の中に埋めて長期間放置して発酵させてから、ドロドロになった内臓を尻(しり)の穴からすすったろ！』みたいな、そもそも何でそれをやろうと思った？　というか何でそれを食おうと思った？　と言いたくなるような発想のウルトラCと比べれば、芽を取り除いて食うくらい誰かやっててもいいんじゃないかと思うんだよな。

……いや、多分これ地球人の方がおかしいのかな？

……おかしいんだろうな、多分。

まあ、俺にはきっと一生理解出来ない天才の発想はともかく、今はジャガイモだ。

ジャガイモは素人(しろうと)でも比較的簡単に育てる事の出来る作物だ。

育つのも早く、大体四カ月もあれば立派に育つ。が、四カ月も待っていてはその間に農民がガンガン死んでいくので、ここは一つズルをしようと思う。

まずはジャガイモを大量に収穫出来れば早いんじゃないかと思い、飛行魔法で南の方に向かった。

地球では南米のアンデス山脈がジャガイモの原産地とされているので、まあこっちの世界でも似たような場所にあるだろうと踏んだのだ。

で、あったにはあったが……残念ながら数は多くなかった。

これじゃ農民に行き渡らせるのは難しい。なので種芋としていくつか持ち帰り、面倒だが自分で増やす事にした。

手元にある僅かなジャガイモから、農民に行き渡るほどに増やすにはとにかく時間が足りない。

だが幸い俺には魔法がある。これを使えばまあ、何とかなるだろう。

まずは芽の出ている種イモを切って、切断面を乾燥させてから植える。切る理由は実はよく知らん。発芽数の調整とか種芋の節約とか、まあ色々理由はあるらしい。

切断面は濡(ぬ)れていると腐りやすいらしいので、本当は風通しのいい場所で数日置いて、切り口がコルク状になるまで乾燥させるのがいいらしい。

が、これも待っている時間が勿体(もったい)ないので水魔法の応用で水分を抜いて、光魔法を日光の代わりにしてさっさと乾燥させて、土魔法で耕した地面に突っ込んだ。

日光に当たると毒素が発生するので、埋めた場所に土を寄せるのがいいらしい。

で、ここで発動しますは回復魔法。魔力を過剰に与えてやり、急成長させてやります。

ちなみにどういう原理で急成長するのかなど俺にも分からない。

ただ、生命力と寿命を前借りしているだけのヤバイ魔法である事は分かっており、これを使った植物は急速に成長する代わりに普通よりも早く枯れてしまう。

まあ数千年も生きる木とかを百年分だけ成長させるとかなら、残り寿命が九百年の木が出来るだけなので、この方法を使えば手軽に自然再生とか出来るかもしれん。今度やってみよ。

で、そうこうしている間にジャガイモが成長して茎が伸びてきたので、茎が太くて色の濃い茎だけを残して後は引っこ抜いて、また過剰回復魔法。

そしてある程度成長したと思った時点で収穫してみれば大小様々なジャガイモが十個くらい出来ていたので、それを全部種芋として先程と同じようにまた切って乾燥させて埋めた。

手作業？　いや、やらんよそんな面倒な事。土魔法で作業員としてゴーレムを創り、そいつ等に雑用は全部押し付ける。

俺が真面目(まじめ)に汗水流して労働とかするわけないやろ。我、前世は引きこもりぞ？

つーわけで働けゴーレム共。残業代？　ねーよ、んなもん。お前等全員過労死するまでタダ働きな。

「ゴー……」

口に当たる穴から不満そうな切ない音を出しつつ、ゴーレム達は働いた。

それから数時間後……。

役目を終えたゴーレム達が崩れ落ち、後にはジャガイモ畑が残された。

まあ大体、東京ドーム二個分ってとこかな。魔法万歳。

後はジャガイモが食えることを皆に説明して、育て方を教えてからこの畑ごと丸投げしてやろう。後、村や町への分配もな。

そうすれば俺が何もしなくても農民の皆さんが働きアリのように働いて、俺に美味(おい)しいジャガイモを貢いでくれるってわけだ。

とりあえず、食えるって事を説明する為には実食が一番だよな。

この世界だと今までジャガイモを食べるっていう事そのものがなかったから当然、ジャガイモ料理の基礎も下地もない。

なので……まあ、俺が作るしかないかあ……。

まずは貴族とか王様とかのお偉いさんを招いて、ついでに料理人も何人か集めて……後は何作るかな。

とりあえず、普通にジャガイモを茹でたのと、フライドポテトと……後はポテトサラダとじゃがバターと……ま、適当にいくつか用意してみるか。

ジャガイモは食べる事が出来る。

エルリーゼがそう人々に伝えてから、広まるまではあっという間だった。

元々ジャガイモ……いや、そもそもジャガイモという名前自体、エルリーゼがそう呼ぶまで存在自体していなかったのだが、ともかくそれは食べられる物と認識されていなかった。

白い花をつけるそれは主に観賞用としてのみ価値を見出され、土の中の芋など見向きもされていなかったのだ。

そこにはいくつかの理由がある。まず一つに、それが原産地不明の希少品扱いであった事。

南の山脈までわざわざ赴かねば手に入らないジャガイモは、元々は遠征に出ていた騎士の一人が偶然発見して持ち帰った物であった。

しかしその騎士は帰還してすぐに病で命を落とし、ジャガイモの出所が分からなくなってしまったのだ。

それでも見た目が美しい事から観賞用として栽培されたが、育て方が悪かったのか、このジャガイモは疫病にかかってしまい、僅(わず)かな量しか収穫出来なかった。

更に疫病は次代にも感染しており、ジャガイモは育てにくい上に少量しか収穫出来ない弱い花であるという誤解が広まってしまい、希少品と化してしまったのだ。

観賞用の花……それも希少品が農民の手に渡る事はない。そして貴族は農民ほど切羽詰まっていない事が多いので、わざわざ食べられるか試そうと思う者が少なかった。

勿論(もちろん)、全(すべ)ての貴族に余裕があったわけではない。

この世界は全体的に食料が不足しているのだから、痩せて飢えている貴族も存在している。

だがそうした切羽詰まった貴族はそもそも、観賞用の花になど気を回さない。

そんなものを取り寄せている暇があるなら、何とか食料を集めようと考えるだろう。

それでも、もしかしたらと思って食べられるかどうか試そうとした者がいなかったわけではないのだ。

だがそうした者はジャガイモの芽に含まれる毒に中った。あるいは小さく未熟なものを口にし、ある者は緑化したジャガイモを食べてしまった。

『芽を取り除け』、『未熟で小さいジャガイモは食べるな』、『緑化した物は食べるな』、『日に当てるな』、『これは疫病に感染していない新しいものを山脈から持ってこい』……なるほど、分かっていれば簡単な事だ。だが彼等にはそれを知る術がなかった。数が少なく、貴族の手にしか渡らないから試そうとする者の数が少なかった。元々観賞用という先入観があった。試しても毒に中った。

疫病に感染している物しか知らないから、こういう植物なのだと誤解してしまった。

これらの条件のうちの何か一つでも違えば、あるいはジャガイモの価値に誰かが気付けただろう。

農民の手に渡っていれば、たとえ毒を含んでいると分かっていても何とか食べようと工夫を凝らし、何度も失敗しながらやがては安全に食べる方法へと辿り着けた事だろう。

このジャガイモが正常な状態ではないという解答にも到達出来たかもしれない。

だがそうはならなかった。物事というのは不思議なもので、一度気付いてしまえば、それこそ誰でも思い付けそうな簡単な事が、長い間誰にも気付かれない事がある。

一度『こういうものだ』と思い込んでしまった固定観念というのは存外に厄介なものである。

だがその誤解は完全に崩れ去った。

エルリーゼは、観賞用にされているジャガイモが疫病にかかっている事など終ぞ分からなかったが、結果的には山脈から健康なジャガイモを持ち帰り、それを増やす事に成功した。

そしてそれが広まる事で、人々は飢えから救われたのだ。

――それから七年後……アルフレア魔法学園の食堂では、訓練を終えた生徒達が山盛りのジャガイモを腹に詰め込んでいた。

今ではすっかりジャルディーノ大陸の主食となったジャガイモは、貧富の差に関係なく食卓に並んで人々の腹を満たしていた。

その食堂で人一倍の量を食べているのはベルネルとその友人のジョンだ。

片や、貴族生まれではあるものの幼少期に追放された経験を持ち、片や平民出身の兵士上がりだ。

二人は飢える苦しさをよく知っており、それだけに腹一杯に食べる事の出来る今に感謝していた。

「この学園に来て何がよかったって、こうして腹一杯に飯を食える事だよな。流石は貴族の子女が通う学園だ」

ジャガイモを頬張りながらしみじみとジョンが言う。

同じ平民出でも、ジョンとベルネルは違う。ベルネルは実家から追放されるまで……つまり三年前の十四歳の頃までは貴族だった。そしてエルリーゼがジャガイモを広めたのが七年前なので、彼は厳密には、追放された一時を除いて本気で飢えた事がない。

だが平民出身であるジョンは飢える苦しさをよく知っていた。

寒い冬に家族で暖炉の前に集まり、ひもじさを誤魔化す為に木の根っこを齧って無理矢理眠っていた幼少期の事を今でも鮮明に覚えている。

毎年、冬になるたびに誰かが死んでいた。朝に起きたら兄が……夜には生まれたばかりの弟が冷たくなっていた、その時の光景は忘れられない。

昨日まで話していたはずの友人が翌日にはいなくて、誰もかれもが骨と皮のような姿で痩せ細っていた。

だからこそ、ジャガイモが広まった時の感動は忘れられない。

人生で初めて、腹が一杯になるまで食べた時の幸福感をハッキリと覚えている。

父も母も、妹も……村の誰もかれもが泣きながら、聖女への感謝を口にしながら満腹になるまで食べていた。

思えば、あの時に兵士になる事を決意したのかもしれない。

少しでも実入りのいい仕事をして両親への恩を返したいという思いはあった。

だがそれ以上に……こんな光景を作り出せる聖女という人を守りたいのだと……そう思ったのが最初の原動力だったのかもしれない。

「それは少し違うな。この学園といえど、ここまで食に余裕が出来たのはほんの七年前の事だ」

テーブルの下から声が響き、ジョンとベルネルは思わずジャガイモを落としかけた。

一体何事かと思ってテーブルの下を見ると、何故かそこに床を這うようにして学園教師のサプリ・メントが潜伏していた。

一体何をしているんだこの男は……。

「あの……サプリ先生。そんな所で何を？」

「何、大したことではない。ここ数日の調査により、エルリーゼ様が食堂を訪れる際は高確率でこの付近の椅子に座る事が分かっていてね。故にこうして待機しておけば、エルリーゼ様の御御足に踏んで頂けるかもしれない……と思ったまでの事」

何言ってるんだこの変態。二人はそう思った。

こんなのが聖女を守る為の騎士候補を育成する学園の教師とか本気で大丈夫なのだろうか？

むしろまず、こいつを学園から排除するべきなのでは……と二人が思ってしまったのは、仕方のない事だろう。

「ところで今しがた話していた事だが、この学園といえど……というより、貴族の子女だから食べるに苦労しなかったという考えは正しくない。ほんの数年前までは貴族ですら満足に食べる事が出来なかったというのが実情だ。それほどに世界は追い詰められていたのだ」

床に伏せたままサプリは語る。

貴族は民から税として食料を徴収する。だがそもそも、その肝心の食料そのものが少なかったのだから、貴族といえど十分に腹を満たせたわけではない。

民も、僅かな食料を税として差し出してしまえば飢え死にの未来が待っているので、必死に隠す。差し出して飢え死にするくらいならば自分達で食べてしまい、もう何もないと言い張る民もいた。

僅かな食料を巡って隣人同士が、あるいは村同士が……時には領地を持つ貴族同士が殺し合う事すらありふれていたのだ。

魔物を前に一致団結するどころではない。人間同士で仲違(なかたが)いをして殺し合っていた。それほどに、どこにも余裕がなかった。

「だがそれも変わった。ジャガイモの普及はただ人々の腹を満たしただけではない。満たされた事で治安が以前とは比べ物にならん程に向上し、人々には隣人を気にかける余裕が出来た。魔物を前に手を取り合う事が出来るようになったのだ」

サプリは説明しながら眼鏡(めがね)を光らせて食堂にやって来る生徒の足を観察していた。

女生徒の足に興味があるわけではない。

ただ、エルリーゼが食堂に来る時を見逃すまいと目を光らせているだけだ。

どうやらこの男は足だけでエルリーゼを判別出来るらしい。

「エルリーゼ様が歴代最高の聖女と呼ばれる所以はそこにある。誤解を恐れずに言えば歴代の聖女様や騎士も魔物を倒すくらいの事は出来ていた……無論規模は圧倒的に違うが。だがいくら敵を倒したとしても腹を空かせて泣いている子供を笑顔に出来るわけではない。冬を越せずに死んでいく人々をどうにか出来るわけではなかった。飢えて死ぬ人々にとっては魔物に殺される未来が、飢えて死ぬ未来に代わったに過ぎんのだ」

サプリの説明にジョンは、静かに頷いた。

魔物を倒せばその魔物に襲われるはずだった人々を守る事は出来る。

だがその守った人々が数日後に飢え死にしていては、結果は何も変わらない。

魔物に襲われて死ぬか、飢えて死ぬかの違いでしかないのだ。

「決して魔物を倒す事を無駄と言っているわけでも軽視しているわけでもない。だがそれは、言ってしまえば聖女様の使命だ。ある意味、歴代の聖女様達は使命だけを忠実に全うしていたと言える。エルリーゼ様の偉大な所は、使命とは無関係の部分で人々を救っているという点にある。断言しよう。歴代において、腹を空かせて泣いている人々を笑顔に出来たのは、エルリーゼ様ただ御一人しかいなかったと。だからあの方は民に愛されているのだ。知っているかね？　多くの民に名前を覚えられている聖女は実はエルリーゼ様しかいないという事を」

エルリーゼは民に愛されている。その事を象徴する話として、民に名前を記憶されているというのがある。

世界の希望の象徴といえど、明日に生きていられるかも分からない民にとっては遠いどこかの話のようなものでしかなく、故に民は聖女の事を『聖女様』とか記憶していない。

聖女の側にいる騎士や、共に戦う兵士ならば聖女の名を覚える義務も生じるが民にとって聖女とは『魔女を倒してくれる雲の上の誰か』であって、故に名前を記憶しないのだ。

仮に、何らかの理由で聖女が別人にすり替わっても……例えば、今までの聖女が実は偽物で、本物の聖女が後にその座に就いたとしても、その偽物と本物を同一視してしまうかもしれない。何故なら名前すら憶えていないのだから。

これはベルネルやジョンにも言える事で、彼等はこの学園に来て学ぶまでエルリーゼ以外の聖女の名前を知らなかった。

先代の聖女の名前がアレクシアである事や、初代聖女の名前がアルフレアである事も学園に来て初めて知った事だ。

しかしエルリーゼだけは違う。彼女は雲の上から同じ場所まで降りて来て、救ってくれた存在だ。だから民は歴代聖女の中でエルリーゼの名前だけはハッキリと記憶している。

「本当に凄いんだな、あの方は……」

静かに、だが心からの感嘆をベルネルが呟いた。

ただ敵を倒す力が強いというだけではない。

何よりも、まず弱き人々に彼女は手を差し伸べる。決して見落とさない。

そんな彼女だからこそ、守りたいと思う騎士候補がこんなにも多いのだろう。

絶対に彼女は守らなければならない……そう改めて彼等は強く思った。

「むっ」

ベルネルとジョンが決意を改めていると、サプリが声をあげた。

遂に彼の待ち望んだ相手が食堂に入って来たのを捕捉したからだ。

エルリーゼが誰かと一緒に、こちらに近付いている！　本当に足だけで判別したよ、この男。

ここまでの調査で、エルリーゼは基本的には真ん中にはあまり行きたがらず、左右で席が分かれている時は右に行く傾向が強い事が分かっている。

一本道でも中央よりは右側の壁に近い位置を歩いていた。

そしてこの席は入口から見て右の方向にあり、加えて今は彼女とそれなりに親しい間柄であるベルネルとジョンもいる。

ならばここに来る！　かなりの高確率で！　そう読み、サプリは期待に口元を歪めた。

だが次の瞬間、彼にとっての予想外が起こった。

エルリーゼよりも先に、別の女子生徒がこの席へ接近してきたのだ。

丸太……いや、丸太と間違えそうなほどに太い足だ。一歩ごとに床が揺れているような錯覚を覚える。

腰は太く、まるで大木を思わせる。盛り上がった胸部……女性の象徴？　否、大胸筋！

一見すると肥満体型にも見える程に鍛え抜かれた筋肉の鎧を纏った女性が、サプリの潜んでいる席へと歩いて来る。

上半身は見事な逆三角形を描き、強靭な上半身を支える下半身もまた見事に鍛え上げられている。

エルリーゼと同じ『女性』という生物とはとても思えないナニカを前に、サプリは戦慄した。

だがここは騎士を育成する為の学園で、騎士とは魔物と戦い、時に聖女の盾となるべき存在だ。

ならば何もおかしくない……限界まで鍛え抜いた女戦士がいても。

むしろ彼女は賞賛されるべきである。ここまで鍛え抜いた肉体は彼女の覚悟と修練の結晶。己の見目など二の次として、騎士としての使命を果たすべく極限まで磨き上げたその至高の肉体は皆が目指すべきものである。

闘技大会には、前日に気合いを入れすぎて二十四時間耐久オーバーワークをしたせいで当日に全身筋肉痛で無念の欠場をしてしまったが、もし出場していれば優勝も狙えたかもしれない。

口から蒸気を吐き出し（⁉）、白目を剥いた女戦士がズシンズシン、とサプリのいる席へと近付き……。

「ちょ、待っ……」

そして、サプリに気付かずサプリを踏み付けた。余談だが彼女の体重は百キログラムを超えている。

悪は滅びた。ストーカー男に相応しい末路である。

そしてそんな女生徒を横目で見ながらエルリーゼは別の席に座り、レイラが食堂のおばちゃんから受け取って来たポテトの盛り合わせに舌鼓を打った。

あとがき

皆様初めまして。あるいはＷｅｂから追いかけて来て下さった方はお久しぶりです。
著者の壁首領大公と申します。
今回は『理想の聖女？　残念、偽聖女でした！』をお手に取って頂き、ありがとうございます。

さて、この『偽聖女』ですが、コンセプトは『マイナス×マイナス＝プラス』というもので、憑依側も憑依される側もどっちも駄目だけど、結果的には反転してプラスになるというお話となっております。

主人公のエルリーゼは褒められた人格ではなく、むしろかなり歪んでいるのですが、周囲には理想の聖女に見えており、その温度差を楽しんで頂けたなら幸いです。

この作品は元々、投稿サイトに掲載していたものです。その時のタイトルは『偽聖女クソオブザイヤー』というものでしたが、書籍化に伴い今の形に変更となりました。

勿論、変わった部分はタイトルだけではありません。全体的な加筆修正を始め、Ｗｅｂ版から更に追加エピソードを一話、書き下ろしを一話加えた豪華仕様となっております。

どんな内容かは……先にあとがきを読む人は少ないと思いますが、ここでは触れない事とします。
実際に読んでお楽しみ頂ければ、と。

私がこの作品を書こうと思った切っ掛けは、風呂に入っていた時でした。

私は何故か、唐突に『クソ野郎が聖女に転生して好き放題やって、それで結果的に周囲に感謝されれば面白いんじゃね？』と思い付きました。

それから私は風呂を上がってすぐに書き始め、そのまま連日書き進めました。何故風呂で思い付いたのかは自分でもよく分かりません。

そんな、勢いのみで構成された本作ですが、皆様に楽しんで頂けたならばこれ以上の喜びはありません。もし気に入って下さったならば、是非に、周りのお友達やお知り合いにもこの本を勧めてみて下さい。

また、この本のお勧めポイントの最たる部分は何と言っても、ゆのひと様の描くイラストの美しさにあります。エルリーゼを始め、スットコやエテルナ、サプリ、ベルネルなどが生き生きと描かれており、このイラストだけでも十分楽しめるようになっております。

え？　じゃあ文章の方はオマケなのかって……？　……ソ、ソンナコトナイヨ……？

長くなりましたが、この本を作るのに尽力して下さった担当様や、素晴らしいイラストを書いて下さったゆのひと様、この本を作るのにご助力して下さった関係者の皆様……そしてなにより今、この本を読んで下さっている貴方様に厚くお礼申し上げます。

それでは、もし二巻を発売する事が出来たならば、またこのあとがきでお会いしましょう。

壁首領大公

カドカワBOOKS

理想の聖女？　残念、偽聖女でした！
～クソオブザイヤーと呼ばれた悪役に転生したんだが～

2021年8月10日　初版発行

著者／壁首領大公

発行者／青柳昌行

発行／株式会社KADOKAWA

〒102-8177
東京都千代田区富士見2-13-3
電話／0570-002-301（ナビダイヤル）

編集／カドカワBOOKS編集部

印刷所／暁印刷

製本所／本間製本

Printed in Japan
ISBN 978-4-04-074155-0 C0093

新文芸宣言

かつて「知」と「美」は特権階級の所有物でした。

15世紀、グーテンベルクが発明した活版印刷技術は、特権階級から「知」と「美」を解放し、ルネサンスや宗教改革を導きました。市民革命や産業革命も、大衆に「知」と「美」が広まらなければ起こりえませんでした。人間は、本を読むことにより、自由と平等を獲得していったのです。

21世紀、インターネット技術により、第二の「知」と「美」の解放が起こりました。一部の選ばれた才能を持つ者だけが文章や絵、映像を発表できる時代は終わり、誰もがネット上で自己表現を出来る時代がやってきました。

UGC（ユーザージェネレイテッドコンテンツ）の波は、今世界を席巻しています。UGCから生まれた小説は、一般大衆からの批評を取り込みながら内容を充実させて行きます。受け手と送り手の情報の交換によって、UGCは量的な評価を獲得し、爆発的にその数を増やしているのです。

こうしたUGCから生まれた小説群を、私たちは「新文芸」と名付けました。

新文芸は、インターネットによる新しい「知」と「美」の形です。

2015年10月10日
井上伸一郎